Helena Ravenscroft

Dominique

Roman

Deutsch von
Ulrike Thiesmeyer

Wunderlich Taschenbuch

Deutsche Erstausgabe

Veröffentlicht im Rowohlt Taschenbuch Verlag GmbH,
Reinbek bei Hamburg, Juli 2003

Veröffentlicht mit freundlicher Genehmigung von Virgin Books Ltd.
Die Originalausgabe erschien 2001 unter dem Titel «sin.net»
bei Black Lace, London

Redaktion Tina Hohl

Umschlaggestaltung any.way, Barbara Hanke/Wiebke Buckow
(Foto: Paul Vozdic/Photonica)
Satz Adobe Garamond PostScript, PageMaker,
Pinkuin Satz und Datentechnik, Berlin
Druck und Bindung Clausen & Bosse, Leck
ISBN 3 499 26442 0

Die Schreibweise entspricht den
Regeln der neuen Rechtschreibung.

Mit Dank an die Internet-Crew
besonders an
fancy, sam nmex, tough guy, tdh, pandora,
myst & muf, alexxs und jasper – die weit
mehr geleistet haben, als die Pflicht erfordert hätte ...!

Die Spinne zur Fliege

«Ich bin jetzt online, Carrie. Warum kommst du nicht auch?», säuselte meine Schwägerin Eva mit seidenweicher, betörender Stimme. Sie war die Versuchung in Person. Ich drückte mir den Telefonhörer ans Ohr und seufzte.

Das Fleisch ist schwach, heißt es immer. Und auf mich traf das ganz besonders zu. Schwacher Wille, schwaches Fleisch. Ich war leicht zu verleiten. Leicht zu beeinflussen.

Eva ist zehn Jahre älter als ich, behauptet sie jedenfalls. Aber was Erfahrung betrifft, ist sie mir hundert Jahre voraus. Sie tut Dinge, von denen ich nicht mal träume. Eva chattete seit fast einem Jahr im Internet – mit dem Schwerpunkt auf Sex-Chat. Und nun hatte sie mich brachial ins 21. Jahrhundert befördert, indem sie mir unmittelbar vor Augen führte, wie ein Computer und ein Modem sich auf ein nicht existentes Sexleben auswirken können.

Doch halt. Zurückspulen.

Es fängt nicht hier an. Es fing letzten Abend an.

Einmal im Monat, immer freitags, bin ich bei meinem Bruder Leon und seiner Frau Eva zum Abendessen. Wir haben nichts gemeinsam. Wir haben uns nichts zu sagen. Und deswegen sorgen sie immer dafür, dass jemand Drittes anwesend ist, um den Abend nicht in betretenem Schweigen verbringen zu müssen. Manchmal – selten – bietet dieser Dritte mir an, mich heimzufahren. Ich lehne immer ab.

Und Leon brummt dann, es sei kein Wunder, dass meine Ehe gescheitert ist, so frigide, wie ich sei.

Trautes Familienglück.

Der Vorabend war geendet wie üblich. Max Armstrong, ein amerikanischer Geschäftsmann auf Besuch, dem an dem Abend die Rolle des Dritten zugedacht worden war, hatte angeboten, mich heimzufahren. Ich hatte höflich abgelehnt und dann beobachtet, wie er sich ein leichtes Sommersakko über die muskulösen Schultern streifte. Als er den Kragen mit breiten, stumpfen Fingern glatt strich, schaute er hoch und ertappte mich beim Zusehen. Ich lief puterrot an und starrte stumm auf den hochglanzpolierten Dielenboden, wobei ich mir insgeheim einzureden versuchte, dass Max Armstrong nicht mein Typ war. Dann hatte er Leon die Hand geschüttelt und sich verabschiedet. Kaum war die Tür hinter ihm zu, hatte mein Bruder mir aus den verschwollenen Äuglein einen Blick zugeworfen, aus dem unverhohlen Spott, Missfallen und Verachtung sprachen.

«Ich ruf Carrie später ein Taxi, Schatz», murmelte Eva und drückte ihm einen Kuss auf die fahle, feiste Wange. «Wir müssen mal ein bisschen unter Mädchen miteinander plaudern. Geh du nur ins Bett.»

Ich wollte etwas sagen, aber Eva, mit ihren hohen Wangenknochen und glänzenden schwarzen Haaren, hatte eine sorgsam gezupfte Augenbraue hochgezogen und mich mit unergründlich blauen Augen zum Schweigen gebracht.

«Carrie», murmelte sie, das «a» unüberhörbar von ihrem New Yorker Akzent gedehnt. «Komm mit.»

Kleinlaut wünschte ich Leon gute Nacht und folgte dann Eva in das geräumige Arbeitszimmer am Ende des Flurs.

«Hat Max dir nicht gefallen?» Sie schloss die Tür hinter uns und lehnte sich dagegen.

«Er wirkte sehr nett», sagte ich. Wieso hatte sie mich mit in ihr Allerheiligstes genommen? Ich sah mich in Evas geschmackvoll eingerichtetem Arbeitszimmer mit seinen cremeweißen Wänden und dem dunkelroten Boden um. Bodenlange dunkle Vorhänge rahmten die hohen Fenster ein – sie waren nicht zugezogen –, und auf dem Bücherregal brannte eine einzige Lampe mit schlankem Schirm. Auf ihrem Schreibtisch stand an der einen Ecke eine Vase mit Orchideen; sie waren nicht mehr ganz frisch, und auf der blanken Glasplatte lagen ein paar Blütenblätter verstreut. Eleganz und Dezenz prägten den Raum, mit einem leichten Anflug von Dekadenz. Ganz im Einklang mit seiner Besitzerin.

Ich war müde und wollte nach Hause, aber gleichzeitig war ich gespannt, weshalb Eva eine, wie sie es nannte, «Plauderei unter Mädchen» für angebracht hielt. Mädchenhaftigkeit war nicht ihr Stil. Und mit behaglichen Plaudereien gab sie sich so gut wie nie ab, besonders nicht mit mir. Ich sah zu, wie sie sich von der Tür abstieß und durchs Zimmer schritt, wobei sie mit den Fingern an dem Onyxarmband herumspielte, das ihr Handgelenk umschloss.

«Tja, ich könnte unseren Mr. Armstrong glatt zum Frühstück vernaschen.» Dabei schnurrte sie förmlich, und ich verspürte einen Stich in der Magengrube. Wahrscheinlich hatte sie ihn schon vernascht. Zum Mittag- und Abendessen wie auch zum Frühstück. Eva war ein Raubtier, und durch den Umstand, dass Max Armstrong ein Geschäftspartner ihres Mannes war, würde sie sich kaum an der Erfüllung ihrer Gelüste hindern lassen. «Aber leider», murmelte sie, «bin ich offenbar nicht nach seinem Geschmack.» Sie lehnte sich an die Schreibtischkante, fuhr sachte mit einem Finger über den Computerschirm neben sich und hielt ihn dann hoch, wie um zu prüfen, ob Staub daran haftete. Ganz unvermittelt sah sie mir in die Augen, spitzbübisch und doch ernst. «Vielleicht bist du es ja eher.»

«Da habe ich meine Zweifel», sagte ich.

Sie musterte mich rasch. «Nein», pflichtete sie mir bei. «Die Zweifel teile ich. Aber, Carrie, es ist an der Zeit, dass du wieder unter Leute gehst. Es ist jetzt zwei Jahre her, dass du dich von Patrick getrennt hast – obwohl ich immer noch nicht begreife, warum das nötig war.»

Ein kalter Schauer rieselte mir über die Kopfhaut. Ich überlegte, was sie wohl sagen würde, wenn ich ihr die Wahrheit über Patrick erzählte, entschied aber dann, an dieses heikle Thema nicht zu rühren. Wahrscheinlich hätte sie mir ohnehin nicht geglaubt.

Während sie mit einer schlanken Hand über das glatte Gehäuse des Computers strich, musterte Eva mich kritisch von Kopf bis Fuß. Instinktiv duckte ich mich, vor Angst, was sie als Nächstes sagen würde. Dann lächelte sie.

«Na egal», erklärte sie munter, «ich bin nicht mit dir hergekommen, um dir Vorträge über deinen Lebenswandel zu halten.»

«Ach wirklich?»

«Nein. Ich werde dir was zeigen. Was total Aufregendes. Du wirst begeistert sein.»

Sie schaltete den Computer an und winkte mich zu sich. Ich stellte mich neben sie und sah zu, wie der Bildschirm flackernd zum Leben erwachte.

«Komm in meinen Salon, sagte die Spinne zur Fliege», murmelte sie und lachte leise.

Ich weiß nicht recht, was ich erwartet hatte, aber in jener heißen Sommernacht wurde in Evas Arbeitszimmer etwas entfesselt, das mich mit sich riss, mich herumwirbelte und mich als veränderten Menschen wieder ausspie.

Doch halt. Vorspulen. Zurück zum Anfang.

Schwacher Wille, schwaches Fleisch. Leicht zu verleiten. Leicht zu beeinflussen.

Eva hatte mich angerufen, um mir genau zu erklären, wo sie im Netz war und wie man dorthin gelangte. Sex-Chatrooms schienen mir am Vorabend noch eine grandiose Idee, die sicherste Art, es mit jemandem zu treiben, den man eben erst kennen gelernt hat, die ultimative Form der Kommunikation. Was ich getan hatte, war wahnsinnig erregend gewesen. Aber nachdem ich eine Nacht darüber geschlafen hatte, sah ich die Sache in einem anderen Licht. Das war doch nur etwas für verklemmte Computerfreaks, oder? Und die anderen Leute, die da auf ihren Tastaturen herumtippten, waren das nicht alles nur armselige Versager, die nichts vom Leben hatten? Ganz wie ich, im Grunde.

Ich erzählte Eva von meinen Vorbehalten.

«Ja, klar», räumte sie ein, «es ist genau wie im richtigen Leben. Versager trifft man überall, aber die sind im Internet leicht zu erkennen. Man ignoriert sie einfach. Die Leute, mit denen ich mich unterhalte, sind redegewandt und witzig. Die meisten tun das, weil nichts im Fernsehen kommt oder sie an dem Abend keine Lust haben auszugehen. Oder sie sind geil, und ihr Partner ist grad arbeiten, und sie wollen mit einem echten Menschen einen losmachen statt mit einem Playboy-Poster. Und … Carrie?»

«Ja?»

«Die meisten machen's zum Spaß. Zum Vergnügen. Also entspann dich.»

«Vielleicht hast du Recht.»

«Du weißt, dass ich Recht habe.» Sie lachte leise und erotisch. «Außerdem, Tough Guy gestern Abend war nicht gerade ein Versager, oder? Denk doch mal dran, was er mit dir gemacht hat, und du mit ihm. Wird dir nicht schon bei der Erinnerung heiß? Mir geht's jedenfalls so, dabei hab ich doch nur neben dir gesessen und mitgelesen. Du warst es, die gründlich gevögelt wurde.» Eine Oktave tiefer, in dem sinnlich amerikanischen Tonfall, der mir langsam eine Gänsehaut im Nacken bescherte, fuhr sie fort. «Na los. Geh online und amüsier dich. Was hast du denn heut Abend sonst vor? Willst du mir weismachen, du siehst lieber ganz allein fern, als Sex zu haben? Jeder braucht Sex.»

Ich lehnte mich gegen das Flurtischchen und starrte mich im Spiegel darüber an. Meine Augen waren groß und klar unter schweren Lidern, meine normalerweise blassen Lippen sinnlich geschwungen und himbeerrot. Ich sah eindeutig aus wie jemand, der Sex brauchte, und Eva bot mir genau das. Auf einem Silbertablett.

«Ich weiß nicht», zauderte ich. «Das führt doch zu nichts –»

«Aber ja doch!», fiel sie mir ungeduldig ins Wort. «Es führt dahin, wo du es haben willst. Es kann deine Finger in dein kleines Höschen führen, während du am Computer sitzt, und zu toller Masturbation. Oder es kann zu Telefonsex führen, der – glaub's mir – unvorstellbar sein kann.» Vor unterdrückter Erregung klang sie leicht atemlos. «Oder es führt zu einer Fortsetzung im wirklichen Leben. Du könntest eine Sex-Rundreise über die britischen Inseln machen, oder sogar um die ganze Welt. Glaub mir, das kommt vor!» Sie lachte leise. «Es liegt ganz bei dir, Carrie.»

Ihre sanfte, tiefe Stimme verweilte bei meinem Namen. Das leise Geräusch ihres Atems brachte mir den vergangenen Abend in Erinnerung, und mein Puls stockte. Beim sanften Schein der einen Lampe hatte ich in ihrem Arbeitszimmer über ihrer schmalen Schulter gelehnt und zugesehen, wie ihre Finger über die Tastatur flogen.

Der Junge, den sie verführte, war überwältigt, vor Erregung unterliefen ihm Schreibfehler, als er schilderte, wie hart er war, wie aufgegeilt er war, wie er dasaß und die zitternden Finger über seinen steinharten Schwanz gleiten ließ …

«O Gott!» Ich presste mir die Hand an die fiebrige Stirn und verwünschte still mein schwaches Fleisch. «Ich mach's. Wo bist du?»

Verfangen im Netz

Ich griff mir einen Stift, notierte hastig die Web-Adresse und stöpselte dann das Telefon aus. Drei Minuten später lief der Computer, und ich wählte meinen Server an.

«Wo bist du, Eva?», murmelte ich auf der Stuhlkante kauernd vor mich hin.

Ungefähr zweihundert weitere Leute waren auf der Site eingeloggt. Ich ging die Liste durch, auf dem der Name zu finden war, unter dem Eva teilnahm: Sapphire. Die Liste war alphabetisch sortiert, und es dauerte nicht lang, sie und den Raum, in dem sie sich aufhielt, ausfindig zu machen.

`Sapphire - Sextalk`

Ich wählte einen Namen, der so wenig wie möglich auf mein eher biederes wahres Ich schließen ließ. Dann klickte ich auf «Go to Room» und sprang hinein.

Sapphire: du hast dir aber zeit gelassen.
Dominique: bin schließlich noch neu hier.
23cm: damen hier, die bilder tauschen wollen?
Sapphire: wenn was in rot auf deinem Schirm erscheint, ist das eine private mitteilung, die nur du sehen kannst. Kannst du auch ignorieren. Aber wenn du antworten willst, klickst du den namen des absenders an und schickst eine PM zurück.
Dominique: OK, danke.
Sapphire: und auf rechtschreibung und grammatik kommts nicht so an, je schneller du tippst desto besser der sex, dabei bleibt was auf der strecke, meist die rechtschreibung. *g*.
Dominique: *g*?
Sapphire: grins.
23cm: grins ...
SamUK: Grins!

Ich musste selber grinsen, weil die letzten drei Mitteilungen alle auf einmal auftauchten, und überflog dann die Liste an der Seite meines Bildschirms. Außer Eva und mir befanden sich noch fünf weitere Leute im Sextalk. Alle konnten sehen, was wir sagten, und sich beteiligen, es sei denn, wir schickten PMs, wie 23cm eben.

SamUK: a/g/o, Dominique?
Dominique: oh, hilfe ...
SamUK: alter/geschlecht/ort.
Dominique: oh, *g*, danke. 30/w/GB ... und du?
SamUK: 23/m/London ... *g*, also eine landsmännin, zur abwechslung, sonst sind hier um die uhrzeit immer amis, *g*, wegen der zeitverschiebung, die gehen in der mittagspause online ... willst du hier chatten? Oder ich kann dich anrufen ...

Mit einem Wildfremden am Telefon zu sprechen, so weit war ich nicht. Noch nicht. Ich hatte erst mal genug damit zu tun, den Sextalk im Internet zu lernen. Außerdem wäre, wenn ich mit SamUK telefonierte, sofort klar, dass ich nicht die lebhafte Dominique war, und dass er mit meinem wahren Ich reden wollte, konnte ich mir nicht vorstellen.

Dominique: bleib bitte erst mal hier. Das ganze ist neu für mich.
SamUK: klar. Willst du auf privat gehen?
Dominique: sapphire?
Sapphire: bin noch da, guck nur zu ... mach schon, geh mit ihm auf privat ... wird dir gefallen.
23cm: komm mit MIR auf privat Dominique, da kommst du voll auf deine kosten.
HornyFiremanNYC: dominique, ich hatte gehofft, ICH dürfte dein feuer löschen ...

Dominique: *g* ... vielleicht nächstes mal, NYC. Ich mag männer in uniform.
HornyFiremanNYC: Das ist halt mein job, ma'am!
Dominique: Sam, hilf mir, ich weiß nicht, wie man in einen privatraum kommt.

Ich biss mir auf die Unterlippe und sah, wie die Schrift von Schwarz zu Rot wechselte, als SamUK privat mit mir sprach. Seltsam, wie anders ich mich fühlte, wenn ich Dominique hieß. Dominique war selbstbewusst, witzig, provokant. Und ungeheuer attraktiv – das stand von Anfang an für mich fest. Und sie war kein Feigling, der sich alles bieten ließ. Ich mochte sie sehr, und ich wusste, sie war die, die ich gewesen wäre, wenn ich in meinem Leben ein paar andere Entscheidungen getroffen hätte. Zum Beispiel, keinen Tyrannen zu heiraten. Oder aus der Stadt wegzuziehen und einem Bruder zu entkommen, der keinen Widerspruch duldete. Dominique hatte – anders als ich – keine Vergangenheit. Über ihre Zukunft entschied ich ganz allein. Und jetzt im Moment wollte ich mal versuchen, das Ruder in die Hand zu nehmen.

Bei dem Gedanken lächelte ich vor Vorfreude und las blinzelnd, was Sam auf dem Bildschirm sagte.

SamUK: nenn ihn "coolroom" (ist so verdammt heiß heut abend, wir können uns vorstellen, wir wärn irgendwo mit deckenventilator und offenen fenstern) ... klick dann auf "Go to Room" ... sehn wir uns da?
Dominique: klar ... ich versuchs jetzt

gleich. Wenn es bei mir nicht klappt, kommst du dann zurück zu Sex Talk?
SamUK: ich finde dich ... keine bange.

Ich machte alles, wie er es mir erklärt hatte.

Und da war ich. In einem absolut privaten Raum. Sams Computer war offenbar etwas langsamer: Sein Name war noch nirgends zu sehen. Die Wartezeit nutzte ich dazu, in die Küche zu flitzen, mir eine halb leere Flasche Wein aus dem Kühlschrank zu schnappen und ein sauberes Glas ausfindig zu machen. Das schmutzige Geschirr türmte sich wie üblich. Früher oder später müsste ich mich darum kümmern, so viel stand fest, aber jetzt im Moment hatte ich Dringenderes im Kopf.

Als ich mit der Flasche in der einen und einem hastig ausgespülten Glas in der anderen Hand zum Computer zurückkam, war Sam inzwischen eingetroffen und führte seit kurzem ein Selbstgespräch. Ich sah seine Wörter auf dem Bildschirm auftauchen und fragte mich kurz, wie er wohl war – wie er aussah. Er war 23, jedenfalls sagte er das. Jung, ein ganzes Stück jünger als ich, aber was spielte das für eine Rolle? Als würde ich ihn je im richtigen Leben treffen. Und wenn ich schon Internet-Sex hatte, dann wohl am besten mit Leuten, die jung waren; auf der Höhe der Zeit; mit der Technologie vertraut.

SamUK: hi ... du hast es geschafft. Gut.
SamUK: Dominique ... biste da?
SamUK: schick mir eine PM wenn du da bist, aber nicht reden kannst ...
SamUK: (pfeifend, hände in die taschen steckend) na typisch ... ich lach mir ein

mädchen an und verschreck sie dann ...
bist du ok Dominique? REDE MIT MIR!

Ich grinste, goss mir Wein ein und beschloss, ihn zu erlösen.

Dominique: sorry, war kurz wein holen. Ich rück ganz dicht an dich ran und schenk dir kühlen weißwein ein.
SamUK: mmmh, schmeckt ok aber ich mag lieber bier, du hast keins oder?
Dominique: *g*, nein. lass das bier, das ist nicht gut für deinen bauch, *g*.
SamUK: mein bauch ist in ordnung, komm her und fühl mal ... ein echtes sixpack.
Dominique: ja klar, das soll ich glauben ... du könntest aussehn wie Frankenstein und ich würds nie erfahren!
SamUK: stimmt allerdings. Warum tauschen wir keine bilder? schick mir ein foto – meine e-mail-adresse ist sambronson78 @surfermail.com.

78, dachte ich und biss mir vor Belustigung auf die Unterlippe. Das musste sein Geburtsjahr sein. Er war so jung. Jung und süß. Gerade reif genug, um von der schlimmen Dominique gepflückt zu werden.

Dominique: ich hab kein bild zum schicken. Bin blutige Anfängerin, hab gestern abend das erste mal einen chatroom ausprobiert. Aber schick mir eins von dir: adresse mail@horton.u-web.com.

SamUK: ich schicks dir grade rüber. Beschreib dich doch mal, wenn du schon kein Foto hast.
Dominique: tja, ich bin 1,68 m, kurvenreich, hab schulterlanges kastanienbraunes haar und ein nettes lächeln.

Mir war etwas unwohl, als ich den Text nochmal überflog. Er entsprach nicht ganz der Wahrheit. Schulterlanges Haar, ja. Aber kastanienbraun? Das war dann doch etwas geschönt. Ich seufzte, aber dann fiel mir ein, dass Dominique ja nicht mit mir identisch war. Sie war jemand anderes, sie konnte alles sein, was ich wollte. Heute Abend würde ich kastanienbraun und hinreißend sein und SamUK umhauen. Die Wahrheit würde er nie erfahren.

SamUK: hört sich an wie ein feuchter traum, dominique ... so ... ich leg meinen arm um deine taille, zieh dich an mich und vergrabe das gesicht in diesem schulterlangen haar ... mmmh riechst du gut ... darf ich dir beim ausziehen helfen? ich möchte diesen kurvenreichen körper nackt sehen ...

Beim Lesen merkte ich, wie mir plötzlich heiß das Blut ins Geschlecht schoss, eine verruchte Hitze, die bei seinen Worten in mir anschwoll und aufloderte. Oh, wow, dachte ich, was hätten wir für einen Spaß zusammen, wenn dies das richtige Leben wäre. Das Internet schien voll grandioser Möglichkeiten: Man trifft einen Typen, fordert ihn zum Sex auf und geht ran. Kein Vorgeplänkel, keine Zeitverschwendung. Einfach mitten rein in den heißen Sex. Man kam gleich zur Sache.

Ich rutschte auf meinem Stuhl nach vorn und spürte dabei, wie das polierte Holz gegen die Rückseite meiner Oberschenkel drückte. Als ich die Beine ein wenig spreizte und mich an die harte Sitzfläche presste, merkte ich, wie klebrig mein Baumwollslip war. Das hier versprach besser zu werden, als sich mit erotischer Lektüre zum Masturbieren ins Bett zu kuscheln.

Ich rief meine Eingangspost auf und lud sein Bild herunter.

Sam war zweifelsohne 23 und sehr süß. Nicht umwerfend. Nicht supersexy. Nicht mal besonders fit. Bloß ein nett aussehender Durchschnittstyp mit Baseballmütze, reizenden Augen und tollem Grinsen. Er sah lustig aus. Ich beschloss, etwas härter ranzugehen. Schließlich war ich Dominique, und ich konnte tun, was mir gefiel.

Dominique: guck mal, wie meine hübschen nackten titten dir entgegenschwellen ... sie sehnen sich danach von deinen händen berührt zu werden. Ich pack dich am handgelenk und zieh dich näher ran. Ich drück deine hand an meine brust.

SamUK: o ja. Gefällt mir. Du fühlst dich so gut an, so fest.

Dominique: ich massier dir mit einer hand den schenkel bis nach oben. Mmmh, du hast ja ordentlich was in der hose, mister. So. Sag mir, was du tun würdest wenn du mich im richtigen leben sähst?

SamUK: o Gott, im RL würd ich gern ...

deine titten küssen, daran saugen und sie befummeln.

Dominique: mmmh ...?

SamUK: und noch viel mehr.

Dominique: z.b.? na los erzähl mir mehr. Sag mir was für ein mensch du am liebsten wärst, und wo du mit mir hingehen würdest um mich zu vögeln.

Eine Pause trat ein, während er darüber nachdachte. Dann tauchten seine nächsten Worte auf meinem Bildschirm auf.

SamUK: *g*, seit ich klein war wollte ich immer ein Cowboy sein. Mit stetson. Halstuch. Fransenhosen, *g*. Und ein rodeocrack! Dann könnt ich dich mit dem lasso einfangen ... dich zu meiner ranch bringen. Die tür zu meinem heuschober auftreten. Da drin wär es kühl und dämmrig. Ich würde dich in die frischen heuhaufen stoßen.

Dominique: o ja, Sam, klingt gut ...

SamUK: und dich in den größten, weichsten heuhaufen runterdrücken.

Ein Cowboy! Ach, wie nett. Wie süß und altmodisch er war. Ich konnte mir Sam lebhaft als kleinen Jungen vorstellen, wie er Cowboyfilme guckte und davon träumte, eines Tages selbst einer zu sein. Und hier, online, konnte er genau das tun: seine Phantasien ausleben. Er flüchtete vor der Realität, genau wie ich.

Dominique: mmmh ... das heu riecht echt gut. Sam, hast du einen cowboyhut auf?
SamUK: jau. Einen schwarzen wie die bösen cowboys immer. Was hast du an?
Dominique: oh, ich bin aufgedonnert wie Jane Russell auf diesem 50's filmplakat: nackte schultern und titten weil du mir schon die bluse ausgezogen hast! Mein rock ist über die schenkel hochgerutscht. Kleine schnürstiefel. Eng geschnürte korsage.
SamUK: O mann! Ich zieh meinen reißverschluss auf und hol mein hartes gerät raus. Ich will dich vögeln. Komm her ...

Ich war überrascht, was für ein Wirrwarr von Gefühlen mich aufwühlte. Und ebenso sehr überraschte mich meine Reaktion auf seine Worte. Ich verspürte einen Adrenalinstoß im Bauch, während ich weitertippte:

Dominique: Ich hocke auf allen vieren. Ich drück mich gegen dich, ich kann fühlen wie du mit dem finger über meine klitoris streichst.
SamUK: ich streichle deine klit, reibe sie fest und bin schon ganz besudelt von deinen säften. mmmh dominique du bist so nass, so nass und warm, du fühlst dich echt gut an. Können wir gleich zur Sache kommen?

Ich verfolgte, wie seine Worte auf dem Bildschirm auftauchten und er zu schildern begann, wie er seinen steifen Schwanz in mich reinstieß, wie eng ich mich anfühlte, wie süß und klebrig, wie frisch ich roch. Ich merkte, wie mein Atem schneller ging, während ich seine Worte las, und mein Puls hüpfte dahin, trommelte einen stetigen Rhythmus in meinen Adern. Ich tippte nur noch einhändig, denn ich wurde immer geiler und ließ die andere Hand hinunter an meinen Rocksaum gleiten.

SamUK: ich zieh ihn raus bis zur spitze und lass ihn ganz wieder reingleiten. O wie glitschig du bist. Ich gleite raus und wieder rein. Ganz rein.
Dominique: das fühlt sich so gut an ...
SamUK: so eine enge muschi - ich vögel dich jetzt hart und schnell.
Dominique: ich reck dir meinen arsch entgegen, um dich tiefer reinzulassen.

Ich schob mir langsam den seidigen Stoff meines Rocks die Oberschenkel hoch, um mich berühren zu können; um mit meiner Hand tun zu können, was Sam auf dem Bildschirm mit seinem Schwanz tat.

SamUK: ich knete dir von hinten die Brustwarzen
SamUK: während ich deine süße kleine muschi vögel, deine enge muschi
SamUK: rein und raus
SamUK: rein und raus

Ich drückte den Rücken durch, holte tief Luft und liebkoste kurz meine Brüste, dann legte ich die Finger zurück auf die Tastatur.

Dominique: mmmmmmh, nimm mich richtig hart ran, sam. Stoß ihn rein wie einen rammbock ... schnell und HART.
SamUK: ich zieh ihn wieder raus bis zur eichel. Dann stoß ich ihn rein bis an die eier. Ich vögel dich so hart du willst.
SamUK: Ich stoß ihn wieder rein ... immer immer wieder, pack deine titten und knete sie, lehn über dir und ramm mich tief rein in deine honigfeuchte muschi.
Dominique: ich fahr mit der hand runter und reib meine klit während du mich stößt, wie toll sich deine eier an meinen muschilippen anfühlen wenn du mich vögelst ...
SamUK: ich spür wie meine eier gegen dich klatschen, o ja genau. Du fühlst dich so toll an.
Dominique: o ja ...

Mein Finger drückte hart gegen meine lechzende Klit, und ich lehnte mich mit zusammengekniffenen Augen im Stuhl zurück. Ein süßes Verlangen spülte über meinen Körper, und ich spürte, wie ein Prickeln mich durchlief, von den Zehenspitzen hinauf bis an die Schädeldecke. Meine Hand bewegte sich etwas schneller, und ein frischer Schwall Saft durchnässte meinen Slip.

Dominique: toll wie du mich vögelst ... ich greife nach hinten und umfasse deine oberschenkel mit den händen
SamUK: ... ja ich vögel dich so fest ich kann
Dominique: Ich zieh dich ganz nah an mich, kann die rauen haare an deinen schenkeln fühlen, umklammere deine muskulösen beine fest mit den fingern, kannst du fühlen wie meine langen nägel sich hineingraben, ich zieh dich an mich, finde deinen rhythmus, o gott, ja, Sam ...

Meine Finger wurden schneller, mein Daumen war um den warmen, nassen Zwickel meines Slips gekrampft.

SamUK: ich press mich an dich und stoß dir meinen schwanz rein so tief ich kann.
Dominique: ich seufze winzig kleine keuchende seufzer im takt deiner stöße.
SamUK: ich spüre wie deine muschi an meiner eichel saugt während ich dich streichle ...
Dominique: mmmmmh streichel mich weiter ...

«O ja, streichel mich weiter, Sam», murmelte ich, legte weiter Hand an mich und ließ träge die Lider herabsinken. Ich konnte gerade noch den Bildschirm sehen, eben noch seine Worte lesen: Ich war in einem halb bewusstlosen Zustand der Hingabe, und das war phantastisch.

SamUK: ich zieh ihn raus bis zur spitze und stoß ihn wieder ganz rein
Dominique: ich nehme deine hand und drücke sie mir gegen die klit, und du spürst sie wie eine harte perle unter den fingern
SamUK: ja sie ist hart, eine süße kleine knospe. Ich drück sie fest und du bäumst dich weiter auf
SamUK: ich vögel dich jetzt hart und heftig

Das war Sextalk vom Feinsten, direkter ging es nicht. Und es war fast besser als im echten Leben, weil einem kein Keuchen in die Quere kam: bloß versaute, erotische Wörter, die auf einem Bildschirm aufleuchteten. Durch die nachlässige Orthographie wirkten sie nur umso dringlicher.

Mein Slip war durchnässt. Heiß und feucht haftete er an meinem geschwollenen Geschlecht und fühlte sich langsam fast wie ein Fremdkörper an, wie ich da auf dem Stuhl saß, einen Fuß gegen das Tischbein gestützt, den anderen fest auf den Teppich gestemmt. Meine Knie waren so weit gespreizt, dass es fast wehtat, und ich tippte immer langsamer, während ich mich meinen Empfindungen hingab und mich immer schneller massierte.

SamUK: du tippst ja gar nicht mehr. Fummelst du gerade an dir rum?
SamUK: O weia - das tust du stimmts? Du bist so heiß dominique. Mach weiter. Zieh deine unterwäsche aus ... tust du das für mich?

Dominique: ja. *g*, sam, sag mal - hast du wirklich grade einen steifen?
SamUK: Er ist steinhart. Ich spreng grade die knopfleiste meiner jeans, *g*. O Dominique, sag mir dass du deinen slip ausgezogen hast. Sag mir was du fühlst, wie nass du bist, wie gut du riechst.

Ich pellte mich aus dem Slip und knüllte ihn in der Hand zusammen, genoss kurz die Körperwärme, die noch an dem leichten Stoff haftete, und ließ ihn dann auf den Boden unter meinem Schreibtisch fallen.

Dominique: Ich fühl mich warm an, und sehr nass ... drinnen bin ich sehr glatt und eng, aber mein finger flutscht ganz leicht rein.
SamUK: ja Dominique, machs dir mit den fingern, vögel dich selbst ...

Ich zitterte vor Lust und Vorfreude. Leicht massierend, umkreiste ich mit dem Zeigefinger meine harte Klit in langsamerem, hypnotischerem Rhythmus und sah auf den Bildschirm, um zu lesen, was er schrieb.

Aus einem Finger wurden zwei. Ich ließ sie nass über mein Geschlecht gleiten, spürte die glühende Hitze meiner Schamlippen und das samtige Haar, das meinen Handballen kurz kitzelte und dann darunter platt gedrückt wurde. Dieser Dialog am Computer geilte mich viel, viel mehr auf, als ich mir je hätte vorstellen können.

Mein Körper bäumte sich auf und bebte, und ich ließ mich tiefer in den Stuhl gleiten. Mein Geschlecht fühlte sich so offen an, so gierig, so hungrig. Ich sehnte mich verzweifelt danach, ihn in mir zu haben. Ich stellte mir Sam vor, irgendwo in London, am Computer sitzend, hilflos in seine enge Jeans geknöpft – vielleicht sogar wichsend –, sein junges Gesicht ebenso erhitzt wie meins, die Augen auf die Wörter geheftet, die unablässig auf dem Bildschirm erschienen.

Dominique: `ich press mich richtig fest an dich, reibe meine möse an dir`
Dominique: `Ich reib mich richtig fest an deinem eisenharten schwanz`
SamUK: `o ja ...`
Dominique: `fester`
Dominique: `und fester`

Ich stieß mir die Finger tief hinein, als wären sie sein Schwanz. Ich hielt es kaum noch aus – ich stand unter Druck, als wartete irgendwo tief in meinem Körper eine Wasserbombe darauf loszugehen. Den Daumen hart gegen meine Klit gedrückt, vögelte ich mich mit den Fingern, stieß sie tief rein und bäumte mich vom Stuhl hoch, sodass meine Muschi sich meiner Hand entgegenhob. Meine Hand bewegte sich schneller zwischen meinen weit gespreizten Schenkeln; meine Finger rutschten und glitschten in meinem eigenen Saft herum, und ich konnte mein eigenes stoßweises Keuchen hören.

Nur mühsam tippte ich weiter.

Dominique: `oh es ... fühlt sich so gut an. Ich bin jetzt so weit. O Sam ...`
SamUK: `ja reite mich, vögel mich, du`

```
fühlst dich so gut an auf mir, so heiß,
und wie fest du mich umklammerst -
```

Der schwere Messingklopfer hämmerte an meine Haustür und unterbrach herzlos jede süße Empfindung, die mir durch die Nervenenden kribbelte.

Ich hielt ein Weilchen inne, die klebrigen Finger reglos zwischen den Beinen, die Augen auf den Bildschirm geheftet. Doch wer auch immer an der Tür war, er ließ sich nicht so einfach entmutigen.

Ich fluchte und tippte:

```
moment Sam, da ist jemand an der tür
```

Ich schob mir den Rock runter und strich ihn über den Schenkeln glatt. Missmutig und in der inständigen Hoffnung, Sam würde auf mich warten, stampfte ich durch den Flur und riss die Tür auf.

Dominique spricht

«Hi, Carrie.»

Max Armstrong hob den Blick von einem Zettel. Ich konnte sehen, dass darauf in der vertrauten Klaue meines Bruders meine Adresse stand. «Hoffentlich stört es Sie nicht, dass ich hier so unangemeldet auftauche.» Er hielt mir einen in Papier gewickelten Riesenstrauß Schwertlilien, Passionsblumen und fiedrigen grünen Farn entgegen. «Die sind für Sie. Als Dank für gestern Abend.»

«Oje.» Das klang so wenig begeistert, dass ich selbst zusammenzuckte. Gezwungen lächelnd nahm ich die Blumen in Empfang. Sie dufteten wundervoll, nach sonnigen Wiesen und taubenetztem Gras.

Kurze Zeit standen wir beide reglos da. Stirnrunzelnd fixierte ich den dritten Knopf an Max' Hemd und überlegte, wie ich ihn wohl loswerden könnte. Er wiederum schob sich die großen Hände tief in die Hosentaschen und musterte mein Gesicht. Eine Weile herrschte peinliches Schweigen, dann senkte er den Blick seiner durchdringenden grauen Augen, biss sich auf die Lippe und nickte bedächtig.

«Okay», sagte er und trat zurück. «Tut mir Leid. Ich – ich komm ein andermal vorbei.»

Ich sah rasch hoch in sein Gesicht und war hin- und hergerissen. Er wirkte ehrlich enttäuscht über meine laue Reaktion; aber schließlich hing gerade SamUK in meinem Arbeitszimmer an jedem meiner Worte. Ich wollte zu ihm zurück.

Dann lächelte Max. Und dieses Lächeln gab dann den Ausschlag. Schief. Bedauernd. Sehr selbstironisch. Es war ein Lächeln, das sich nicht auf die Lippen beschränkte, sondern sein ganzes Gesicht aufhellte und seine dunklen Augen strahlen ließ. Ich schluckte schwer und fragte mich, wieso ich ihn vor der Tür stehen ließ. Er war ein netter Kerl, und ich war gerade sehr unhöflich.

«Kommen Sie doch rein, Max. Bitte.» Ich trat zurück und öffnete die Tür etwas weiter. «Sie müssen mir helfen, eine Vase dafür zu finden. Mit Blumen stell ich mich immer so ungeschickt an.» Ich schloss die Tür und lächelte zu ihm hoch. Er war so groß, dass sein widerspenstiges schwarzes Haar am Lampenschirm entlangstreifte. «Eva hat eher ein Händchen für solche Sachen.»

«Ja, sie hat viele Talente.» Mir war, als hörte ich da einen leicht sarkastischen Unterton. Max folgte mir in die Küche. Höflich tat er so, als bemerke er nichts von meinem häuslichen Chaos, während wir nach einer Vase suchten. Schließlich mussten wir uns mit einem großen Keramikkrug begnügen, und ich räumte eine Stelle in der überquellenden Spüle frei, damit er an den Wasserhahn kam.

Mir fiel ein, dass mein Computer immer noch online war, also überließ ich es ihm, die Blumen auszuwickeln, und huschte zurück an meinen Schreibtisch. Am Boden lag immer noch mein zerknüllter Slip, und ich ließ ihn mit einem schwungvollen Tritt hinterm Papierkorb verschwinden.

Dominique: sam? noch da?
SamUK: ja, was ist los? hat ja ewig gedauert ... ich komm um hier!
Dominique: sam ich muss weg. Tut mir echt Leid, ist was dazwischen gekommen. Aber ich würd liebend gern wieder mit dir chatten.
SamUK: ganz SICHER dass du nicht bleiben kannst? du hast mich zum siedepunkt gebracht!
Dominique: sorry ... ich mail dir.

«Sie haben gearbeitet, als ich klingelte, stimmt's?»

Das war Max. Er war mir aus der Küche gefolgt und stand nun mit dem Krug voller Blumen in meinen Esszimmer. «Verdammt, das hätte ich merken sollen, Carrie. Ich werd Sie nicht länger aufhalten.»

Nachdem ich das Programm durch «Quit» beendet hatte, drehte ich mich um und lächelte ihn an.

«Nein, nicht gearbeitet. Ich war bloß ein bisschen im Internet unterwegs. Hab einen Chatroom ausprobiert. Danke übrigens für die Blumen. Das war doch nicht nötig.» Ich nahm ihm den Krug ab. «Mir ist klar, dass man Sie gestern Abend vermutlich bestochen hat, damit Sie meinen Tischherrn spielen.»

«Bestochen?» Ich sah zu, wie er lässig eine Hand in die Hosentasche schob und sich mit der anderen durch das schwarze Haar fuhr, bis es stachelig hochstand. «Man hat mich nicht bestochen», sagte er. «Na ja, ein bisschen vielleicht, Leon hat mich momentan ein wenig in der Hand. Dabei wäre ich gestern Abend fast nicht gekommen. Ich dachte schon, Sie würden genau wie Eva sein. Aber als ich Sie dann sah, war ich doch froh. Sie waren so … so … normal!»

«Oh.» Ich wusste nicht recht, was ich sagen sollte. Als normal bezeichnet zu werden war schließlich nicht gerade das tollste Kompliment, also lächelte ich ihn nur an und stellte vorsichtig die Blumen auf den Schreibtisch. Ich überlegte, wie ich ihm den Abgang erleichtern könnte. Denn dass er wegwollte, war klar: Mit der einen Hand zupfte er sich am Ohrläppchen herum, die andere klimperte mit dem Kleingeld in seiner Hosentasche. Stirnrunzelnd lieferte ich ihm das Stichwort für den Abgang, auf das er zu lauern schien.

«Nun, vielen Dank. Und vielleicht sieht man sich ja mal wieder.»

Eine längere Pause trat ein.

«Genau das habe ich ehrlich gesagt gehofft. Sie wiederzusehen, meine ich. Ich werde fast den ganzen Sommer über hier in England sein, und ich dachte mir – würden Sie mal mit mir zu Abend essen?» Die Frage kam so direkt und unerwartet, dass ich völlig überrumpelt war. Ich starrte ihn an. Seine ernsten dunkelgrauen Augen fixierten mich so intensiv, dass mir fast der Atem stockte.

Unwillkürlich wünschte ich mir, anders zu sein. Hübscher. Dünner. Mit mehr Sexappeal. Was auch immer.

Um Zeit zu schinden, hielt ich die Weinflasche hoch, aus der ich eben getrunken hatte. «Möchten Sie vielleicht noch auf ein Glas bleiben?»

«Danke, sehr gern. Aber, Carrie …», mein Magen schlug Purzelbäume, als er wieder dieses schiefe Grinsen aufsetzte, «… die Flasche ist leer.»

«Oh.» Ich lief rot an. Bestimmt hielt er mich für eine armselige Kreatur, die im Dunkeln hockte, sich allein voll laufen ließ und mit wildfremden Leuten im Internet chattete. Ich lächelte verlegen. «Stimmt ja. Äh, ich hol eben eine neue.»

«Oh, aber nicht extra für mich. Ich möchte Ihnen auf gar keinen Fall Umstände machen.» Er nahm mir die Flasche aus den Händen. Seine Finger streiften meine, doch schien er das plötzliche Prickeln, das mir bei dieser Berührung durch die Hände fuhr, nicht wahrzunehmen. Vorsichtig stellte er die Flasche auf dem Tisch ab. «Hören Sie, ich geh vielleicht besser.» Er sah mir kurz in die Augen, dann wandte er sich zum Gehen. «Ich störe Sie doch nur; vermutlich haben Sie viel Besseres zu tun.»

«Eigentlich nicht.» Ich atmete tief durch und traf eine Entscheidung: Besseres zu tun, als Max Armstrong mit den stürmisch grauen Augen und dem schiefen Grinsen, bei dem mein Magen die tollsten Turnübungen veranstaltete, zu Gast zu haben?

«Ich möchte noch eine Flasche aufmachen. Mit Ihnen. Und zwar jetzt.»

Und so hörte ich zum ersten Mal, wie Dominique aus mir sprach.

«Okay.» Er lächelte dieses Lächeln. «Ich helf Ihnen.»

Zwei Stunden später spreizten seine breiten, geschickten Finger meine Oberschenkel und kneteten die weiche, glatte Haut dort. Ich lag auf dem Kissen und ließ die Augenlider zuflattern, während sein Zeigefinger mein Geschlecht streichelte und ein nasses, klebriges Geräusch machte, als er in meine dickflüssigen Säfte tauchte. Wonne durchströmte mich wie heißes Öl: beruhigend, wärmend, meine Sinne in einen Taumel versetzend.

«Streichel dich», raunte er mir ins Ohr, und sein Atem strich mir warm und weinduftend über den Hals. «Berühr deine Muschi. Mach dich richtig nass. Ich möchte sehen, wie du's dir mit deinen Fingern machst. Ja, genau so, gut. Das sieht toll aus.»

«Gefällt's dir?» Lächelnd drückte ich den Rücken etwas durch und ließ die Finger über meine harte, schwellende kleine Klit spielen. Die Empfindungen, die mir über die Haut rieselten, waren fast nicht mehr auszuhalten. Ich war bereits sehr nass, nach dem unerfüllten Clinch mit SamUK rasten meine Hormone auf Hochtouren. Mein Geschlecht fühlte sich unter meinen Fingern dick und sämig an wie Honig. Mein Fleisch schwoll an bei der Berührung meiner Hand, und ich spürte die Sahne, die tief aus mir vorquoll, warm und glitschig auf meiner Haut. Ich konnte meinen eigenen Duft riechen – so köstlich stark, dass ich ihn fast auf der Zunge schmeckte –, und dem gemarterten Blick in Max' grauen Augen sah ich an, dass er nichts lieber wollte, als hinabtauchen und selbst den Saft kosten, der mir auf den Fingern glänzte.

Genau das ersehnte ich auch. Aber gleichzeitig überlegte ich, was Dominique in dieser Lage täte. Sie würde ihn noch hinhalten. Sie würde die Zügel in die Hand nehmen und ihn warten lassen. Also beschloss ich, ihn ebenfalls warten zu lassen.

Ich schloss die Augen und begann, mit den Fingern sanft meine schwellenden Muschilippen zu massieren, und ich spürte, wie sie sich unter der beharrlichen Bewegung meiner Hände vorstülpten und aufblühten. Als ich die Augen ein wenig öffnete, sah ich, dass Max seine abgestreifte Hose herangeholt hatte und nun in einer der Taschen wühlte. Ich hörte, wie eine Folie aufgerissen wurde, und spähte wieder hin, um zuzusehen, wie er sich das Kondom über den beeindruckend langen Schwanz rollte.

Nun, ihn warten lassen ist das eine, mir ins eigene Fleisch schneiden das andere, dachte ich. Ich kann nicht ewig Dominique spielen und die Kontrolle behalten: Ich will ihn jetzt in mir spüren. Mit zitternden Fingern umfasste ich für einen kurzen Moment seinen Schwanz. Er lächelte, und ich fühlte, wie mir das Blut in die Wangen schoss, als ich ihn losließ und in die weichen Kissen zurücksank.

Sein Schwanz war groß. Und dick. Und sein Körper war so unglaublich behaart, dass die dichten, üppigen schwarzen Kringel seine Haut ganz überschatteten und sie dunkler wirken ließen, als sie eigentlich war. Schauer der Erwartung überliefen mich, als ich zusah, wie er sich wieder zwischen meine Schenkel kniete und sanft mit den Händen über die Wölbung meiner Hüfte fuhr. Es war, als hätte er Flammen an den Fingerspitzen, seine Berührung war wie Feuer. Ich fühlte meine Haut unter seiner Liebkosung vibrieren, atmete tief und langsam, um jenen winzigen Augenblick der Stille auszukosten, der uns verband.

«Willst du das auch ganz sicher?», raunte er – mit dunkler, sanfter, fast samtiger Stimme –, als er seinen harten Körper auf meinen legte und die Arme unter meinen Rücken gleiten ließ, einen an meiner Taille, den anderen an meinen Schultern.

«O ja», flüsterte ich zurück. «Aber hör danach nicht auf. Lass uns die ganze Nacht weitermachen.»

«Ist das dein Ernst?», brummte er und stützte sich auf einen Arm, sodass die Matratze unter seinem Körpergewicht nachgab. Ich wandte den Kopf ein wenig und beobachtete, wie die dicke, knubbelige Muskulatur direkt über seinem Ellenbogen spielte. «Ich meine, wirklich? Du spielst mir nicht nur was vor? Tust es nicht bloß, weil du dich dazu verpflichtet fühlst? Wegen unserem Treffen bei Leon, meine ich.»

«Nein! Meine Güte, nein.» Dass er so etwas dachte, verblüffte mich. Ich? Sollte mich ihm gegenüber verpflichtet fühlen? Irgendwie hatte er da wohl einiges durcheinander gebracht. «Nein, bestimmt nicht. Das mache ich, weil ich es will. Mit dir macht es Spaß. Und schau, das ist wohl kaum vorgespielt …» Ich fuhr mir mit der Hand hinab an mein feuchtes Geschlecht und hielt ihm dann die nassen Finger an den Mund. «Das ist echt», hauchte ich und japste, als er mit weichen Lippen meine Fingerspitzen umschloss. Während er fest daran saugte, pochte es in meinem Geschlecht, und mein Herz schlug schneller.

«Carrie», flüsterte er, als sein Mund sich von meinen Fingern zu meinen Brüsten bewegte. Dann presste er seine Lippen mit atemberaubender Gier auf die meinen. Ich konnte das harte, saubere Elfenbein seiner Zähne an meiner Zungenspitze spüren. Ich trank ihn und fühlte, wie der Druck, der sich in meinem Kopf gestaut hatte, sich löste und mir in winzigen elektrischen Impulsen den Körper hinabwanderte. Meine Beine waren weit gespreizt und um die rau behaarte Härte seiner Oberschenkel und Pobacken geschlungen. Ich spürte, wie seine Hand zwischen unseren Körpern hinabglitt, um seinen Schwanz in mich einzuführen.

Mit leichten Hüftbewegungen und Druck meiner Schenkel wand und bäumte ich mich unter ihm, geschmeidig wie eine Katze, bis er direkt vor dem heißen, klebrigen Mund meines Geschlechts war.

«Ist das okay?», raunte er, die Lippen dicht an meinem Ohr.

«O ja, Max. Mehr als okay», murmelte ich und fühlte, wie mir das Blut aus dem Kopf wich, als müsste ich vor Wonne gleich ohnmächtig werden.

Er stieß in mich, vergrub sich fast in meiner nassen, bereiten Möse. Es war lang her, seit ich das letzte Mal gevögelt worden war, und überwältigt von der totalen Ekstase, mal wieder gedehnt zu werden, stieß ich ein lautes Grunzen aus. Ich warf den Kopf zurück in das weiße Baumwollkissen und presste die Hüften fest an seine, stachelte ihn mit kleinen Handbewegungen an seinem Rücken und winzigen, vor Wonne undeutlichen Worten der Ermunterung weiter an.

Er bewegte sich rasch, fuhr ganz hinein und zog sich wieder zurück – mit einem köstlich schmatzenden Geräusch –, dann ließ er die Hüften wieder vorschnellen und pfählte mein Geschlecht mit einem harten Stoß. Nochmal. Nochmal. Ein rhythmisches Rein und Raus. Dann mächtige Stöße, wie ein Rammbock. Hart und schnell und noch schneller, bis ich mit seinen Bewegungen nicht mehr mithalten und nur noch ans Bettgestell über mir greifen konnte, um an den Eisenstäben Halt zu finden, während er, der nun seinen Rhythmus fand, mich vögelte, bis ich von neuem laut aufschrie.

«Mehr! Oh, Max!» Ich fühlte mich wild und hemmungslos, Lustgefühle rieselten mir über die Haut. Ich spürte, wie meine Möse sich für ihn dehnte und wie sein pochender Schwanz tief in mich hineinpumpte.

Dann waren seine Finger zwischen uns: forschend, drückend, reibend. Mit winzigen, gewandten Kreisbewegungen auf meiner harten, geschwollenen kleinen Klit versetzte er mich schier in Raserei. Ich bäumte mich auf und hatte mich kaum noch unter Kontrolle, während seine Fingerspitze rascher über den kleinen Muskel glitt, bis mir der Atem stockte. Fast schluchzend flehte ich ihn an aufzuhören.

«O bitte», stöhnte ich. «Nicht weiter. Hör auf. Oh, bitte hör auf.»

Doch als er mir dann gehorchte, schüttelte ich lachend den Kopf.

«O Gott. Nicht aufhören. Hör nicht auf, Max!»

Danach hörte er wirklich nicht mehr auf. Seine langen Finger setzten ihren köstlichen Tanz auf meiner Klit fort, sodass der muskulöse Knopf sich in die Länge dehnte und anschwoll und schließlich so prall war, dass es sich anfühlte, als seien mein ganzer Körper und jede Empfindung dort gebündelt. Kleine grelle Sternchen tanzten mir durch den Kopf, und ich fühlte eine heiße Woge des Verlangens über meine Haut spülen, bei der meine Brustwarzen hart wurden und sich die Härchen in meinem Nacken aufstellten.

«Oh, du fühlst dich so gut an!» Max hatte die Hände eng um meine Taille gelegt, knetete sie, drückte sie, und ich rang japsend um Atem, als er seinen wunderbar langen

Schwengel aus mir rauszog. «Dreh dich um für mich. Darf ich dich von hinten vögeln? Ich will deinen süßen kleinen Arsch unter meinen Händen sehen. Oh, Carrie.»

Wie er «Arsch» aussprach, einfach toll. Durch seinen amerikanischen Akzent wurde das Wort so gedehnt, dass es sich anhörte wie der geilste Körperteil überhaupt. Ich starrte hoch in seine Augen und hatte kurz das Gefühl, ich müsste in ihren stürmisch grauen Tiefen ertrinken. Er war so stark, so rücksichtsvoll, so geil, und sein Schwanz hatte mich ganz weit geöffnet.

Ich fasste in die frischen, klebrigen Reste meiner Sahne, als ich seinen Schwanz für einen Augenblick in die Hand nahm. Dann musste ich loslassen, um mich herumzudrehen, bis ich auf allen vieren hockte. Ich fühlte mich offen und verletzlich. Meine Möse klaffte weit auf und bettelte förmlich darum, gefüllt zu werden. Dann spürte ich kühl Max' Handflächen auf meiner fiebrigen Haut, und mit einer unendlich zarten Berührung meiner Wirbelsäule stieß er mich sanft nach vorn, bis mein Gesicht ins weiche Kissen gedrückt war.

Ich hielt den Atem an, als er seine Finger über das lüstern geschwollene Fleisch zwischen meinen Beinen gleiten ließ; mich teilte, mich wieder öffnete, dann rasch den Zeigefinger in die heißen Tiefen stippte, wie um mich für seinen Schwanz bereitzumachen. Kurz geschah nichts, und ich merkte, wie er auf der Matratze hinter mir herumrückte, dann schien er sich zu mir zu neigen, gegen meinen Körper zu sinken, während der Kopf seines Schafts drückte und stocherte und – endlich – hineinglitt. Seine krausen Körperhaare kringelten sich gegen meinen Po, und seine Eier waren dicht an ihm hochgezogen und drückten süß gegen meine pralle Muschi.

Mit einem Stoß versenkte er seinen Schwanz tief in meinem Inneren, seine Schenkel drückten mir von hinten fest gegen die Beine. Mir kam der Gedanke, dass ich gerade in den Genuss von etwas kam, für das meine Schwägerin sonst was gegeben hätte. Wider Erwarten hatte ich Erfolg, wo sie gescheitert war, und das verursachte ein warmes Glühen tief in meinem Körper, das nicht mehr aufhörte. Eva wollte Max, und Eva bekam immer alles, was sie wollte. Aber Max wollte mich. Und bei dem Gedanken schloss ich die Augen und stieß mich rücklings gegen seinen kraftvollen Körper.

Max' Finger verließen meine Taille und schlängelten sich herum an meinen Bauch. Sanft, fast liebevoll streichelte er mich dort, dann stieß er die Finger tief in meine Locken hinab und suchte meine Klit.

«O ja», stöhnte ich und vergrub das Gesicht tiefer im Kissen, sodass ich kaum noch Luft bekam. Seine Hände zauberten, bearbeiteten meine steife Klit erst sanft, dann immer beharrlicher, bis ich spürte, wie mir eine vertraute Hitze durchs Geschlecht strömte. Das köstliche Gefühl seines Zeigefingers, der inzwischen glitschig war von meinem reichlichen Saft, und sein harter Schwanz, der tief in mir steckte, dies trieb mich weiter, bis ich fühlte, wie mein Höhepunkt nahte, Tempo gewann, am Rande meines Bewusstseins summte und pochte.

«O Max. Ja. O ja. Fester, Max. Ich komme! O Gott, ich komme.»

«Komm. Komm jetzt. Ich bin hier. Ich … ich … oh, du bist wunderschön, du siehst so gut aus, du fühlst dich so gut an. O ja.» Max langte mit der anderen Hand um meinen Körper, packte eine meiner Titten und umschloss sie mit der Hand, während er fest gegen mich rammte. Ich konnte die Wärme seines Atems spüren, an den Schultern, im Nacken und am Rücken. Die gezügelte Kraft seiner geballten Faust, dazu die heftigen Empfindungen, die sich in meinem Bauch sammelten und dort explodierten, stießen mich endlich über die Klippe, und ich biss wie von Sinnen ins Kissen: Dabei drängte ich mich rücklings an seinen Körper, bewegte mich heftig mit ihm, um ihn tiefer in mir zu haben, als es mir kam.

Ein weiß glühender Puls pochte irgendwo hinter meinen Augenlidern, und meine warme Haut erschauerte. Mächtige, muskulöse Wogen der Wonne durchströmten mich, verengten das pralle Fleisch meines Geschlechts um seinen dicken Schwengel und sorgten dafür, dass meine Brustwarzen sich jäh zu winzigen, harten, rosigen Knötchen zusammenzogen. Ich spürte, wie fest und ruhig Max mich hielt, die Finger fest an meine Klit gepresst, während ich kam: sein Körper angespannt, seine muskulösen Schenkel hart hinter mir. Ich schrie auf, ein lang gezogener, rauer, kehliger Schrei, der zum Teil vom Kissen verschluckt wurde, in das ich mich verbissen hatte.

Erst als ich aufhörte, rührte er sich, rutschte hinab, bis er, die Brust auf meinem Rücken, sanft sein Gewicht auf mir ruhen ließ, mit dem Mund mein Ohrläppchen fand und daran spielte, die Lippen mal fest, und weich, während ich die Augen schloss, um die letzten Spasmen des Orgasmus zu verlängern, die mir noch durch den Körper zuckten.

«Bist du nicht gekommen?», flüsterte ich, verwirrt von der harten Rute, die an der feuchten Innenseite meiner Schenkel klebte. Er schüttelte den Kopf und rieb dabei mit dem stoppeligen Kinn leicht über die weiche Haut meiner Schulter.

«Noch nicht. Wir haben die ganze Nacht.»

«War ich okay?» Plötzlich wurde ich unruhig, hatte Angst, ihn nicht genug aufgegeilt zu haben.

«Du warst … phantastisch. Hinreißend. Du siehst so wunderschön aus beim Vögeln, Carrie.» Er griff sich eine Handvoll von meinem Haar und drehte mein Gesicht zu sich, um mit seinem Mund über meinen zu fahren. «Einfach entzückend, wie deine Augenlider flattern, wenn du kommst.»

Etwas entspannter rutschte ich unter ihm herum, bis ich flach auf dem Rücken lag und ihn richtig sehen konnte. Er lächelte, dann neigte er den Kopf, um mich zu küssen, und ich fühlte mich an einen Wolf erinnert: Seine Augen waren grau und hungrig, die Brauen dicht und schwarz, sein Kinn dunkel vor Bartstoppeln. Max hatte eine haarige Schale. Wie es sich für einen guten Wolf gehört.

An seinem Mund lächelnd, bäumte ich mich unter ihm hoch und erwiderte seinen Kuss, zart zuerst, das harte Elfenbein seiner Zähne und die honigsüße Wärme seiner Zunge erkundend. Er schmeckte wundervoll: Die Flasche Rotwein, die wir geköpft hatten, hatte ihm eine pikante Rauchigkeit verliehen, während der Saft, den er mir von den Fingern gesogen hatte, auf seinen Lippen ein dunkles, frisches Austernaroma zurückgelassen hatte. Ihn zu küssen war, wie an Weihnachten in einem Glas Glühwein zu versinken: dunkel tröstlich, wärmend, würzig. Am liebsten hätte ich ihn ganz ausgetrunken.

Da er noch nicht gekommen war, fuhr ich mit der Hand zwischen unsere Körper und nahm seinen steinharten Schwanz zwischen Daumen und Zeigefinger. Er war sehr erigiert, fast bis zum Äußersten stimuliert, und ich fühlte das Zucken seines Schafts und sein jähes, scharfes Einatmen, als ich ihn mit der ganzen Hand umschloss. Ich umfasste seinen Schwanz mit den Fingern und ließ sie langsam auf- und abgleiten, während ich ihm fest in die Augen sah.

Er stöhnte leise, seine Augenlider flatterten kurz, dann ließ er sich aufs Bett rollen und lag flach neben mir. Ich richtete mich auf einem Ellenbogen auf, die Hand immer noch um seinen Schwanz gelegt, und nahm – im Schein einer einzigen Kerze – das Prachtstück in Augenschein, das Eva unfreiwillig meines Weges geschickt hatte: Sein Körper war gedrungen und durchtrainiert, muskulös, aber nicht zu sehr; seine Haut golden, aber wegen der Unmenge Körperhaare dunkler wirkend; seine Knie waren gebeugt, sodass seine Schenkel – muskulös und von dunklem, männlichem Pelz bedeckt – angespannt und leicht gespreizt waren. Für einen starken Mann wirkte er verletzlich und vertrauensvoll, wie er mir sein Geschlecht mit fast totaler Hingabe auslieferte.

Ich beugte mich vor und küsste die heftig pulsierende Ader an seinem Hals, und es fühlte sich gut an, als meine Brüste sein krauses Brusthaar platt drückten. Abwechselnd knetend und streichelnd liebkoste ich ihn schließlich ganz entspannt, meine Finger drückten seinen stählernen Schaft mal fest, mal zart. Seine Eier waren groß, aber fest, und pressten sich eng an seinen Körper, und der dunkel männliche Duft, der in heißen Wellen von seinem Geschlecht aufstieg, weckte in mir die Lust, ihn einfach loszulassen und wieder auf ihn draufzuklettern, um meine eigene Lust zu befriedigen.

Stattdessen kniete ich mich neben ihn und ließ meinen Mund auf seine Brust hinabsinken. Ich knabberte an seinen rosig kupfernen Brustwarzen, reizte die Spitzen, bis sie stahlhart waren und sich zwischen meinen tastenden Lippen wie kleine Stückchen brauner Zucker anfühlten. Mir war, als würde ich nie genug von ihm bekommen, als könnte ich so die ganze Nacht verbringen, die Knie in die weiche Matratze geschmiegt, in den Händen seinen pochenden Schwanz, die Nase gebläht voll von Meermuschel-Moschusduft, mein Körper brennend vor laszivwer Begierde.

Mir war heiß, ich war außer Atem, auf die anstehende Aufgabe fixiert, und nahm nur das dunkle Zimmer mit dem flackernden Kerzenlicht wahr, die schneeweiße Bettwäsche und den dunklen Schimmer des unter mir ausgestreckten Körpers. Der Geruch von Sex erfüllte meine Nase, und ich blähte die Nasenflügel, um mehr vom Duft meines eigenen Körpers aufzunehmen und von dem Mann, der ausgestreckt auf meinen zerwühlten Laken lag. Max hatte den Kopf zurückgeworfen, sein Haar lag pechschwarz auf dem Kissen, und mit einem tiefen, bebenden Atemzug bewegte ich meine Hand drängender seinen angespannten Schwanz auf und ab.

Ich glitt an ihm herunter, legte die Linke um seine Eier und massierte ihn weiter mit der Rechten. Dann ließ ich meine Lippen und meinen Mund auf ihn sinken. Max japste, bäumte sich einmal auf und ließ sich dann stöhnend aufs Bett zurücksinken, während ich ihn tief in meine Kehle saugte. Ich fuhr mit der Zunge über die festen, unter dem Latex an seinem Schwanz schwellenden Adern und genoss den salzigen Geschmack meines eigenen Safts, der an ihm haftete.

Ich lutschte ihn fest und ausdauernd, streichelte ihn mit der Rechten, während meine Linke seine Eier umfasste und zart massierte. Max stöhnte wieder, seine Finger wanden sich auf den hellen Laken und verkrallten sich in der Bettwäsche, während er die Hüften meinem Gesicht entgegenstieß.

Ich schloss träge die Augen, während ich meinen Mund ganz hinabgleiten ließ, die Lippen um ihn verengte, mit den Fingern fest zupackte. Plötzlich war meine Nase voll von seinem köstlich pfeffrigen Duft.

Von seinen Eiern ließ ich einen Zeigefinger behende in seinen geschürzten After gleiten, wo ich auf Anhieb jene kostbare Drüse fand, die ihn ins Nirvana katapultieren würde. Ich lutschte und fingerte, suhlte mich in ihm, tat mich an seinem Schwanz gütlich, während ich ihm den Finger tiefer in den Arsch schob. Ich konnte die gebremste Anspannung seines Körpers fühlen und bewunderte seine Selbstbeherrschung. Doch dann konnte er sich plötzlich kaum noch zurückhalten. Und als ich leicht gegen seine Prostata drückte, fühlte ich, wie seine mühsam aufrechterhaltene Beherrschung unter dem überwältigenden Ansturm seines Orgasmus hinweggefegt wurde.

Er kam plötzlich. Seine heiße Ladung kam mit solcher Wucht ins Kondom gespritzt, dass ich schon dachte, es würde davon platzen. Heftig saugend gab ich ihm so viel von meinem Mund, wie ich nur konnte, und genoss die starken, muskulösen Zuckungen seines dicken Prengels, der mir gegen die Zunge schlug. Es war für uns beide ein Fest der Sinne, und ich spürte, wie meine Brustwarzen sich jäh versteiften, als ich dem leisen, animalischen Grollen lauschte, das sich Max' Kehle entrang.

Er grunzte zweimal, stöhnte dann vernehmlich, und seine Ekstase fand Ausdruck in einem tiefen, heiseren – fast tierhaften – Laut. Ich fühlte, wie seine Hand sich in mein weiches Haar grub, meinen Kopf fasste und mich tiefer auf ihn zwang, sodass er immer und immer wieder hinten gegen meine Kehle pulsierte, bis er sich völlig entleert hatte.

Max und ich verbrachten Samstagnacht und den ganzen Sonntag in meiner klebrigen Bettwäsche. Montag früh wurde mir klar, dass ich nicht umhinkäme, die hausfraulichen Fähigkeiten einzusetzen, die ich beim Auszug aus dem Haus meines Exmannes hinter mir gelassen hatte.

Der Boden war mit Aluschalen von unserem Imbiss vom Inder übersät, und ich stieß mir den Zeh an einer von fünf leeren Weinflaschen. Als ich meine Bürokleidung aus dem Schrank holte, sah ich immer wieder verstohlen auf die zerwühlte Bettwäsche, während mir Dinge einfielen, die Max mit mir und ich mit ihm getan hatte: Schon die Erinnerung genügte, meinen Puls zum Rasen zu bringen und mir winzige elektrische Schauer über den Rücken rieseln zu lassen. Eine kalte Dusche war definitiv angesagt.

Als ich aus dem Bad zurückkam, schien die Luft im Zimmer schwer vom Geruch der Leidenschaft. Ich rümpfte die Nase, riss die Fenster auf, um die Morgensonne einzulassen, zog die Bettwäsche komplett ab und stopfte sie dann in den Wäschekorb. Der war inzwischen so voll, dass ich mich auf den Deckel setzen musste, damit er zuging. Vielleicht könnte Dominique mir ja einen lieben, zahmen Haussklaven auftreiben, der das alles wäscht und bügelt, dachte ich bei meinem überstürzten Aufbruch, die Jacke nicht zugeknöpft, die Haare nachlässig hochgesteckt.

Max war schon zwei Stunden eher los, nach einem gierigen Kuss jagte er nach Hause, um sich einen Anzug anzuziehen. Wir hatten uns für abends verabredet, aber ich hatte so das Gefühl, er würde anrufen und absagen, trotz des phantastischen Sex. Wenn der Weinrausch nachließ und er wieder bei klarem Verstand war, würde Max das Wochenende bestimmt bereuen. Im Zug musste ich meine Tasche strategisch über ein klaffendes Loch plazieren, das, wie ich feststellte, der Wäschekorb mir in Kniehöhe in den Strumpf gerissen hatte.

Während ich auf das am Fenster vorüberhuschende Grün starrte, träumte ich von meinem Alter Ego Dominique und grübelte, ob Max sie mir wohl vorzöge. Vielleicht könnte ich versuchen, im richtigen Leben mehr wie sie zu werden, aber daran hatte ich so meine Zweifel. Sie war aufregend und herausfordernd. Und ich eine fade kleine Maus, wie Eva mir ständig mit größtem Vergnügen in Erinnerung rief. Ich starrte mein Spiegelbild im verschmierten Zugfenster an und verzog das Gesicht. Wer um alles in der Welt würde mit Carrie Horton ausgehen wollen, wenn er eine Frau wie Dominique haben konnte?

Als wir uns dem Bahnhof von Bath näherten, war ich so weit, die Verabredung mit Max abzusagen, bevor er mir zuvorkommen konnte. Er hatte seine Nummer auf einem Zettel hinterlassen, der aus einem meiner Notizbücher gerissen war, und nachdem er fort war, hatte ich ihn liebevoll glatt gestrichen, mir an die Nase gehalten und versucht, die letzte Ahnung seines Geruchs zu erhaschen, die noch an dem Papier haftete.

Kopfschüttelnd kramte ich in den chaotischen Tiefen meiner Tasche, fand den Zettel und mein Handy und tippte dann die Nummer ein. Ich erreichte seine Mailbox.

«Hi. Hier ist Max Armstrong. Momentan bin ich leider nicht zu erreichen, aber wenn Sie Ihren Namen und eine Nachricht hinterlassen, rufe ich Sie baldmöglichst zurück.»

Schon eine Aufnahme seiner Stimme, leicht blechern

noch dazu, klang sexy genug, um meinen Puls merklich zu beschleunigen. Ich erschauerte ein wenig beim Zuhören, merkte, wie meine Brustwarzen beim tiefen, melodiösen Klang von Max' Stimme hart von innen gegen meinen Spitzen-BH stießen. Mehr als alles andere war es diese Stimme, die mich überzeugte, jeden weiteren Kontakt abzusagen. Jetzt. Bevor er das mir antat. Einem Mann, der so klang, räsonierte ich, dürften scharenweise Frauen, die wirklich wie Dominique waren, zu Füßen liegen. Wenn er sich mit mir träfe, dann doch nur aus Mitleid.

Ich atmete tief durch, ignorierte den missfälligen Blick des Geschäftsmannes, der mir gegenüber saß, und hinterließ eine Nachricht.

Heute Abend würde ich wieder online gehen, bevor SamUK vergaß, wer Dominique war.

Telefonitis

Bis Montagabend, zehn Uhr, hatte ich drei Anrufe von Max Armstrong ignoriert und einigermaßen Druck von SamUK bekommen, ihm ein Bild von mir zu schicken. Wir hatten zwei Stunden lang gechattet. Es ging ziemlich zur Sache, aber sogar mir war klar, dass er das nicht lange mitmachen würde, wenn ich ihn weiter über mein Aussehen im Unklaren ließe.

Mir blieben, soweit ich sah, drei Optionen:

a) ihm ein Bild von jemand anderem schicken.

b) ihm ein Bild von mir schicken, aber nach drastischen Veränderungen, oder …

c) gar nichts schicken und ihn verlieren.

Option c) wollte ich äußerst ungern riskieren. Und a) war schlicht und einfach unehrlich. Dienstagnachmittag fand ich mich also auf Knien im Bad meiner Freundin Laura wieder, mit dem Kopf über dem Badewannenrand und einem blauen Frotteehandtuch um den Hals.

«Wow», murmelte Laura bewundernd, während sie mir die Brause über den Kopf hielt. «Die Farbe ist viel schöner.»

«Wie ist es geworden?», fragte ich, das Kinn hart auf die Emaille gedrückt, die Hände nervös im Schoß geballt.

«Hinreißend, Carrie. Du bist eine brünette Göttin. Mit richtig Power.»

Sie hatte Recht. Nachdem sie mich noch einer Art Wunderbehandlung mit Wimperntusche und Rouge unterzogen hatte, sah ich so gut aus wie seit Jahren nicht mehr. Die Fotos wurden gut, und sogar ich fand, dass ich der von mir erdachten Dominique gar nicht so unähnlich war. Sam würde nie was merken.

Mittwochabend schickte ich ihm eine E-Mail mit dem Foto als Anhang. Sam war begeistert. Ich saß am Computer, tippte geschwind und starrte kurzsichtig auf den Bildschirm.

Sam fragte an, was ich von Schmerz und Unterwerfung hielt. Anscheinend war er bereit, fast alles mit sich machen zu lassen. In einem vernünftigen Rahmen.

Dominique: okay, was ist für dich ein "vernünftiger rahmen"? *g*.
SamUK: na ja, kein blut!
Dominique: also, so schlimm würd ich dir ohnehin nicht wehtun wollen. Nur so dass du ein bisschen zusammenzuckst!

Ich grinste Richtung Bildschirm und hibbelte auf dem Stuhl herum. Wie merkwürdig: Insgesamt hatte ich mit Sam bisher vielleicht vier Stunden geplaudert. Und nun, am dritten Tag unserer Beziehung – wenn man das so nennen konnte –, besprachen wir Dinge, die man sonst nur mit einer sehr engen Freundin bereden würde. Oder mit einem Lover, mit dem man schon sehr lang zusammen ist. Wirklich verblüffend, wie rasch wir derart intim geworden waren.

Dominique: Und denk dran, ich bin diejenige, die austeilt. Ich werd mich dir nie unterwerfen.
SamUK: oh, verstehe, aber du darfst mir schmerz zufügen ...?? ist das fair? *g*.
Dominique: und ob das fair ist. Außerdem wirds ja kein so schlimmer schmerz! bloß mal ein netter kleiner klaps auf den popo oder ein leichter hieb mit ner feinen kleinen lederpeitsche auf deinen arsch. Wie klingt das?
SamUK: klingt eigentlich ok, ich wollt mich immer schon mal einem wunderhübschen mädchen mit hohen hacken unterwerfen ... was also willst du mit mir machen o herrin? (mit gesenktem kopf und unterwürfig zusammengelegten händen auf die knie sinkend)

Ich erklärte ihm, dass ich, mit wenig mehr als einem Paar hochhackiger Stilettos bekleidet, über ihm stand und eine Reitgerte zwischen den schwarz behandschuhten Händen bog.

SamUK: ich lasse die finger über deine füße gleiten, dann zu den absätzen, die ich liebkose. welch hohe absätze herrin, ich sehne mich danach sie auf meinem rücken zu spüren, auf meinem hintern, überall!
Dominique: oh die kriegst du schon noch zu spüren junge, und nenn mich nicht herrin. du darfst mich überhaupt nicht direkt ansprechen.
SamUK: ok ... ich drücke die lippen gegen deine glänzende schuhspitze ... atme ein und versuch meine erregung zu zügeln ...
Dominique: ich werf einen blick unter langen wimpern auf dich runter ... mmh, wie gut du aussiehst, wie geil.
SamUK: ich umfasse sanft deinen schuh und schiebe meine zunge zwischen das leder und deinen weichen fuß, erkunde deine haut.
Dominique: sehr gut, vielleicht belohn ich dich später. mach weiter. Ich klopf dir mit meiner gerte gegen deinen jeans-po, damit du nicht vergisst wer hier das sagen hat.

Wie schön, zur Abwechslung mal Zügel in der Hand zu haben. Es vermittelte mir ein Gefühl von Macht. Ich fühlte mich lebendig.

Dominique: steh auf!
SamUK: ja, ich steh auf und versuch meine

erektion, die gleich die knöpfe an meiner jeans absprengt, mit den händen zu verdecken.
Dominique: ich stoß deine hände weg und fahr mit der spitze der gerte über die imposante beule hinter deiner knopfleiste. Mmh, da hast du ja was feines für mich, junge.
SamUK: o ja.
Dominique: vielleicht find ich dafür später verwendung. Ich seh dir in die augen während ich dir mit den fingerspitzen am hemd hochfahre und mit den knöpfen spiele.

War das die Art Vergnügen, die Patrick damals mit mir hatte? Während unserer gesamten Ehe hatte fraglos er das Sagen. Nein, befand ich, das war etwas anderes. Patrick besaß eine fiese Ader, die er einfach nicht im Griff hatte, selbst wenn ich deutlich machte, dass mir das nicht gefiel. Das war echte Gewalttätigkeit gewesen, echte Gemeinheit. Was ich hier mit Sam tat, war ein Rollenspiel: vorgetäuschter Schmerz und vorgetäuschte Dominanz zwischen zwei Menschen, die beide dasselbe wollten.

Ich trank ein Schlückchen Wein und ließ die Tasten klappern.

Dominique: küss mich.
SamUK: ich dachte schon du fragst nie.
ich küss dich ganz sanft, ganz zart, um dir zu zeigen, dass ich weiß wer hier das sagen hat. Du schmeckst toll.

SamUK: ich küss dich heftiger ... drücke meinen körper an dich.
Dominique: ich kann deinen harten schwanz an meiner hüfte spüren ... nett. wie eine stahlrute.
SamUK: bin zu ungeduldig um den verschluss aufzuhaken, zieh deinen bh runter und fang an deine brüste zu massieren.
Dominique: oh, fühlt sich das gut an, deine hände sind so groß und so braun auf meiner perlweißen haut ...
SamUK: ich nehme mich besonders deiner härter werdenden brustwarzen an, knete sie zwischen den fingern.
Dominique: mmh ...

Oje. Langsam wurde ich einen Tick zu unterwürfig und überließ ihm etwas zu sehr die Initiative. Ich war es eben nicht gewohnt, die Regie zu führen.

Angestrengt konzentrierte ich mich darauf, wer ich zu sein vorgab, was ich zu tun hatte. Dann ließ ich wieder Dominique zu Wort kommen.

Dominique: aufhören! Sofort aufhören, junge. Ich erinnere mich nicht, dir erlaubt zu haben so weit zu gehen. Auf die knie mit dir! Auf die knie, hab ich gesagt (kurzer hieb mit der gerte auf deine schultern) genau, runter mit dir, junge.
SamUK: ich knie vor dir, senke den kopf und warte auf deinen nächsten befehl.

Kann mich kaum beherrschen, ich würde dich so gern berühren.
Dominique: dann berühr mich.

Es war im Grunde so einfach. Sag schön bitte, dann kriegst du auch was, dachte ich und stellte mir grinsend vor, Sam im richtigen Leben so herumzukommandieren.

SamUK: ich lass meine finger sanft die innenseite deiner schenkel hochfahren. Oh deine haut ist so weich, so warm.
Dominique: (ich lehne an der tischkante und stelle einen fuß auf einen hocker) leck mich, junge, und zwar gut, sonst kriegst du die hier zu schmecken (ich hau dir mit der gerte auf den hintern)
SamUK: ich schmieg mich ganz dicht zwischen deine beine, spreize deine Möse mit den Fingern, riech deinen süßen duft und vergrab meine nase in deiner muschi.

Beim Lesen meiner Worte konnte ich fühlen, wie mir zunehmend Lustgefühle durch die Glieder strömten. Und bei Sams Antwort begann es mir im bereits feuchten Geschlecht jäh zu pochen, fast, als wäre er wirklich hier im Zimmer und ich könnte ihn riechen, fühlen, sehen. Ich erschauerte und seufzte. Ich sehnte mich schmerzlich nach seiner Berührung. Ich fragte mich, ob er sich wohl im richtigen Leben je mit mir treffen würde. Aber dann fiel mir ein, dass ich nicht Dominique war. Und dass Sam wahrscheinlich null Interesse an Carrie Horton hätte, ob sie nun neuerdings eine brünette Göttin war oder nicht.

SamUK: ich lege meinen mund auf deine harte klit und sauge daran.
Dominique: und ich lass meine hand runtergleiten um dich zu führen, zeig dir genau, wie dus tun musst.
SamUK: ja, das gefällt mir. zeigs mir. brings mir bei.
Dominique: ich zieh sacht das häubchen meiner klit zurück um dir die süße kleine perle zu zeigen um die du zu gern deine zunge schlingen willst.
SamUK: ich spitze die zunge und fahr dir damit um die klit und umfasse mit der andern hand meinen schwanz weil er gleich platzt.
Dominique: schön. sehr schön sam, leck fester, steck mir einen finger rein, junge.
SamUK: o gott du geilst mich so auf. Ich schiebe einen finger in dich rein, und du fühlst dich ganz warm und feucht an. wie eng du bist, baby.

Ist das geil, dachte ich und lehnte mich auf der Hand vor, die ich mir in den Slip geschoben hatte. Ich kann nicht mehr. Ich muss einfach kommen. Wie ich das liebe. Zu lesen, was er schreibt. Dass er genau das tut, was ich ihm sage.

Dominique: ich lass dich aufstehn und beug mich vor, um deinen strammen Kolben zu umfassen ... und leicht zu kneten. Du fühlst dich in deiner jeans so groß an, so hart. Kanns kaum erwarten dich in mir zu haben.

SamUK: kanns auch kaum erwarten in dir zu sein, aber ich weiß, ich muss warten bis dus mir erlaubst.

SamUK: (raunt) siehst du, wie gehorsam ich bin?

Ja, allerdings, Sam, dachte ich lächelnd. Wie weit wir das wohl treiben können? Ob du mir im richtigen Leben auch gehorchen würdest? Ob dir meine Stimme gefiele? Ich nahm mein Weinglas, trank mir noch etwas Mut an und tippte dann:

Dominique: Sam, sind wir hier drin ganz unter uns?

SamUK: ja, klar. wieso?

Dominique: wenn ich dir meine telefonnr gebe, kann die außer uns jemand lesen?

SamUK: scheiße.

Dominique: Sam???

SamUK: du willst telefonsex machen?

Dominique: wenn du willst ...

SamUK: ob ich will??? machst du witze???

Dominique: es ist also sicher? kann ich dir meine nr geben?

SamUK: tja, denk schon, aber lieber kein risiko eingehn, man weiß nie. E-mail sie mir lieber. Schick mir die vorwahl und die nr in separaten e-mails, nur zur sicherheit.

Dominique: ok. Rufst du mich an?
SamUK: scheiße, ja.

Ich bat ihn, mir fünf Minuten Zeit zu lassen, um mit dem schnurlosen Telefon nach oben flitzen zu können: Für meine erste Erfahrung mit Telefonsex wollte ich es mir schön gemütlich machen.

Im Schlafzimmer bürstete ich mir das Haar durch und stellte mich kurz vor den Spiegel. Requisiten, dachte ich, ich brauche ein paar Requisiten, um mich noch mehr in Fahrt zu bringen. Ich muss mir eine erotische Atmosphäre schaffen, wie klischeehaft sie auch sein mag. Ich wühlte unten in meinem hoffnungslos chaotischen Kleiderschrank herum und brachte ein Paar spitze knöchelhohe Schnürstiefeletten mit Pfennigabsätzen zum Vorschein, die ich Ende der Achtziger eigentlich hatte wegwerfen wollen, aber irgendwie war ich nie dazu gekommen – wofür ich jetzt unendlich dankbar war. Dann streifte ich mir ein Paar schwarze, halterlose Strümpfe über die Beine.

Hm, dachte ich, vorm Spiegel posierend, sehr Moulin Rouge, sehr *fin de siècle*. Und weiter? Brauner Lippenstift und ordentlich verschmierter schwarzer Kajal um die Augen vervollständigten den liederlichen Schlampenlook.

Das letzte Requisit, ein blasslila Dildo, glatt wie eine Eierschale, förderte ich rasch aus meinem Nachtschränkchen zutage, und damit war ich bereit. Als das Telefon klingelte, schnurrte ich mit schwüler, heiserer, sexy Dominique-Stimme einen Gruß in den Hörer.

«Hi.» Amerikanischer Akzent. Wie dick mit Karamell überzogener Kies. Das war auf keinen Fall SamUK.

«Max?» Erschrocken fuhr ich kerzengerade hoch und

schnappte mir ein Kissen, um meine Blöße zu bedecken, als könnte er mich wirklich sehen.

«Hi, Carrie. Erwisch ich dich endlich mal.» Bei seinem leisen Lachen überlief es mich unwillkürlich. «Du klingst ja verdammt … heiß. Möchtest du Gesellschaft?»

«Äh, nein. Nein. Ich glaube nicht, dass das eine gute Idee wäre, du etwa?» Mit aufgerissenen Augen starrte ich mein zerzaustes Ebenbild im Kleiderschrankspiegel an. «Äh, hör mal, tut mir Leid wegen der Nachricht auf deiner Mailbox. Ich dachte, so wird es leichter. Leichter für dich, meine ich. Tut mir Leid.»

Keine Spur mehr von Dominique.

«Leichter?» Er klang leicht belustigt. «Was wird dadurch leichter für mich? Dir durch die ganze Stadt hinterherzujagen?»

«Nein!» Ich war entsetzt, dass er das für ein Spielchen meinerseits hielt. «Du meine Güte, nein. Ich will nicht, dass du hinter mir her jagst, Max. Ich dachte bloß, es wäre für uns beide leichter, wenn ich dir ein Hintertürchen öffne. Weißt du, wir waren betrunken. Keine Ahnung, was in mich gefahren ist. Tut mir Leid.»

«M-hm.»

«Es war eine einmalige Sache.»

«Nicht für mich.» Sein Tonfall war trocken. «Für dich etwa? Eine einmalige Sache, meine ich.»

«Nein. Aber ich dachte …»

«Hör mal, Carrie. Reden wir nicht um den Brei herum. Auf solche Psychospielchen steh ich nicht.» Seine Stimme war fest und sehr bestimmt. «Ich mag dich. Du bist süß und lustig und spielst dich nicht so auf wie deine komische Schwägerin. Ich hatte ein tolles Wochenende mit dir. Hat mir gefallen, was wir gemacht haben.» Er schwieg kurz.

«Und ich entscheide auch gern selbst, ob ich mich mit Leuten treffe oder nicht, also entscheide du nicht für mich. Ich würde dich sehr gern wiedersehen, aber du musst das auch wollen. Ich zwinge niemanden. Denk drüber nach. Ich meld mich in ein paar Tagen wieder.»

Bevor ich etwas erwidern konnte, hatte er aufgelegt. Ziemlich verdattert starrte ich den stummen Hörer an und legte ihn dann leise auf die Gabel. Es blieb keine Zeit, über Max Armstrong und seine klaren Worte nachzudenken, denn da bimmelte es auch schon wieder.

«Dominique?»

Es war Sam. Seine Stimme klang förmlich nach einem frechen Grinsen.

«Was hast du grade an?»

Noch einer, der gleich zur Sache kam. Ich lächelte.

«Nicht viel.» Ich lehnte mich zurück in die Kissen und betrachtete mich im Spiegel. «Nur meine sehr, sehr langen schwarzen Strümpfe. Die sind seidenglatt, weißt du. Sehr elegant. Wie meine Beine.»

«Was noch?» Er klang leicht außer Atem.

«Stiefel», flüsterte ich. «Schwarze, glänzende Stiefel. Mit hohen Absätzen. Vorn geschnürt. Spitz. Sehr sexy.»

«O ja. Wie du. Sehr sexy.» Ich konnte Stoff rascheln hören.

«Fummelst du gerade an dir rum, Sam?»

Kurz blieb es still. «Ja.»

«Hab ich dir das erlaubt, Sam?»

«Nein.» Sehr kleinlaut.

«Also, dann lass es. Wenn du ungehorsam bist, wird es nur schlimmer für dich.»

«Okay.» Er seufzte laut. «Okay. Ich sitz jetzt da, starr dich an und überlege, was ich tun soll.»

«Gut», gurrte ich. «Sehr gut. Gefällt mir. Ein lieber, gehorsamer kleiner Sklave. Komm her und küss mich.»

«Ich küsse deine weichen Lippen. Oh, wie gut du schmeckst. Ich kann nicht mehr – ich würde dich so gern berühren.»

«Wirst dich wohl noch gedulden müssen, oder? Ich sag dir, wann du mich berühren darfst. Und ich sag dir auch, wann du dich berühren darfst.»

Ich stemmte die Hacken in meine weiche Tagesdecke und bewunderte dabei im Spiegel, wie meine Knie sich ein wenig teilten und mir einen winzigen Blick auf lockiges Schamhaar und den dunkleren, saftigen Halbmond meines Geschlechts darunter gestatteten.

«Sam?», hauchte ich. «Sam, ich werde meine Brust mit einer Hand umfassen und sie dir hinhalten, damit du sie leckst. Aber wehe, du befummelst dich. Ich höre, wenn du es tust, und dann bestrafe ich dich. Verstanden?»

«Verstanden.»

«Wir sind in einem großen Zimmer. Die Wände sind mit dunkelrotem Satin bezogen, und es gibt keine Fenster. Es ist warm hier drinnen», sagte ich, «sehr warm. Wir sind allein hier. Es gibt einen großen Tisch. Einen riesigen, geschnitzten Sessel. Und die Wand hinter dir ist zum Teil verspiegelt. Ich halte meine Brüste umfasst und sitze über dir im Sessel. Du kniest zwischen meinen gespreizten Schenkeln, sodass dein Kopf ungefähr in Höhe meiner Titten ist.» Ich schwieg und lauschte seinem Atem, dann fuhr ich fort. «Ich lasse dich mit der Zunge erst über die eine Brustwarze fahren, dann über die andere, und du fühlst, wie sie sich unter deinen Lippen zusammenziehen und aufstellen.»

Ich klemmte mir den Hörer ans Ohr, leckte mir über die

Fingerspitzen und begann, mir ganz sachte damit um die Brustwarzen zu fahren. Es fühlte sich herrlich an, aber das reichte noch nicht, also machte ich meine Finger nochmal nass und zwirbelte meine Brustwarzen zwischen Finger und Daumen, zog leicht daran, bis sie länger waren und mehr vorstanden.

Ich schilderte Sam, was ich tat, schärfte ihm ein, sich auf gar keinen Fall anzufassen, und hörte, wie er vor unterdrückter Lust tief stöhnte. Ich verfolgte im Spiegel, wie ich mir mit einer Hand den Bauch hinabfuhr und den Zeigefinger durchs Schamhaar in die üppigen, heißen Falten meines klebrigen Geschlechts gleiten ließ.

«Sam, ich berühre mich jetzt», flüsterte ich. «Ich bin total heiß. Meine Muschi ist ganz nass. Oh, sie fühlt sich wundervoll an.»

Er stöhnte wieder, und ich schärfte ihm ein: «Nicht fummeln, Sam.»

«Ich fummel doch gar nicht. Ich sitz einfach hier auf dem Boden, mit dem Rücken an der Tür, und komm halb um», murmelte er.

«Gut. Genau darauf hab ich's abgesehen. Ich will, dass du schier verzweifelst. Dass es fast wehtut, bevor ich dir erlaube, dich zu berühren.»

«Oh, Mann. Wo hast du das gelernt?»

«Geht dich nichts an.» Dass ich eben erst dabei war, es zu lernen, konnte ich ihm schlecht sagen, also trug ich stattdessen noch etwas dicker auf. «Ich spreize jetzt meine Lippen, öffne meine Muschi, sodass du das heiße, rosa Innere sehen kannst und das ganze cremige Nass, das aus meinem geschwollen Fleisch hervorquillt. Ich bin so nass», hauchte ich, «sooooo nass. Willst du nicht mal probieren?»

«J-ja.»

Ich rutschte im Bett ein Stück tiefer, langte nach dem lila Dildo und fuhr damit über die weiche Haut meiner Schenkel. «Ich massiere mich», flüsterte ich. «Reibe meine heiße, nasse Muschi mit einem Dildo und spreize mich weit mit einer Hand. Dann reibe ich mit den Fingern weiter. Umkreise meine Klit. Oh, bin ich feucht. Meine Muschi schwillt an und pocht –»

«– genau wie mein Schwanz.»

«Klappe. Ich verpasse dir zwanzig Hiebe mit der Reitgerte, weil du mich unterbrochen hast, Junge.»

«Entschuldigung.»

«Wo war ich?», sinnierte ich, sah stirnrunzelnd auf mein verruchtes Spiegelbild und massierte mir sanft die eigenen Säfte in die Haut oben am Oberschenkel.

«Ich sauge immer noch an deinen Brustwarzen. Ich tue, was du mir sagst, Dominique», half Sam mir auf die Sprünge.

«Mmh, fühlt sich das schön an. Ich glaube, du hast eine kleine Belohnung verdient. Stell dir vor, du kannst deine Finger dahin tun, wo meine sind. Hier unten hin. Jetzt. Stell's dir vor.»

«O ja.»

«Reib mich fest. Fühl meine geschwollene Klit. Ich lasse die Hüften vorschnellen, stoße gegen deine Finger und wichs mich an deiner Hand.» Ich hielt inne. «Aber du, Junge, darfst dich noch nicht anfassen. Ist das klar?»

«Sonnenklar.»

«Zwei Finger, Sam. Reib mich mit zwei Fingern.» Ich machte es mir mit dem glatten Dildo, und vor Wonne stockte mir schier der Atem. Es war fast, als wäre er hier bei mir, im Zimmer. Wie laut ich sein schnelles Keuchen durchs Telefon hörte. Ich konnte seinen heißen Atem fast auf der Haut spüren. Ich seufzte und bäumte mich gegen die weichen Kissen.

«Ja, fester. Ich stoße mich deinen Fingern entgegen. Oh, Sam, ich verlange, dass du mich mit deinen Fingern vögelst. Jetzt.»

«Ich schiebe zwei Finger in dich hinein», keuchte er. «Erst nur ein Stückchen, dann immer tiefer. Wie eng du bist. Aber so nass, dass ich leicht reingleite ...» Es wurde kurz still. «... ich blicke hoch in dein wunderschönes Gesicht und frage dich, ob ich noch mehr für dich tun kann?»

«Und ob.» Ich lächelte mein Spiegelbild an und stupste mit dem Daumen gegen meine geschwollene Klit. Mein Puls raste mit rund hundertvierzig Schlägen in der Minute, und in meinem ganzen Körper summte es. Ich redete weiter: «Ich lehne mich zurück an den Tisch hinter mir, den großen lackierten mit der Lederfläche und den Messingnieten. Ich hocke mich auf die Kante, schiebe den Sessel ein Stück von mir weg, damit ich den Fuß darauf abstützen kann. So sitze ich vor dir, ein Fuß auf dem Boden, einer auf dem Sessel. Meine Beine sind ganz weit gespreizt, und ich bin total nass.» Letzteres traf zu: Im Spiegel konnte ich sehen, welche Wirkung der Dildo und unser erotisches Geplauder hatten. «Du kannst cremige Säfte über die helle Haut meiner Schenkel rinnen sehen, während du mich mit deinen Fingern fickst. Fest. Rhythmisch. Tief.»

«Scheiße», brummte er. Offenbar sein Lieblingswort, wenn er erregt war.

Er tat mir Leid. Er hatte sich wirklich vorbildlich zusammengerissen. «Hol deinen Schwanz raus, Sam», flüsterte ich. «Hol ihn für mich raus und streichel ihn. Aber den

Rhythmus in meiner Muschi musst du beibehalten, sonst gibt's Schläge. Und zwar feste.»

«Okay», murmelte er. «Ich hab meinen Schwanz in der Hand. Mann, ist der steif. Ich streichel ihn, genau wie du gesagt hast.»

Ich räkelte mich in den weichen Baumwolllaken und lächelte ins Telefon.

«Gut», murmelte ich. «Nun stell dir vor, du wärst hier. Stell dir vor, du stehst neben diesem großen, lederbezogenen Tisch und siehst auf mich runter. Ich liege ausgestreckt auf dem Tisch. Hast du's vor Augen? In meinen Strümpfen. Und meinen Stiefeln. Ich bin so nass, dass du mich riechen kannst – meinen geilen Mädchenduft. Würdest du da nicht zu gern mitten reintauchen, Sam?»

«Scheiße, du weißt genau, dass ich das will.»

«Was, wenn ich sagen würde, du darfst, wenn du mir vorher was Schönes erzählst?»

«Oh. Oh, Dominique», flüsterte er. Ich hörte, wie er tief Luft holte, fast, wie um sich zu beruhigen, dann: «Ich kann dich vor mir sehen. Du bist so hübsch. Dein Haar liegt ausgebreitet auf dem Tisch. Und deine Lippen sind geschwollen, sieht aus, als würde mein Schwanz genau in deinen Mund passen. Ich will dich so sehr, Dominique, ich würde alles tun, nur um dich irgendwo an meiner Haut zu spüren. Deine Lippen zu spüren. Oder …», nach kurzem Zögern sagte er schüchtern, «… zu spüren, wie deine Muschi sich um meinen Schwanz schließt.»

«Hmm, vielleicht. Vielleicht tun wir das, aber erst musst du brav sein.» Wie lange er sich wohl noch von mir hinhalten ließ? Ich konnte mir vorstellen, wie prall sein Schwanz sein musste, bereit, jeden Moment zu explodieren. Ich stippte den Dildo in meine Säfte.

«Sam, wie fühlst du dich?»

«Großartig.» Seine Stimme war tief, leise. «Aber ich halt's nicht mehr lange aus.»

Da ging es uns ähnlich. Ich grinste und wickelte mir das Telefonkabel um den kleinen Finger.

«Also, Sam, ich will dich nicht länger warten lassen als nötig», sagte ich. «Weil ich mich selbst auch kaum noch beherrschen kann.»

«Tatsächlich? Gott sei Dank. Also, vögeln wir.»

«Sam, ich fahre dir mit den Händen über die Kleidung, öffne ungeduldig Knöpfe und zerre –»

«Ich reiß mir das Hemd vom Leib und werf es zu Boden», fiel er mir ins Wort. «Und fahre dir mit einer Hand den honiggetränkten Schenkel hoch –»

«Halt!», rief ich, halb lachend. «Ich hab hier das Sagen.»

«Aber honiggetränkter Schenkel klingt so gut», erhob er Protest. «Und ich will dich jetzt endlich anfassen!»

«Aber du musst tun, was ich dir sage», beschied ich ihn. «Deshalb werde ich dich, glaube ich, jetzt für deine Ungeduld ein wenig bestrafen. Ich zieh deinen Ledergürtel durch die Schlaufen deiner Jeans. Hörst du das Wispern des Leders auf dem Denim?» Ich vernahm ein Stöhnen. «Nun, jetzt kriegst du, was du verdienst, Junge.»

Ich erzählte ihm, dass ich den Gürtel zusammenlegte und ihm damit den Arsch versohlen würde, also sollte er sich gefälligst bücken. Ich hörte das Zischen seines scharf eingesogenen Atems und wusste, dass ihm gefiel, was ich ihm erzählte.

«Ich werde deinen Hosenschlitz öffnen und deinen Schwanz in eine Hand nehmen, Sam. Dann werde ich deine Jeans ein Stück runterschieben. Nur ein Stückchen, damit ich deinen strammen Kleine-Jungen-Arsch rauslugen sehen kann. Zwischen festen Hieben mit dem Ledergürtel werde ich meine Muschi an dir reiben.» Ich rieb mich ein wenig an meinem Handballen und stellte mir vor, es wäre sein Hintern, an dem ich mein Geschlecht rieb. «Mmh, jetzt spürst du meinen weichen Muschipelz an deinem Hintern. Jetzt einen fiesen, brennenden kleinen Hieb mit dem Ledergürtel.» Ich schwieg kurz. «Jetzt wieder weiche Muschi. Jetzt einen stechenden Schmerz. Oh, Sam, du siehst gut aus so. Dein Po ist ganz rosa und voll Striemen; deine Haut errötet. Dein Arsch ist zart wie ein Pfirsich. Ich werde dich etwas fester peitschen. Ein scharfer Hieb erwischt dich oben an den Schenkeln. Fühlst du's?»

«Ja. Ich kann es fühlen. Es ist, als wärst du wirklich hier …»

«Das bin ich, Sam», hauchte ich. «Ich bin genau hier. Und ich gehör ganz dir. Ich schieb mir einen Finger rein, Sam. Ich mach meine Finger richtig schön nass. Dann reibe ich mir über meine harte kleine Klit, während ich in der anderen Hand deinen Schwanz anschwellen spüre.» Sein Atem ging etwas schneller. «Deine Pobacken sind so hart und muskulös. Deine Haut liegt heiß vorne an meinen Schenkeln, während ich mich von hinten gegen dich drücke. Ich fahre dir mit einem Finger die Poritze hoch, suche und erkunde deine Rosette.» Ich konnte seinen raschen Atem hören, und mein Herz schlug schneller dabei. «Toll, wie dein enger kleiner Anus zuckt, wenn ich mit einem Finger ringsum fahre. Kannst du meinen Finger fühlen, Sam? Ganz glatt und nass, weil ich eben noch an mir herumgespielt habe. Du kannst am Arsch meine Säfte spüren, ganz feucht. Oh, Sam.» Inzwischen war mir richtig warm, mir schwanden fast die Sinne, so unerwartet geil war der Telefonsex. «Du fühlst dich gut an, Sam; du machst mich heiß.»

Das war die reine Wahrheit. Ich glühte wie ein Ofen, und im Spiegel konnte ich sehen, wie rosa meine Wangen leuchteten und wie fest meine Finger den lila Dildo umklammerten. Ich seufzte und murmelte wieder ins Telefon. «Sam?»

«Ja?»

«Ich möchte, dass du dich ausziehst und währenddessen mit mir redest.»

«Ich schiebe meine Jeans runter», erwiderte er. «Ich lasse sie auf den Boden fallen …»

«Meine Finger bewegen sich rascher an meiner Klit. Meine Augen sind auf deinen Schwanz geheftet …»

«Ich halte ihn in einer Hand. Er ist so prall, als würde er gleich platzen. Oh, ich halt's nicht mehr aus. Ich will in dich eindringen, Dominique. Ich kann nicht mehr», flehte er.

«Ich auch nicht», murmelte ich. «Weißt du noch, der Tisch, auf dem ich eben lag?»

«Klar.»

«Ich beuge mich vorwärts darüber, wackel mit meinem festen kleinen Arsch und gestatte dir, mich jetzt zu vögeln, Sam.»

«O Mann.»

«Ich will, dass du's mir besorgst, Sam.»

«Scheiße.» Sein Seufzer klang bedauernd. «Ich wünschte, das wär jetzt echt.»

«Ich auch, Sam, ist es aber nicht.» Ich fand das ebenso schade wie er, aber es ging nicht an, ihm jetzt das Ruder zu überlassen oder die Spannung zu verlieren. «Es ist nicht echt. Aber es fühlt sich gut an, oder? Also tun wir's einfach, Junge. Stell dich hinter mich. Schnell. Oder ich versohl dir nochmal den Hintern.»

«Okay. Ich presse mich von hinten an dich und kann die seidige Haut deiner Schenkel vorn an meinen Beinen spüren. Wie gut du riechst. Du riechst herrlich, wie Blumen und Honig und alles, was lecker schmeckt. Ich würde dich am liebsten lecken, aber wenn ich nicht gleich kommen darf, platze ich …»

Ich konnte leise das rasche Klatschen seiner Faust hören, die seinen Ständer hoch und runter fuhr. Ich drückte mir den Hörer ans Ohr und lauschte begierig dem Geräusch von Haut auf Haut.

«Ich möchte in dir kommen. Darf ich das, Dominique?»

«Komm *auf* mir», sagte ich. «Niemals in mir. Das erlaube ich nicht.»

Ich hörte ein entnervtes Maunzen und grinste.

«Na komm, Sam, das hast du doch gar nicht nötig. Spritz mich voll! Stell dir vor, wie toll deine heiße Soße auf meinem Rücken aussieht, oder auf meinen glatten, hellen Pobacken …»

«O ja. Jaaa –»

Er war jetzt dicht davor. Ich auch, während ich mir mit den Fingern hungrig über mein geschwollenes Geschlecht fuhr. So dicht. Das ultimative Ziel, der tolle Orgasmus, zitterte mir durch die Finger, während ich meine Klit noch heftiger rieb und mir dann den Dildo tief in die hungrige Muschi schob. In unseren Köpfen vögelten wir wirklich, und in mir steckte ein zwanzig Zentimeter langer Dildo, also konnte ich mir problemlos ausmalen, das wäre Sam. Alles drehte sich, und mir war, als würde ich hochgehoben und in einen wirbelnden Tornado geschleudert, einen Wirbelsturm aus Lust und Verlangen.

Ich konnte Sams heftigen Atem hören, und das rhythmische Geräusch seiner Hand an seinem Schwanz klang herrlich in meinen Ohren. Ich erzählte ihm, ich könnte fühlen, wie er in mich stieß und meine Beine weiter spreizte. Ich erzählte ihm, dass ich mich für ihn öffnete und er mit einem Stoß in mich eindrang. Ich sagte, ich sei weit gedehnt und meine Möse schmatzte vernehmlich an seinem Schwanz. Dann hörte ich ein tiefes, kehliges Stöhnen. Er kam.

«Ah, Scheiiiiße», stöhnte er, den Mund so dicht am Hörer, als würde er ihn küssen. Ich presste ihn mir ans Ohr, verzweifelt bemüht, jeden einzelnen Laut zu hören, den er von sich gab, während er zum Höhepunkt kam. Jede Nuance seines Atems zu erfassen. Jedes leise Flackern seiner Zunge gegen seine Zähne.

Seine Wonnelaute genügten, um mich über die Klippe zu stoßen, und auch ich erhielt meine Belohnung. Der Tornado, der an der Peripherie meiner Sinne getobt hatte, packte mich plötzlich, und mir war, als würde er mir die Sinne aus dem Körper reißen. Ich grunzte, so stark war er, spürte, wie er mich kopfüber in einen alles verschlingenden, wirbelnden, wilden Orgasmus schleuderte. Ein phantastisches elektrisches Kribbeln raste mir vom Kopf das Rückgrat hinab bis in die Zehen. Meine Knie zitterten. Meine Augen schlossen sich flatternd. Meine Kehle wie zugeschnürt. Stück für Stück, Nervenende für Nervenende wurde ich auseinander genommen, und wie gut sich das anfühlte.

Lange blieb es still. Ich konnte hören, wie Sam nach Luft schnappte, darauf klang das Telefon kurz gedämpft, dann wieder laut.

«Tut mir Leid», sagte er, fast verlegen.

«Was tut dir Leid?», fragte ich. «Sam, du darfst dich nie entschuldigen.» Ich lächelte. «Du bist gekommen, nehme ich an?»

«Jau.»

«Ich auch.»

«Echt?» Er klang verwundert. Ich lachte leise: Meinte er etwa, Mädchen hätten an so was keinen Spaß?

«Jau.» Ich ahmte lächelnd seinen Tonfall nach und zog dann gewandt den Dildo heraus. Die glatte Oberfläche war klebrig und roch süß nach Moschus, als ich ihn mir an die Nase hielt.

Dann traf ich eine plötzliche, unwiderrufliche Entscheidung.

«Sam.»

«Ja?»

«Ich möchte, dass wir das in echt machen.»

Ein Schweigen trat ein, das eine ganze Ewigkeit zu dauern schien, bis er wieder etwas sagte. Mein Puls raste, und meine Eingeweide flatterten vor plötzlichen Zweifeln, während ich auf seine Antwort wartete.

«Ich überlass es dir, den Tag zu bestimmen», sagte er einfach.

Und da begriff ich, dass Internet-Sex einfach nicht genug war. Und ich erkannte auch, dass Dominique weitaus mehr Kontrolle über mein Leben hatte als ich.

Stilles Örtchen bei Morgengrauen

Am nächsten Morgen stand ich ganz früh auf und beschloss, eine Runde zu laufen, bevor der Berufsverkehr einsetzte. Wenn ich mich im richtigen Leben mit Sam treffen und ausdauernden Sex haben wollte, sollte ich wohl besser anfangen, etwas für meine Fitness zu tun.

Da die letzte Wäsche schon etwas zurücklag, standen meine Chancen, nach dem Duschen einen sauberen Slip zu finden, in etwa so günstig wie die auf den sprichwörtlichen Sechser im Lotto. Was für eine faule Schlampe ich im Haushalt bin, dachte ich lächelnd und zog mir eine weite schwarze Hose über den nackten Po.

Eigentlich war es ganz befreiend, die interessante Reibung der Hosennaht direkt an meinem Geschlecht zu spüren. Und auch über die lästigen Slipkonturen hatte ich mir nie so richtig Gedanken gemacht, bis ich meinen glatten Hintern im Spiegel der neuen Unisextoilette an meinem Arbeitsplatz, dem Design-Studio Richardson, bewunderte. Weil es so früh war, ging ich davon aus, dass von den anderen noch keiner da war. Deshalb wäre ich um ein Haar von dem Jungschnösel James St. John-Brooks ertappt worden, dem Junior in meinem Team. Er kam zur Tür hereingepoltert und blieb bei meinem Anblick wie angewurzelt stehen.

Ich zog mich aus der Affäre, indem ich so tat, als würde ich mir einen imaginären Kreidefleck vom Hosenboden klopfen, während er im Vorbeigehen verstohlen meinen Hintern bewunderte. Ich erhaschte seinen Blick und hätte ihm fast zugezwinkert, dann aber fiel mir noch rechtzeitig ein, dass ich jetzt Carrie war, nicht Dominique. Er erwiderte meinen Blick ein wenig zu lang, lief prompt gegen die Tür und verschwand mit hochrotem Kopf in der Zelle. Fand er mich etwa mit meiner neuen Haarfarbe attraktiv?

James und Sex?, dachte ich. Wie interessant. Er hatte unglaublich lange Finger – das war mir mal aufgefallen, als wir zusammen am Adams-Pitch arbeiteten. Doch hatte ich bis jetzt noch nie bewusst über ihn nachgedacht. Ich lauschte, wie er den Reißverschluss an seiner Hose aufzog, und strich mir vorm Spiegel nochmals wohlgefällig über den Hintern. Nein. James zu verführen, so weit war ich noch nicht, das müsste warten, bis ich mehr wie «Dominique» war.

Ich wollte an meinen Schreibtisch zurück, wirklich. Aber Dominique hatte offenbar keine Lust, wieder auf dem Rücksitz Platz zu nehmen, jetzt, wo sie allmählich Geschmack am Lenkrad fand. Sie fand, *sie* sollte fahren. Immer.

Ich lauschte, wie James' Urin in einem starken Strahl das Wasser der Kloschüssel traf, trat an die Tür seiner Zelle und tippte leicht mit den Fingernägeln dagegen. Ich hörte, wie er den Reißverschluss hochzog, dann ging die Tür langsam auf, und sein gerötetes Gesicht kam im Spalt zum Vorschein.

«J-ja?»

«Mach die Tür auf, James.»

«Was?»

«Du hast mich schon verstanden. Mach die Tür auf.»

«Oh. Okay.» Er gehorchte, und ich schlüpfte zu ihm in die Zelle. Es war gemütlich und warm, gerade groß genug für zwei, also verriegelte ich die Tür und drehte mich zu ihm um. Er war knallrot, sogar seine Ohren glühten. Fast tat er mir Leid. Aber in weniger als drei Minuten würde er im siebten Himmel sein, und ich war mir sicher, dass es ihm selbst nicht Leid tat.

Ich sagte nichts. Auf ein Gespräch mit ihm hatte ich es nicht abgesehen, bloß auf eine schnelle, heiße Nummer, also legte ich ihm die Hand an die Hose und wog den Inhalt bedächtig. Er seufzte und murmelte etwas, worauf ich den Finger auf meinen Mund legte, damit er still war. Er biss sich auf die volle Unterlippe, und plötzlich hatte ich Lust, selbst daran zu knabbern. Ich stellte mich auf die Zehenspitzen, lehnte mich gegen ihn, schnappte nach seiner Unterlippe, sog sie ein und nagte leicht mit den Zähnen daran.

James stöhnte leise, seine dunkelblonden Wimpern flatterten, und ich sah, wie er sich mir – oder Dominique – hingab. Er war ein hübscher Junge, immer schick in Schale und äußerst gepflegt, mit langen Wimpern, rosigen Pausbäckchen und weichem, halblangem Haar. Er kam frisch von der Uni – davor war er bestimmt in einem teuren Internat für Jungen gewesen, redete mit Oberschichtakzent und trieb alle bei der Arbeit in den Wahnsinn, weil ständig sein Handy klingelte – wie konnte er in seinem Alter ein so bewegtes Leben führen? – und weil er einen nagelneuen Alfa-Romeo-Sportwagen hatte.

Aber hier, in meinen Händen, war er ein kleiner Junge wie alle anderen: schüchtern, unsicher und äußerst manipulierbar. Er war Wachs in meinen Händen.

Er wuchs und wuchs in meiner Hand, seine Erektion beulte seine feine Wollhose aus, und seine Eier schnappten stramm nach oben, als ich ihm mit den Fingern über den maßgeschneiderten Hosenschlitz fuhr und ihn streichelte. Im Nu war er steinhart. Kein Wachs mehr, sondern Stahl und Beton. Hinten an seinem Schwanz zog sich ein faszinierend harter Muskelwulst hoch, den ich selbst durch den schweren Hosenstoff ertasten konnte.

Ich seufzte und lutschte noch ein wenig an seiner Lippe. Er legte mir die Hände an die Hüften und versuchte mich richtig zu küssen, indem er mit der Zunge zwischen unseren nassen Mündern die meine suchte. Aber das ließ ich nicht zu: Ich wollte keine Zärtlichkeit von jemandem, den ich kaum kannte. Ich wich zurück, schüttelte den Kopf, sank wortlos auf die Knie und ließ den Knopf an seinem Hosenbund aufspringen.

Er zitterte, holte tief Luft und lehnte sich an die Zellenwand. Flatternd schlossen sich seine Augen, und sein Gesicht wirkte ergeben, aber glücklich. Ich zog den Reißverschluss seiner Hose auf – deutlich ließ sich in der Stille das leise, metallische Surren vernehmen – und ließ die Finger hineingleiten. Wie heiß er sich anfühlte: Seine Baumwollshorts klebten an ihm, und es kostete mich einige Mühe, ihn aus Hose und Shorts zu befreien und sie ihm über die Knie zu ziehen. Doch mit ein wenig Gewalt gelang es schließlich, und da stand er nun, mit bloßem Schwanz und heruntergelassener Hose. Nackt. Hinreißend. Sehr, sehr männlich.

Ich holte tief Luft und genoss seinen Geruch, eine männliche Moschusnote, kombiniert mit einem Hauch Seife von seiner morgendlichen Dusche. Er war sauber und blond und sehr steif. Sein Schwanz zitterte ein wenig, als ich mit einem Finger daran längsfuhr und die Spitze meines Fingernagels in den kleinen Schlitz am Ende schob. Er war prall angeschwollen, kurz vorm Platzen, und ich konnte es kaum erwarten, die Lippen um ihn zu legen.

Aber gleichzeitig wollte ich ihn hinhalten. Damit er begriff, wer hier das Sagen hatte. Dies war ein einmaliges Ereignis – ich würde es mir kaum zur Gewohnheit machen, meinen Kollegen in der Unisextoilette einen zu blasen –, und ich wollte, dass es lang genug dauerte, damit wir uns beide noch lange daran erinnerten.

James stöhnte leise und legte mir verstohlen die Hände auf den Kopf, um mein weiches Haar zu streicheln. Ich stieß ihn weg und schüttelte heftig den Kopf, worauf jäh ein Ausdruck verletzter Verwunderung in seine Augen trat, den ich weidlich auskostete. Es folgte eine lange Pause, und einen entsetzlichen Moment lang dachte ich, er wollte sich mir widersetzen. Aber dann nickte er bloß, das schöne Gesicht blass im schwachen Licht, und ließ den Kopf gegen die Wand sinken; seine Hände hingen in einer Geste der Kapitulation schlaff hinab, und da wusste ich, dass er mir gehörte.

Ich ließ zunächst die Zunge über die Haut seiner Beine spielen und genoss das Gefühl seiner muskulösen, rugbygestählten Oberschenkel. Er schmeckte nach teurer Seife. Dann stieß ich die Zunge feurig und feucht hoch in die Ritze, wo das Bein in die Leiste übergeht. Dort schmeckte er anders, frisch, nach Gurke, aber irgendwie auch süß. Ein wärmerer, feuchterer Geschmack haftete an seiner Haut, als ich tiefer in die Falten seiner jungen Haut vorstieß. Ich konnte seinen Schwanz riechen, ihn an der Wange spüren, und ich konnte die Spannung seines Körpers spüren, obwohl er jetzt brav war und sich weder rührte noch muckste. Ich vergrub die Finger in der harten Muskulatur seines Oberschenkels und stieß ihm die Zunge tief unter die Eier.

Er zuckte. Ich seufzte. Dann erwischte ich einen seiner festen, kleinen Hoden mit der Zunge und rollte ihn sanft herum. Er war samtig und doch stachelig, wie eine köstliche Frucht: eine Kumquat oder Kiwi oder etwas ähnlich Saftiges, Köstliches. Ich spielte mit ihm, ließ eine Hand an den anderen Hoden gleiten, damit der sich nicht einsam fühlte, fuhr mit dem Zeigefinger darum herum und liebkoste ihn sanft, während ich den ersten in meinen heißen, nassen Mund sog. James bäumte sich etwas auf, das Gesicht hinauf zur safrangelb gestrichenen Decke gewandt, ballte kurz die Hände und ließ sie dann wieder entspannt herabhängen.

Ich lutschte ihn sanft, zog sein Ei in meinen Mund, ließ es auf meiner Zunge ruhen, wie um sein Gewicht zu prüfen, und saugte dann unmerklich daran. Das andere ließ ich nun auch hineingleiten. Ich öffnete den Mund weiter, um Platz für beide zu haben, und fing dabei fast an zu sabbern. Wie köstlich er war, salzig und doch süß, und ich liebte ihn mit meiner Zunge, ließ sie flach über seinen Sack spielen, bis er nach Luft schnappte.

Meine Muschi war glühend heiß und weit offen. Angesichts der Lust meines Gespielen pochte es gierig in ihr. Ich nestelte am Verschluss meiner Hose herum, öffnete ihn, während ich an James' Eiern herumzüngelte, und fuhr mit der freien Hand hinein. Meine Klit reckte sich meinen Fingern entgegen, ganz steif in ihrem kleinen Kokon aus weicher rosa Haut, verborgen zwischen den Löckchen, die sie umrahmten. Ich rieb sie ein wenig, streichelte erst leicht, dann fester, während ich James' Eier in meinem Mund anschwellen ließ. Ein Lustschauer lief mir übers Rückgrat, und meine Nackenhaare stellten sich auf.

Ich umfasste seinen Schaft mit der anderen Hand und war entzückt über die warme, trockene Hitze seines Glieds. Langsam ließ ich die Finger hinauf- und hinabgleiten, drückte ein wenig, wenn ich an das knollige Ende kam, und fuhr dann sanfter die beeindruckende Länge wieder hinab. Hart und stolz drückte der Wulst an der Rückseite gegen meine Hand, und auf einmal wollte ich diese erhabene Säule an meiner Zunge spüren.

Ich ließ seine Eier aus meinem Mund gleiten und fuhr ihm, eine warme Speichelspur hinterlassend, über die Unterseite seines Schafts. Ich bezüngelte bewundernd diesen

Wulst, während der feine James über mir zitterte und sich an die Wand der Zelle drückte, hilflos dem Ansturm meiner heißen Zunge ausgeliefert.

Mit Mund und Fingern bearbeitete ich sein warmes Fleisch, mit den Fingern der anderen Hand meine Klit, zog ihn in meinen Rhythmus, wichste ihn, während ich mit der Zunge seinen Muskel entlangfuhr bis an die Spitze und dort am empfindlichen Schlitz am Ende verweilte. Er schmeckte wundervoll: Eine kleine salzige Träne quoll aus dem Loch. Ich schleckte sie auf, leckte und saugte herum, bis ich sein Schwanzende leicht zwischen den Lippen hielt. Dann glitt ich ganz hinab, ließ seinen Schwanz tief in meine Kehle fahren, während ich mit den Fingern die Wurzel umfasste.

Nun war er gefangen: Meine Finger umschlossen seine Schwanzwurzel, mein Mund lag eng um seinen Schaft. Ich nuckelte daran, als wollte ich das Leben aus ihm heraussaugen. Und währenddessen glitt ich mit den Fingern über mein eigenes nasses Loch und spürte, wie mir das Herz in der Brust und in den Schläfen pochte, während ich Geschmack und Gefühl dieses herrlich dekadenten Mahls auskostete, das ich so unverhofft zum Frühstück genoss.

Ich zitterte ein wenig, als mir jäh das Risiko der Situation zu Bewusstsein kam. Ich befand mich in einer Bürotoilette – wo jederzeit jemand hereinkommen könnte – mit einem Bubi, der mein kleiner Bruder hätte sein können. Ein Wonneschauer überlief mich, in den sich seltsame Schuldgefühle mischten. Dann, den Mund immer noch um James' Ständer, blickte ich hoch in sein Gesicht. Dort sah ich all mein eigenes lustvolles Begehren widergespiegelt, und mein schlechtes Gewissen verflog und wich reinem, ungetrübtem Vergnügen.

Es war einfach toll. Ich hätte so sterben mögen: mit einem heißen jungen Schwanz im Mund, die Finger voll von meinem eigenen cremigen Saft, der mir in den Schritt meiner Hose troff, und im Bewusstsein der drohenden Gefahr, dass jemand hereinkommen und hören könnte, wie mein nasser Mund geräuschvoll an einem harten Schwanz schleckte. Jähe Liebe zu Dominique und allem, in das sie mich zu verwandeln schien, wallte in mir hoch.

James strich mir erneut durchs Haar und streichelte meinen Kopf, ganz zart und verwundert erkundeten seine Daumen die Wölbungen und Vertiefungen meiner Stirn, meiner Wangen, meiner selig geschlossenen Augen. Ich war drauf und dran, ihn abzuschütteln, ließ es aber bleiben.

Nein, dachte ich. Lass ihn. Wenn er das möchte. Außerdem fühlt es sich schön an.

Also nahm ich seine zärtliche Liebkosung hin, während ich an seinem langen Schwanz saugte und merkte, wie er noch härter wurde. Ich ließ meine weiche Zunge hierhin und dorthin fahren. Ich erkundete alles, kostete seine Haut, all ihre Falten und Runzeln – all die geheimen kleinen Spalten unter dem Kragen aus rosa Haut, der sich so adrett von seiner Eichel wegkräuselte – ganz an jenem herrlichen dicken Muskelwulst hinab bis zu seinen prallen, duftenden Eiern. Ich schnupperte und atmete ihn ein, dann glitt ich knetend und streichelnd wieder nach oben, mein Kinn ganz nass von all dem Speichel, den ich vor lauter Begeisterung produzierte. Ich leckte und saugte an ihm wie ein verwahrlostes Kätzchen, das seit einer Woche nicht gefüttert worden war.

Ich hörte, wie er zischend den Atem einsog, und wusste, dass er gleich kommen würde. Ich saugte heftiger. Immer heftiger. Mein Mund umschloss ihn eng. Gierig lutschte und nuckelte ich an seinem Schwanz. Eine Tür ganz in der Nähe ging auf und wieder zu, und der plötzliche Adrenalinschub angesichts der Möglichkeit, entdeckt zu werden, schärfte meine Sinne bis aufs Äußerste. Ich hörte leises Stoffgeraschel und wusste, dass eine Frau hereingekommen war. Sie betrat die Nachbarzelle und verriegelte die Tür. Wer auch immer es sein mochte, seufzte leise, und das silbrige Klirren von zwei Armreifen ließ sich vernehmen. James erstarrte über mir, sein Schwanz in meinem Mund zuckte jäh, und als er zu mir herabsah, sprach Panik aus seinen Augen.

Die Frau, die nichts von unserer Anwesenheit ahnte, ließ sich nebenan nieder, um ausgiebig zu strullen. Es klang wunderschön, wie ihr Urin ins Wasser prasselte, und ich schluckte, als James nicht mehr an sich halten konnte und mir den Mund mit herrlicher Soße füllte. Er stieß hart gegen mein Gesicht, pumpte ekstatisch seinen Schwanz tief in meine Kehle. Ein harter weißer Puls der Verzückung pochte mir unter den Augenlidern. Ich drückte mir die Finger fester gegen die geschwollene Klitoris und kam Sekunden nach ihm, saugte und schluckte und zitterte zusammen mit James, dieweil ich in eine traumähnliche Seligkeit versank.

An dem Abend fabrizierte ich mehr schlecht als recht Pasta mit Pesto, die ich allein verspeiste. Max rief wieder an, und ich zierte mich ein wenig. Trotz seines Geredes, er wolle niemanden zwingen, war der Kerl hartnäckig. Freundlich, aber hartnäckig. Am Schluss willigte ich ein, Freitagabend mit ihm ins Kino zu gehen, aber kaum hatte er aufgelegt, stöpselte ich auch schon das Telefon aus und surfte in den Chatrooms herum, auf der Suche nach SamUK.

Er war nirgends zu finden, und keiner der Stammgäste hatte ihn gesehen. Verdammt. Und ich hatte nicht mal seine Telefonnummer, anrufen konnte ich ihn also auch nicht. Ich lungerte noch kurz herum und schickte ihm eine, wie ich hoffte, beiläufig klingende E-Mail. Aber er tauchte nicht auf, also ging ich mit einem Typen aus Utah nahmens Al in einen Privatraum. Al schilderte ziemlich aufreizend, was er mit seiner Zunge alles anstellte. Es war spaßig. Aber nicht so spaßig wie mit Sam.

Gegen zehn loggte ich aus und verzog mich in die Küche, den Spülberg geflissentlich ignorierend. Ich musste wirklich irgendeine Putzhilfe kommen lassen, die mir mal zur Hand ging. Nach einer halben Stunde checkte ich meine E-Mails nochmal, aber von SamUK war nichts dabei. Ich schickte ihm noch eine – hatte ich es wirklich so nötig? – und bat um Rückruf, falls er sie noch vor Mitternacht las. Dann schaute ich mir den Film an, den ich Mittwochabend aufgenommen hatte, und schlief auf dem Sofa ein, den Kopf auf den Haufen Bügelwäsche gebettet, den ich mir für einen verregneten Tag aufgehoben hatte.

Ich träumte, ich stünde am Ende eines großen Messingbetts. Ein junger Mann, den ich noch nie gesehen hatte, war mit glänzendem schwarzen Klebeband daran festgebunden, die Gliedmaßen weit von sich gestreckt und mit irgendeinem köstlich duftenden Öl eingerieben. Er war schlank und stark, seine Brust unbehaart. Ich wusste, es war Sam. Er hatte eine Erektion, die aus dem zerzausten Schamhaar an seinen Lenden aufblühte. Er sah verletzlich aus, und das gefiel mir.

Lange stand ich da und betrachtete ihn. Keiner von uns sprach ein Wort, und mein forschender Blick steigerte seine Erregung noch. Sein Schwanz schwoll an und wuchs und strebte seinem Nabel zu, längs der geraden Linie gekringelter Härchen, die sich mitten über seinen Bauch zog. Zu gern hätte ich mich vorgebeugt und diese geladene Kanone in den Mund genommen, aber ich blieb reglos stehen und lächelte nur.

Im Traum hörte ich hinter mir ein Geräusch und fühlte dann, wie vertraute Hände mir die Arme hoch bis an die Schultern fuhren. Es war Max; ich konnte seinen männlichen Duft riechen, als er dicht hinter mich trat, und aus der Berührung der krausen Härchen hinten an meinen Schenkeln schloss ich, dass er ebenfalls nackt war. Ich seufzte und betrachtete Sam, der reglos auf dem Bett lag; nur die Ader seitlich an seinem Hals pochte, und sein muskulöser Schwanz zuckte und schwankte.

«Halt mich, Max», befahl ich.

Er gehorchte, umschlang mich fest und zog mich an sich. Ich fühlte die Härte seines Körpers an meinem Rücken und spürte, wie seine eisenharte Erektion mir gegen die Pobacken drückte. Seine Lippen suchten mein Ohr, meinen Hals, meine Schulter. Es fühlte sich herrlich an; ich legte den Kopf zur Seite, damit er die empfindlichsten Stellen meiner Haut lecken und küssen konnte.

Währenddessen beobachtete Sam uns, den Blick auf meine Augen geheftet. Das schwarze Klebeband an seinen Hand- und Fußgelenken fesselte ihn ans Bett, er konnte sich lediglich auf den hellen Laken winden. Seine Armmuskeln traten leicht vor, während er vergeblich versuchte, die Fesselung zu lockern. Dass er sich tatsächlich befreien oder uns unterbrechen wollte, glaube ich nicht. Eher, dass er mächtig aufgegeilt war und eine Hand frei haben wollte, um sich zu berühren, während er Max und mir zusah. Aber seine beiden gefesselten Hände waren nicht zu gebrauchen, und er konnte sich nur winden und hilflos zerren, die dunklen Augen glänzend vor Verlangen.

Max fuhr mit den Händen meine Taille hinab und stieß sie durch das lockige Haar in mein Geschlecht, wo er die feuchte Wärme meiner Erregung suchte. Meine Schamlippen schwollen seiner Berührung entgegen, und ich hörte, wie er scharf den Atem einzog, als er die Falten meiner Haut befingerte und einen Zeigefinger leicht in den cremigen Saft stippte, der mein Inneres schmierte.

Ich stellte einen Fuß zwischen zwei Messingstreben am Bettende auf die Matratze. Dadurch wurde Max der Zugang zu meiner Möse erleichtert, und Sam bekam mehr zu sehen. Das gefiel beiden. Ich merkte es daran, wie Max leise stöhnte und sich dichter an mich drängte, mit einer Hand eine Brust umfasste und die andere tief unter meine Muschi schob; Sam seufzte und stieß die Hüften nach oben, sein Schwanz, der aus dem Gewirr dunkler Haare an seinen Lenden gerade und aufrecht vorragte, zuckte.

Nun, da ich offen war, hielt Max meine Muschi einen Moment lang besitzergreifend umfasst; seine mit schwarzen Härchen gesprenkelte Pranke wirkte riesig zwischen meinen Schenkeln. Er ließ erst einen, dann zwei Finger hineingleiten, wodurch er mich leicht dehnte, aber mein drängendes Verlangen noch unerfüllt ließ. Ich keuchte, als er einen dritten und vierten Finger einführte, sodass ich mich weiter geöffnet fühlte als je zuvor. Dann schob Max den Daumenballen hoch an meine Klit. Dort verharrte er, rieb und kreiste mit seinen stumpfen, geschickten Fingern in langsamem, hypnotischem Rhythmus, bis ich nach Luft schnappte und mein Körper erstarrte, während ich mich den wunderbaren Gefühlen hingab.

Ich war dermaßen auf Touren, dass ich spürte, wie ein Schwall milchiger Flüssigkeit tief aus meinem Inneren quoll und Max über die Finger lief. Ich merkte, dass ich tropfnass war, dass mein Saft die stumpfen Finger tränkte, die kurz still in meinem Geschlecht verharrten: Max wartete, bis meine Anspannung nachließ. Schwankend standen wir da, er mit der Hand zwischen der milchweißen Haut meiner Schenkel; ich mit herabhängendem Kopf, das Haar schweißverklebt im Nacken. Dann führte er eine kleine Kreisbewegung aus, und ich fühlte, wie er seinen Daumen mit der ganzen Hand umschloss.

Meine Möse schien jäh an ihm zu saugen. Hungrig. Voll Gier nach mehr von ihm. Ich fühlte, wie mein Geschlecht anschwoll, einer reifen Blume gleich erblühte, während ich mich ihm weit öffnete. Ich lehnte mich an ihn, wiegte mich ein wenig in den Hüften, ließ mich auf seine geballte Faust gleiten, bis er – mit einem leisen, feuchten Plopp – drin war, bis ans Handgelenk in mein gieriges Fleisch vergraben.

Sam wand sich ein wenig ungeduldiger auf dem Bett, zerrte an seinen Fesseln, und zu sehen, wie hilflos er war, wie sein flacher Bauch vor Verlangen zu beben schien, machte mich noch nasser. Ich fing seinen Blick auf, und wir fixierten einander, während Max mich langsam nach vorn drückte und zu fisten begann.

Ich war von seiner Hand bis zum Gehtnichtmehr gedehnt. Seine Fingerknöchel sreiften mein zartes Inneres mit einer herrlich brennenden Hitze. Er tastete und drückte, und ich spreizte die Schenkel weiter, um ihn aufzunehmen, sog keuchend die warme Luft im Zimmer ein und seufzte, als ich spürte, wie mein Inneres sich rhythmisch um sein Handgelenk zusammenzuziehen begann.

Er schob seine Faust hoch hinauf, leicht gegen den muskulösen Mund meiner Gebärmutter pumpend, und ich fühlte, wie mich von den Zehen bis hoch zur Kopfhaut ein Schwall von Hitze und Energie durchfuhr. Ich war heiß auf ihn, meine Haut glühte, meine Möse schmiegte sich begierig um seine Faust. Plötzlich verschwamm alles. Meine Augen schlossen sich. Ich spürte, wie meine Gliedmaßen zerflossen. Mein Orgasmus war heftig. Überwältigend. Alles verschlingend. Empfindungen von Hitze und Licht erschütterten meinen Leib und drohten mich zu zerreißen, ich stöhnte, biss mir auf die Lippe und kostete die plötzlichen, heftigen, krampfartigen Muskelkontraktionen aus.

Max gönnte mir eine kleine Pause. Dann zog er sanft, zärtlich, mir Koseworte zuflüsternd die klebrige Faust aus meinem Honigtopf. Er schlang die Arme um meinen bebenden Körper und hielt mich fest, schnoberte mir durchs Haar und küsste mir Wangen, Ohren, Schultern, während ich wieder zu Atem kam und die Nachwehen des Orgasmus abklingen ließ.

Max' maskuliner Duft stieg mir in die Nase, als er sich kurz von mir löste: heiß und männlich, fast pfeffrig. Schwanzgeruch. Sexgeruch. Ich wollte ihn. Ich wollte ihn in mir drin haben.

«Fick mich von hinten, Max», verlangte ich mit herrischer Stimme, die keinen Widerspruch duldete. «Fick mich jetzt.»

Meine Knie zitterten, so überraschend stark war meine Lust, und ich musste mit beiden Händen Halt am Bettgestell suchen, als Max mir seine große Hand auf den Rücken legte.

Mit breiten, starken Fingern drückte er mich runter, und ich beugte mich vor, bis mein Kinn auf dem Messingrahmen ruhte und meine Arschbacken weit nach hinten gereckt waren. Die ultimative Stellung für tiefe Penetration und ungehemmtes Ficken. So konnte er meine Hüften festhalten oder meine Titten und seinen Schwanz richtig tief in mich reinrammen. Ein Schauer der Vorfreude überlief mich, während ich wartete, dass er sich in Stellung brachte und es mir besorgte.

Seine heißen Finger versengten mir die Haut, als er mir damit die Hüften hinabfuhr, dann unter und zwischen meine Beine, wo er meine Schenkel spreizte und mühelos in die sehnsuchtsvollen Tiefen meines eben erst gedehnten und hungrigen Geschlechts glitt. Er schöpfte meinen Saft ab, ließ die Finger ganz reingleiten, sodass ich den harten Ballen seines Daumens ganz fest am Anus fühlen konnte, und die Länge seiner Finger tief in mir, wo seine dicken Knöchel die rüschige Haut meines Inneren liebkosten. Dann zog er sie wieder heraus, und ich stöhnte, denn nun, nachdem er mich gefistet hatte, reichten mir seine Finger nicht mehr.

«Tu's jetzt!», befahl ich. Auf dem Bett wand Sam sich unter Stöhnen, gemartert vom Anblick meiner schaukelnden Titten und meinem lasziven, zügellosen Gesichtsausdruck.

«Okay», sagte Max. «Okay, Ma'am, ich werd Sie ficken», flüsterte er, während er den Saft, der sich an seinen Fingern gesammelt hatte, über den prallen Kopf seines harten Schwanzes verteilte. Dann murmelte er ein Wort, bei dem ich mich verhört zu haben glaubte.

«Wie hast du mich genannt?», fragte ich. Beim Klang des Wortes auf seinen Lippen pumpte mir ein Adrenalinstoß durch die Adern.

«Miststück», raunte er heiser. «Ich sagte, ‹Ich werd dich ficken, Miststück.›»

Ich war hin und weg. Ein dicker Schwall köstlichen Safts

quoll mir aus dem Geschlecht und rann mir innen am Schenkel hinab. Ich wollte nur noch eins: dass er es mir besorgte. Er schmiegte sich dicht an mich und stellte sich mit angespannten Oberschenkeln, die Knie leicht angewinkelt, in Position.

Ich wartete. Sam wartete. Max wartete. Der Moment schien sich endlos hinzuziehen.

Dann drang Max mit einem harten Stoß in mich ein.

Ein kollektives Wonnegrunzen entrang sich uns. Dann seufzte ich laut, als er in einen geschmeidigen Rhythmus fiel und ich wieder Sam fixierte. Beim hoffnungslosen Ausdruck seiner Augen hatte ich das Gefühl, mein ganzer Körper stünde in Flammen, und ich stöhnte und stieß mich nach hinten gegen Max.

«Schneller», murmelte ich. «Na los, du Hurenbock. Fester!»

Max gehorchte, sein Schwanz stieß und rammte in mich, sein Atem ging laut und heftig, strich mir heiß über die Haut meiner Schultern. Sam bäumte die Hüften hilflos in die Luft, sein Schwanz zum Bersten prall, während Max mich brutal vögelte. Ich leistete Widerstand. Schweiß perlte mir auf der Stirn, und ich fühlte, wie Max' Hand mir mit feuchter Behendigkeit den Rücken hochfuhr.

Uns war beiden heiß. Wir schwitzten. Fickten gierig. Während der arme Sam vom Bett aus zusah. Er stöhnte und stieß seinen steifen Schwanz genau im Takt mit uns in die Luft. Max' Hand grub sich fest zwischen meine Beine, seine Finger stießen, sein Daumen drückte, bis ich vor Wonne ein elektrisches Knistern in meinen Gliedmaßen spürte und glaubte, es nicht mehr aushalten zu können. Wir pumpten gegeneinander, Max' Finger drückten fest gegen meine Klit, mein Arsch war so hoch gereckt, dass ich seine Eier laut gegen meine prallen Schamlippen klatschen hörte.

Endlich konnte ich Sam nicht länger leiden sehen, reckte mich über das Bettende und legte ihm die Hand um den harten Schwanz. Er fühlte sich an wie Stahl: stramm, hart, pochend und kurz vorm Explodieren. Ich wichste ihn fest und gleichmäßig, während Max hinter mir mich immer heftiger fickte, bis ich mich plötzlich bebend mit einem Sturzbach von Sahne auf ihn ergoss. Ich schrie laut auf, von Wonne übermannt, und verstärkte meinen Griff um Sam, bis auch er kam, mit entzückenden, pumpenden kleinen Stößen, die mir gegen die Finger schlugen, während ich ihn fest in der Faust hielt und ihn sein Sperma über seinen Bauch spritzen ließ.

Max war immer noch nicht gekommen.

«Aah, verdammt, Carrie», stöhnte er. «Darf ich deinen süßen kleinen Arsch vögeln? Lässt du mich? Du siehst da so süß und eng aus.»

«O Gott», murmelte ich. «Vögel mich, wie du willst, Max. Frag nicht um Erlaubnis. Tu's einfach.» Und dabei drückte ich mich gegen ihn, voll Verlangen, von ihm auf jede Weise penetriert zu werden, die er wollte.

Max zog seinen klebrigen Kolben aus mir raus, dehnte mein festes kleines Arschloch mit dem Zeigefinger und schob vorsichtig seinen Schwanz hinein. Es tat weh, und ich brüllte los.

«O Gott. Ah! Oh!»

«Ruhig», flüsterte Max. Aber ich konnte nicht still sein. Mit jedem Stoß trieb er seinen Schwanz tiefer in meinen Arsch. Ich wand mich, keuchte und stöhnte. Ganz unvermittelt legte er mir die Hand auf den Mund, aber ich wusste, dass ich immer noch zu viel Lärm machte.

«Sch!», zischte Max. Er drückte mir die Lippen an die Schulter und küsste mich. «Sch. Oder ich muss dir den Mund zukleben.»

Seine Finger lösten sich von meinem Gesicht, und sein Schwanz vergrub sich tief in mir. Ich schrie wieder auf, lauter diesmal, wie um ihn dazu herauszufordern, mich zu knebeln. Denn das wünschte ich mir.

«Nicht so laut», sagte Max. Er gab mir einen Klaps aufs Hinterteil, seine Handfläche knallte vernehmlich auf meine heiße Haut. Dann griff er nach der Rolle breitem schwarzen Klebeband, die zwischen Matratze und Bettende lag. Dasselbe Klebeband, mit dem Sam ans Bett gefesselt war.

«Ich hab dich gewarnt.» Er riss mit den Zähnen ein Stück ab und klebte mir den Mund damit zu. Ich schloss die Augen und drückte meinen Körper nach hinten gegen ihn.

Nun war ich still.

Max stieß von neuem in mich. Ich öffnete mich für ihn. Er pumpte fester. Schneller. Ich konnte fühlen, wie eng mein Arsch für ihn war, und er auch. Er kam rasch und plötzlich, stöhnte vor Behagen, während ich mich an ihn drückte. Tief in meinem Körper spürte ich, wie seine Ladung sich heiß in mich ergoss. Eine heiße Welle der Seligkeit durchspülte mich, und ich hielt ihn so lang es ging in mir. Dann nahm ich undeutlich wahr, dass es irgendwo klingelte.

Das Läuten wurde immer lauter, und der wundervolle Traum endete abrupt damit, dass ich eine Hand vorschnellen ließ und das Telefon zu Boden riss, das wackelig auf der Sofalehne stand. Ich fing den Hörer auf und drückte ihn mir stöhnend ans Ohr.

«Ja?»

«Dominique?»

«Tut mir Leid, falsch verbunden», grummelte ich automatisch. Dann aber fiel mir ein, dass ich ja Dominique war, und ich schoss kerzengerade in die Höhe. Auf der Stelle war ich hellwach, alles drehte sich, in meinem Kopf pochte es. «Scheiße! Sam!»

Ich spähte zur Uhr auf dem Kaminsims. Sie war stehen geblieben, weil ich mal wieder vergessen hatte, sie aufzuziehen. «Wie spät ist es?»

Er gluckste. «Hast du geschlafen? Du hast doch gemeint, ich könnte bis Mitternacht anrufen.»

«Ist es noch nicht Mitternacht?»

«Es ist ...» – Schweigen, ich stellte mir vor, wie er auf die Armbanduhr sah – «... viertel nach elf. Was machst du grade?»

«Schlafen», ächzte ich. «Träumen. Was für ein unglaublicher Traum.»

«Oh, tut mir Leid. Wollte dich nicht wecken, aber als ich deine E-Mails las, dachte ich mir, ich ruf mal an.» Er gähnte. «Ich war aus heut Abend. Wir waren Billard spielen.»

«Oh. Billard.» Fast hätte ich gelacht. Ich kannte nicht einen Menschen, der Billard spielte. Bis jetzt. «Das ist dieses Spiel mit den bunten Kugeln, stimmt's?»

«Ja.» Er lachte. Dann meinte er vieldeutig, «Wenn wir uns treffen, könnten wir ja vielleicht auch eine Runde mit den bunten Kugeln spielen ...»

«Da wüsste ich aber Besseres.»

«Tja, für wann wollen wir uns denn verabreden?»

«Wann möchtest du denn?»

«Also, für heute ist es wohl schon zu spät. Aber so bald wie möglich, würde ich sagen.»

«Ich auch.»

Der Traum stand mir noch lebhaft vor Augen. Er kam mir aufreizend real vor.

«Also, wo triffst du dich denn mit diesem Sam?» Laura schlug behaglich die Füße unter und stützte den Ellenbogen auf die Sofalehne. Wir saßen bei ihr im Wohnzimmer, tranken kalten Wein und verfolgten mit halbem Auge unsere Lieblingsvorabendsendung. Ich war um acht Uhr mit Max verabredet, hatte vorher aber noch auf einen Sprung bei Laura reingeschaut, weil ich so ein schlechtes Gewissen hatte, sie die ganze Woche wegen meinem Gechatte vernachlässigt zu haben.

«Am Covent Garden, vor einer Buchhandlung gleich neben der U-Bahn-Station», sagte ich.

«Und wann?»

«Mittags, wie es sich für ein gutes Stelldichein gehört.» Ich lachte und trank einen ordentlichen Schluck Wein.

«Was ist, wenn er nicht so aussieht wie auf seinem Bild?» Laura goss mir noch etwas Wein ins Glas. «Wenn er ein hässlicher Gnom ist?»

Ich lachte. «Tja, was kann ich da groß machen? Abhauen vermutlich. Außerdem hätte er wohl kaum in ein Treffen eingewilligt, wenn er nicht so aussähe wie auf dem Foto.» Ich zog die Stirn kraus. «Oder?»

Laura zuckte die Achseln. «Wer weiß?», sagte sie. «Das Internet wimmelt doch von Spinnern.»

«Überhaupt nicht.» Ich lachte wieder. «Es wimmelt von Leuten wie dir und mir.»

«Korrigiere», wandte sie ein. «Es wimmelt von Leuten wie dir und Sam.»

«Hoffentlich.»

«Und wie ist es um deine Sicherheit bestellt?» Laura runzelte die Stirn und strich sich eine Haarsträhne hinters Ohr. «Hast du dir darüber Gedanken gemacht?»

«Ja, sicher.» Am Morgen hatte ich eine Stunde lang die Kontaktanzeigen gewälzt und mir sämtliche Tipps und Hinweise eingeprägt, die fett gedruckt zwischen den Anzeigen standen. «Erzählen Sie jemandem, wo Sie hingehen. Treffen Sie sich an einem öffentlichen Ort ...», zählte ich die Ratschläge an den Fingern ab, «... gehen Sie mit niemandem irgendwohin, bis Sie sich mit der Person wohl fühlen, und selbst dann ...»

Meine Stimme erstarb, als mir bewusst wurde, dass jemand in der Tür stand und zuhörte. Zuerst dachte ich, es sei Tom, Lauras Freund, aber der war nicht ganz so blond. Ich drehte den Kopf ein wenig und sah nun vollständig den Engel, der dort stand, lässig an den Türrahmen gelehnt, die blonden Locken erstrahlend im Licht, das hinter ihm durchs Flurfenster fiel.

Ich hatte keine Ahnung, wer das war oder was er dort verloren hatte, und er war so lautlos aufgetaucht, dass es schien, als hätte er einfach so Gestalt angenommen – wie eine Art Heiligenerscheinung. Ich sah rasch zu Laura und stellte erleichtert fest, dass sie ihn auch gesehen hatte. Gott sei Dank – das hieß ja, er war real, ich starrte also keine himmlische Fata Morgana an.

«Hi!», begrüßte Laura die Heiligenerscheinung und lächelte fröhlich. «Wie ist es gelaufen?»

«Kein Glück gehabt», entgegnete er. Was für eine bezaubernde Stimme: seidig glatt und leicht melodisch, wie bei einem Chorknaben. Als er merkte, dass ich ihn anschaute, verzog er schmollend das Gesicht und senkte den Blick auf seine Stiefel. Ein Hauch Rosa überzog seine Wangen, und seine hellen Wimpern zitterten und flatterten und warfen dunkle Schatten auf seine Wangen. Mit angehaltenem Atem starrte ich ihn an. Er war entzückend.

Was fiel mir nur ein, ihn so anzugaffen? Vergebens versuchte ich, meine Aufmerksamkeit wieder dem Fernseher zu widmen. Der Promi der Woche wurde gerade zu einem scheußlichen Akt der Publikumsbelustigung genötigt, bei dem sich mir vor Ekel normalerweise die Haare gesträubt hätten. Diesmal aber nahm ich das Spektakel kaum wahr.

«Na ja, du hast ja noch ein paar Wochen Zeit», tröstete Laura. «Du kannst hier bleiben, bis ich umziehe. Das weißt du doch.»

Laura zog Ende des Monats mit ihrem Verlobten Tom zusammen. Im Frühsommer war Tom am Springbrunnen in der Innenstadt vor ihr auf die Knie gesunken. Laura erzählte, in der Nähe hätte ein Straßenmusiker Geige gespielt und so für die perfekte Atmosphäre gesorgt, und sie hatte ohne weiteres Nachdenken «Ja» gesagt.

Die Hochzeit sollte zwar erst im Februar stattfinden, aber sie wollten schon jetzt keine Nacht mehr getrennt verbringen, also hatte Laura bei ihrem Vermieter für Ende August gekündigt. Doch wer, grübelte ich, war dann diese engelhafte Erscheinung, die dort in der Tür schmollte? Und warum war er hier in Lauras Wohnung?

«Carrie», sagte Laura, als könnte sie Gedanken lesen, «das ist ein Cousin von mir. Er fängt Ende September sein Studium an. Er wohnt hier, bis er eine Studentenbude gefunden hat.»

So also lagen die Dinge. Ich nickte und lächelte ihn an. «Hi.»

«Hi», brummte er, wurde knallrot und verzog den Mund, exakt wie James Dean, verschlossen und scheu.

«Ich bin Carrie.»
«Gabriel.»
Na, was für ein wunderbar passender Name, dachte ich und drehte mich widerwillig zum Fernseher um.

Eva war erwartungsgemäß wenig beeindruckt, als ich ihr von meinem geplanten Trip nach London erzählte.

«Schön, schön», murmelte sie und verfolgte mit unerbittlichem Blick, wie ich mir eine Brötchenhälfte mit weicher Butter bestrich.

Leon war in den Keller gegangen, um einen besonders guten Champagner zu holen, den er uns zeigen wollte, und wir waren allein. Marie-Therese, ihr aufsässiges Mädchen, war türenschlagend aus dem Zimmer gestürmt, um sich um den nächsten Gang zu kümmern. Ich biss in das Brötchen und bewunderte den ebenmäßigen Abdruck, den meine Zähne in der Butter hinterlassen hatten. Eva zerkrümelte die Rinde an ihrem Brotstückchen, tat dies, tat jenes, nur nicht essen. Wie üblich. Ihre Katzenaugen huschten wieder hoch in mein Gesicht, und mir war, als sähe ich dort in den dunklen Tiefen, ganz flüchtig nur, einen Anflug von Besorgnis. «Pass aber auf. Ja?»

Ich sah sie überrascht an. Sie erwiderte ruhig meinen Blick und lächelte dann fein.

«Manchmal geht es böse zu in der Welt», sagte sie nach einer kurzen Pause. «Lass dir nicht weh tun, Süße.»

Ihre Stimme war ungewöhnlich ernst. Es klang ganz so, als spräche sie aus persönlicher Erfahrung, und ich hätte zu gern mehr gehört. Aber da knallte die Tür zu, und Leon ließ seine unförmige Gestalt wieder auf den Stuhl am Tischende plumpsen.

«Hier … ist er», schnaufte er, völlig außer Atem.

«Château Falincourt … 1966. Hat mich … neunhundert Pfund die Kiste gekostet.»

Ich lächelte höflich und ließ ihn weitersabbeln. Beim Essen verlor ich mich in einer verwickelten Phantasie über Sam und Max und eine Badewanne voll Château Falincourt.

Geschichten vom Fluss

Max und ich hatten einen vergnügten Kinoabend, obwohl ich mit dem Film seiner Wahl wenig anfangen konnte. Angesichts der unendlichen Liste von Filmen, die im Multiplex liefen, hatten wir eine Münze geworfen. Ich verlor. So ließen wir anderthalb Stunden schweißtreibender Action über uns ergehen, und das Einzige, woran ich mich erinnern konnte, als wir ins Freie traten, war, wie Max seinen Oberschenkel an meinen gedrückt hatte. Und an sein Grinsen, als er nach der Werbung mit unserem Eis zurückkam. Er lächelte gern und viel: herzlich, offen und voll unerschütterlichem Selbstvertrauen. Diesem Mann die Bedeutung des Wortes «nein» beizubringen, würde mich, das sah ich nun, ganz schön Nerven kosten.

Anschließend gingen wir in ein Restaurant in der Nähe und aßen noch eine Pizza. In einvernehmlichem Schweigen saßen wir da, Seite an Seite, die Ellenbogen aneinander gedrückt, und wechselten dann und wann ein verstohlenes, viel sagendes Grinsen. Es war angenehm, mit Max zusammen zu sein. Wir konnten über alles und jeden reden. Und er war äußerst belustigt, als ich ihm ein bisschen von Dominique und meinen Ausflügen in die Welt der Chatrooms erzählte.

«Nimm dich aber in Acht, ja?», mahnte er, während er mir noch etwas Rotwein nachschenkte. «Bestimmt wird das Internet von vielen ganz normalen Leuten genutzt. Aber denk immer dran, der Schein trügt mitunter. Es gibt auch eine Menge Psychos da draußen.»

Ich nickte und stieß meine Gabel in den Salat. «Ich weiß», sagte ich. «Den Vortrag hab ich schon mal gehört.»

«Nun, ich bin immer der Ansicht, wenn einem mehr als zwei Leute dasselbe sagen, sollte man sich ihre Worte zu Herzen nehmen. Sieh dich vor, Carrie. Verrate niemandem zu viel von dir.»

«Okay. Danke.» Ich lächelte ihn an und streichelte seine Finger. «Danke, Max, dass du so besorgt um meine Sicherheit bist. Ich werd mich vorsehen.»

Mit Max zu mir gehen konnte ich nicht, vorher müsste ich erst eine Putzkraft oder Haushälterin auftreiben, die sich um die stetig höher werdenden Haufen Unrat kümmerte. Also gingen wir zu der eleganten georgianischen Villa, in der er zur Miete wohnte, wo wir uns, leise kichernd wie Schulkinder, die dunkle Treppe hochstahlen. Wir trieben es wie die Karnickel: im Stehen an der Tür, kaum dass wir im Zimmer waren; auf der Bettkante; zusammen über die Fensterbank gelehnt, Max hinter mir, wobei ich mir auf die Lippen beißen musste, damit die Passanten unten auf der Straße nicht mein lustvolles Grunzen hörten, während er seinen Schwanz tief in mich hineintrieb.

Bei Morgengrauen, als sich das erste Tageslicht in goldenen Streifen am blassblauen Horizont zeigte, hatten wir unsere Gier auf die Haut des anderen gestillt. Mit letzter Kraft gaben wir uns einen Kuss, tranken etwas Wasser aus dem Glas auf dem Nachtschränkchen und schliefen dann total erschöpft ein. Ich hatte Max gern, entschied ich. Fast so gern wie SamUK. Und die Aufmerksamkeit, mit der er mich überschüttete, verlieh mir so viel Selbstvertrauen, dass ich dem Trip nach London gelassen entgegenblickte.

Die folgende Arbeitswoche verging wie im Flug, hastig vorbereitete Präsentationen und Kundenmeetings lösten einander ab. Im Studio herrschte Hochbetrieb, und langsam stellte ich fest, dass mein Chef, Don Richardson, nicht der angenehmste Vorgesetzte war, wenn es stressig zuging. An allem, was ich machte, hatte er etwas auszusetzen. Es fiel mir immer schwerer, mir die patzigen Antworten zu verkneifen, die mir auf der Zunge lagen.

Ich arbeitete nun knapp ein Jahr bei Richardson. Und in dieser Zeit hatten mich alle immer nur als die scheue und bescheidene Carrie gekannt. Wenn ich nun plötzlich mit der ungebremsten Wucht der selbstsicheren Dominique auf sie losginge, würden alle denken, ich sei übergeschnappt. Also saß ich an meinem Computer, arbeitete fleißig und nahm es schweigend hin, wenn Don sich giftig über Designer ausließ, denen er, wörtlich, «eine hippe Typographie und nix dahinter» bescheinigte. Unterdessen fand der Schnösel James mit seiner ständig ausgebeulten Hose anscheinend immer einen Vorwand, mir auf die Toilette zu folgen, doch ich brauchte nur kurz drohend die Tamponschachtel schwenken, schon war er weg wie ein geölter Blitz.

Freitagabend war ich bei Laura, wir ließen uns Essen vom Chinesen kommen. Eigentlich hatte ich Lust auf was Indisches, aber sie hatte gekreischt und gemeint, ich sei wohl verrückt: wenn wir das äßen, würde SamUK von meinem Atem umgehauen. Grinsend gab ich mich geschlagen. So taten wir uns in einvernehmlichem Schweigen an Chow

Mein und Zitronenhühnchen gütlich, während ich insgeheim die Hoffnung nährte, der Engel Gabriel würde sich zeigen.

Bis zehn war er noch nicht aufgetaucht, aber ich ließ mir Laura gegenüber meine Enttäuschung nicht anmerken, sonst dachte sie noch, ich wollte mich an ihrem kleinen Cousin vergreifen. Was mir fern lag. Nein, wirklich, das war nicht meine Absicht, redete ich mir ein. Ich wollte bloß noch einen Blick auf sein wunderschönes, wie von Caravaggio gepinseltes Gesicht werfen. Um elf fand ich, es sei Zeit zu gehen, und Laura goss zum Abschied den letzten Rest Rotwein in unsere Gläser.

«Da», sagte sie. «Trink aus. Ich will nicht allein hier hocken und süffeln. Sonst hält Gabe mich noch für einen Alki.»

«Wo ist er überhaupt?», hakte ich nach, nonchalant und beiläufig, wie ich hoffte.

«Mit ein paar Jungs unterwegs.»

«Ach.» Ich war perplex. «Ist er … schwul?»

«Nein!», schnaubte Laura. Nach kurzem Stirnrunzeln setzte sie hinzu: «Glaub ich jedenfalls nicht. Vielleicht ja doch.» Sie trank einen Schluck Wein. «Nein, kann nicht sein», stellte sie dann entschieden fest. «Er hatte zu Hause eine Freundin. So eine hübsche kleine Fünfzehnjährige, die genauso aussah wie er.»

«Oh.» Ich lachte gezwungen, um jedwede latente, irrationale Eifersucht auf hübsche kleine Fünfzehnjährige zu kaschieren, die in mir hochsteigen mochte. «Hat er schon eine Bleibe gefunden?»

Laura schüttelte den Kopf. «Nein, das macht mir ein bisschen Sorge. Viel Zeit bleibt nicht mehr, und ich werd bald anfangen, Umzugskartons zu packen. Gabe sagt, er will auf gar keinen Fall ins Studentenwohnheim, aber am Ende bleibt ihm womöglich gar keine andere Wahl. Guter Wohnraum ist dieses Jahr anscheinend echt knapp.»

«Na ja», scherzte ich, «schick ihn doch bei Tante Carrie vorbei.»

Laura sah mich fragend an. «Meinst du das ernst?»

«Nein!», stellte ich hastig klar. «Mensch, was soll ich denn mit einem Erstsemester, der mir die Bude mit seinen Büchern und Ordnern und Stinkesocken zumüllt?»

«Er ist sehr ordentlich», wandte sie ein.

«Nein!» Ich lachte und schüttelte den Kopf. «Hör mal, ich hau ab jetzt. Wünsch mir Glück für morgen, ja?»

Laura stellte ihr Weinglas ab, nahm mich in die Arme und drückte mich fest. «Viel Glück, und *sei vorsichtig*!»

Covent Garden ist an heißen Sommertagen schwül und von Touristen überlaufen. Ich trat aus der U-Bahn-Station, atmete dankbar die verdreckte Londoner Luft ein und sah auf meine Uhr. Zehn nach zwölf. Gut. Ich war spät dran, besser als zu früh. Ich strich mir das Haar glatt, prüfte in einem Schaufenster mein dezentes Make-up und zupfte die Spaghettiträger an meinem Kleid gerade, dann schlenderte ich los in Richtung Buchhandlung.

Mein kleiner Lederrucksack hing mir über einer Schulter, und ich trug eine schmale Sonnenbrille, damit mir niemand meine Angst ansehen konnte. Ich war entsetzlich nervös, nicht nur, weil ich mich mit jemandem traf, den ich nicht kannte, sondern wegen des Eindrucks, den er von mir bekommen würde. Was, wenn er mich sah und mich auf Anhieb nicht mochte? Haar und Make-up hin oder her, womöglich sah er auf einen Blick, dass ich keineswegs eine lebhafte Brünette mit dominanter Ader war. Vielleicht durchschaute er die Verkleidung und sah sofort, dass ich eigentlich die kleine Carrie war, verhuscht und ohne Persönlichkeit.

Ich prüfte nochmal mein Spiegelbild und schluckte schwer. Ich sah okay aus. Tatsächlich sah ich für meine Verhältnisse sogar ziemlich gut aus. Niemand würde darauf kommen, dass mir die Hände kribbelten, mein Herz raste wie verrückt und der Hals wie zugeschnürt war. Ich überlegte panisch, ob ich wohl, wenn ich was sagen müsste, nur ein schrilles, ängstliches Piepsen zustande brächte.

Jemand ging an mir vorbei, so dicht, dass er mich mit dem Arm streifte und ich fast zu Tode erschrak. Der Rüpel ging einfach weiter, ohne sich umzusehen, und ich spähte in der Menge umher, während sich in meinem Kopf die Gedanken überschlugen. Was zum Teufel tat ich hier? Wieso hatte ich mir eingeredet, das könnte eine amüsante Aktion sein? Und was, wenn SamUK sich als monströse Erscheinung entpuppte, mit Fetthaaren und Schweißflecken unter den Armen? Was, wenn das Foto, das er mir geschickt hatte, gar nicht ihn zeigte, sondern einen seiner besser aussehenden Kumpel?

Ich fing ein kleines Ratespiel mit mir selbst an, es hieß *Finde SamUK.*

Ein paar Meter vor mir sah ich einen Mann mit dem Rücken zu mir dastehen, und mir stockte das Herz. Nein, das konnte er nicht sein. Er trug eine scheußliche limettengrüne Hose und ein Nylonhemd und hatte einen Hintern wie ein Elefant. Ich schluckte schwer, holte tief Luft – und stieß sie dann erleichtert wieder aus, als ich sah, wie er sich bei einer unfassbar hässlichen Frau einhakte. Gemeinsam watschelten sie davon.

Das ist echt eine miese Idee, sagte ich mir. Ich sollte einfach wieder heimfahren und mir SamUK aus dem Kopf schlagen.

«Hi. Du bist Dominique, stimmt's?»

Ich fuhr herum. Aus der Richtung hatte ich nicht mit ihm gerechnet. Irgendwie hatte ich angenommen, er würde von der U-Bahn-Station herkommen, so wie ich, nicht lässig von der Plaza aus die Straße hinabgeschlendert kommen, in weißem T-Shirt und verwaschener Jeans, breit grinsend. Oh, danke, lieber Gott, schoss es mir durch den Kopf. Wie süß er ist. Und das Foto wurde ihm kein bisschen gerecht. Diese aufrichtigen Augen mit den dichten braunen Wimpern, dieses kräftige, glatte Kinn.

«Hi», hauchte ich. Kein ängstliches Piepsen, Gott sei Dank.

Bei Sams Anblick hätte ich am liebsten laut gelacht, dann Tränen der Erleichterung vergossen und mich an sein über einem ansehnlichen Brustkorb gespanntes T-Shirt geworfen. Aber ich tat nichts dergleichen. Ich stand einfach nur da, eine Hand an der Hüfte, strich mir mit der anderen den Pony aus den Augen und ließ genießerisch den Blick über ihn gleiten. Er tat dasselbe, und so standen wir wohl fünf Minuten lang da und musterten uns ausgiebig, jede Rundung, jede Sehne unserer Körper, jede Sommersprosse und jede Wimper im mittäglichen Sonnenschein und jede kleine Unvollkommenheit, die uns beide menschlich machte.

«Gehen wir doch irgendwo ein kaltes Bier trinken», meinte er schließlich. Er nahm meine Hand, als würden wir uns seit Jahren kennen, und führte mich die Straße hinab zu einer Bar mit Außenterrasse. Wortlos ging er direkt an die Theke und besorgte zwei große Glas eiskaltes, goldenes Bier, kam zurückgeschlendert, ließ sich in den Sessel mir gegenüber plumpsen und schlang auf dem sonnenbeschienenen Tisch seine Finger in meine.

Ein Weilchen saßen wir da, nippten an unserem Bier und lächelten uns an. Unser Schweigen war weder gezwungen noch unbehaglich. Ich fühlte mich pudelwohl. Völlig entspannt. Als würde ich ihn schon ewig kennen. Ich war verblüfft und dankbar für das Glück, ein Blind Date mit einem Unbekannten zu haben, der so unkompliziert schien und so gut aussah. An dem Tag war ich das glücklichste Mädchen am Covent Garden.

Wir unterhielten uns stundenlang, während wir durch London streiften und in diversen grässlichen Motto-Pubs Station machten, um unseren Durst mit Sams Lieblingsbieren zu löschen. Wir aßen dampfende Hotdogs, schleckten Eis, stromerten am Trafalgar Square herum. In der Dämmerung schließlich schlenderten wir durch Westminster bis ans Ufer der Themse, wo wir die letzten Strahlen des herrlich rotgoldenen Sonnenuntergangs bewunderten. Ich fühlte mich glücklich und sorglos, aber auch leicht frustriert. Sam hatte fast den ganzen Tag über meine Hand gehalten; seine Handfläche war warm und trocken, seine Finger kräftig – aber außer Händchenhalten war nichts passiert.

Erst dachte ich, Dominique entspräche am Ende seinen Erwartungen nicht. Doch hatte ich ihn mehrfach ertappt, wie er mich mit einem Blick ansah, aus dem unverhohlenes Verlangen sprach, und als wir endlich am Fluss standen, war ich zu dem Schluss gekommen, dass er mich auf jeden Fall mochte, aber nicht recht wusste, was er unternehmen sollte. Er war gerade mal dreiundzwanzig. Vielleicht dachte er, es wäre unhöflich, wenn er selbst die Sache in die Hand nähme. Schließlich war ich Dominique, sein feuchter Telefonsextraum, und da hatte ich den Ton angegeben, also wartete er vielleicht nur darauf, dass ich die Initiative ergriff. Vielleicht war er von Natur aus ein unterwürfiger Typ und hatte nicht bloß eine Rolle gespielt, als er mir beim Telefonsex die Zügel überließ.

Ich sah auf meine Uhr: Es wurde langsam spät. Ich müsste ihm wohl entgegenkommen, sonst würde ich noch die Rückfahrkarte benutzen müssen, die ich «für alle Fälle» gekauft hatte.

«Wo wohnst du, Sam?», fragte ich. Wir lehnten dicht nebeneinander an der Mauer, die auf den Fluss hinausging, und starrten hinab in die trüben Fluten. Er verlagerte sein Gewicht von einem Fuß auf den anderen, und seine in Denim gehüllte Hüfte stupste leicht an meine. Gut fühlte sie sich an: fest, schwer und beruhigend. Und sie barg die Verheißung beträchtlicher Kraft, falls ich je so weit kam, diese Hüften zwischen den Schenkeln zu halten.

«Da drüben.» Er zeigte südwärts über den Fluss, und ich folgte mit dem Blick seinem Finger. Das Ufer gegenüber wurde von einer Reihe Straßenlaternen fahl erhellt, die vor dem dunkler werdenden Himmelsblau strahlten. Dahinter standen lange Reihen dunkler Häuser und großer Gebäude, manche mit erleuchteten Fenstern, andere völlig dunkel. Ich versuchte mir Sams Haus vorzustellen, wie es wohl aussähe, mit wem er es bewohnte. Ich wartete, dass er den Vorschlag machte, zu ihm zu gehen, aber er schwieg. Seufzend hakte ich mich bei ihm unter.

«Zeigst du es mir?»

Er wandte das Gesicht und sah mich an. Er sah nervös aus, aber auch offen für Anregungen, also versuchte ich es nochmal.

«Gehen wir zu dir, Sam», säuselte ich. «Es ist heiß. Meine Füße tun mir weh, und von London hab ich erst mal genug gesehen. Ich würde gern duschen, mich auf dein Bett legen und dich mit deinen bloßen Händen unaussprechliche Dinge mit mir tun lassen.»

Dann neigte ich mich vor und legte ihm den Mund auf die Lippen, gleichzeitig umfasste ich seinen wundervoll verlockenden Hintern, der mich schon den ganzen Nachmittag verrückt gemacht hatte, sobald er mir den Rücken zuwandte.

Unter meinem Mund teilten sich seine Lippen, und ich drang weiter vor, ermuntert davon, wie er zaghaft seine Zunge der meinen entgegenschob. Ihn zu küssen war genauso himmlisch, wie ich es mir ausgemalt hatte: Er schmeckte nach Bier und den Pistazien, die wir bei unserem Spaziergang am Parliament Square geknabbert hatten, und ich ließ meine Zunge auf seine gleiten und saugte ihn an mich.

Seine Hände zitterten an meinem Rücken, berührten leicht meine Taille und packten dann fester zu, als ich mich an ihn drückte. Ich verlagerte ein wenig das Gewicht und fühlte, wie sein Schwanz vorn an meinen Oberschenkeln ruckartig zum Leben erwachte; er fühlte sich fast an wie eine gespannte Feder, als er unter seinem Hosenschlitz hochschoss: lang, dick und aufreizend hart lag er an meinem Schambein.

Ich drückte mich fester an ihn und verspürte eine jähe Erregung in meinem Geschlecht, das sogleich feucht wurde. Voll Verlangen stöhnte ich auf. Und da wühlten seine Hände mir auch schon im Haar, hielten meinen Kopf, umfingen mich und zogen mich hoch auf die Zehenspitzen, während er mit seinen festen, suchenden Lippen meinen Mund verschlang. Was für ein Kuss. Was für ein phantastischer Geschmack. Wenn er auf einen bloßen Kuss so reagieren kann, dachte ich, wie sollte das erst enden, wenn wir nackt und allein wären. Ich wollte ihn. Sofort. Und konnte es kaum erwarten, mit ihm nach Hause zu gehen, wo immer das war.

Ich spähte über seine Schulter auf den dunklen Fluss und die blinkenden Lichter, die nun nach und nach in den Häusern am Ufer gegenüber aufflammten. «Wie kommen wir da rüber?», flüsterte ich und ließ die Hände an den festen Muskeln seines Rückens hinabgleiten.

Statt einer Antwort legte er mir wieder den Mund auf die Lippen, stieß mir den Oberschenkel zwischen die Beine und fuhr mir mit der Hand unters Kleid an den Bund meines winzigen Slips. O mein Gott, seufzte ich verzückt, bis zu ihm nach Hause werden wir es wohl kaum noch schaffen.

Ich ermunterte ihn mit leise gemurmelten Koseworten, als er mich oben auf die Mauer setzte und mir den dünnen Baumwollstoff meines Kleids die Schenkel hochschob, um meinen weißen Klein-Mädchen-Slip zum Vorschein zu bringen. Er seufzte und schloss kurz die Augen, fuhr mir dann mit den Händen über die braunen Beine und senkte den Kopf in meinen Schoß. Mir stockte der Atem vor Entzücken, und ich sah rasch nach links und rechts, um mich zu vergewissern, dass niemand in Sichtweite war. Dann strich ich ihm sacht über das dichte Haar und hörte mit Freuden, wie er tief einatmete, um den Duft meiner heißen Muschi auszukosten.

Sein Kinn fühlte sich rau an auf meiner Haut, seine kurzen Bartstoppeln kitzelten mich an den Oberschenkeln, als er leicht das Kinn an meinem Bein rieb und dann das Gesicht tiefer vergrub, die Augen selig geschlossen und mit einem so zufriedenen Gesichtsausdruck, dass er einem Bär ähnelte, der sein Winterquartier gefunden hatte. Sein Atem fühlte sich an meinem Geschlecht wunderbar warm an, seine heftigen Atemstöße drangen durch die Baumwolle des Slips und ließen meine Muschi anschwellen und aufblühen. Ich spreizte die Knie weiter und ließ ihn sein Gesicht in meinem warmen Nest vergraben.

Hitze schoss mir durch die Glieder, und ich hob den Kopf, um die Autos anzustarren, die nur wenige Meter entfernt auf der Straße vorbeifuhren, mit Leuten darin, die nicht ahnen konnten, was Sam hier gerade tat. Falls doch welche herübersahen, mochten wir – so eben – als Liebespaar durchgehen, das sich an der Mauer umarmt. Vielleicht, dachte ich und musste ein Kichern unterdrücken, dachten sie ja, dass Sam etwas verloren hätte und in den Falten meines Kleids danach suchen würde. Oder dass ihm in der Hitze der Stadt schwummrig geworden war und er den Kopf kurz in meinen Schoß betten musste.

Sams Hände lagen an meiner Taille, und mein langes helles Kleid hing an den Seiten hinunter. Von weitem konnte man gar nicht erkennen, dass es hochgeschoben war, dass zwei starke braune Hände es gepackt und mir bis an den Bauch hochgeknüllt hatten.

Ich war gespannt, ob Sam nun die Initiative ergreifen würde, ob er jetzt aktiver würde, da ich mich ihm mehr oder weniger auf dem Präsentierteller dargeboten hatte. Aber er blieb so stehen, rieb mir mit den Daumen in winzigen Kreisen direkt überm Höschenbund über den Bauch, und sein Atem streifte in langen Seufzern über meine ungeduldige, baumwollverhüllte Muschi. Ich strich ihm das Haar aus der Stirn und beugte mich vor, um ihm ins Ohr zu flüstern.

«Sam. Ich komme um, wenn du nicht mehr machst. Bitte. Ganz egal, was. Nimm den Mund oder die Finger, nimm was du willst, aber du musst schon mehr tun, Junge, als mich anzuhauchen.»

Das Wort «Junge» wirkte Wunder. Es versetzte uns im Nu zurück in das Szenario mit der dominanten Frau und ihrem unartigen jungen Sklaven, das wir so mühelos bei unserem abendlichen Telefonsex improvisiert hatten. Er grinste zu mir hoch, die weißen Zähne leuchteten kerngesund im gebräunten Gesicht, und plötzlich schien Leben in seine Finger zu kommen. Er hakte den Zeigefinger um den Zwickel meines Slips und zog ihn mir ein Stück von der Muschi weg, sodass ich mich von einem Stoß warmer Londoner Luft liebkost fühlte. Mit einem einzigen sanften Streich fuhr er mir mit dem Finger um die Klit, und ich erschauerte und seufzte auf.

Als ich etwas von ihm weg rückte, die Hände neben mir in die unebene Fläche der Mauer gekrallt, spürte ich, wie er näher kam. Er legte mir den Mund auf die Brust, erhaschte durch das dünne Gewebe meines Kleides meine Brustwarze und reizte sie mit den Zähnen. Leckte leicht, federleicht über die Oberfläche meiner Brustwarze. Unter seinen warmen Lippen stellte sie sich auf, und meine Brüste schienen anzuschwellen, als ich den Rücken zurückbog und mich ihm darbot. Ein heftiges Prickeln nahm seinen Ausgang in meinen Titten und schoss mir jäh hinab ins Geschlecht, wo ich an seinen Fingern nass wurde und den Hintern ein bisschen näher an die Mauerkante rückte, dichter an seine Hände.

Dann richtete er sich unvermittelt auf, schlang einen Arm um mich und zog mich an sich, als würden wir bloß kuscheln. Ich wandte den Blick zur Seite und sah ein Pärchen – Arm in Arm – den breiten Gehweg entlangkommen. Sams Gehör war phänomenal. Ich war beeindruckt. Wenn er so gut hörte, würden wir auf keinen Fall ertappt. Das Paar ging wortlos an uns vorüber, und dann waren wir wieder allein, umschlossen von der warmen Dunkelheit um uns her. Zu hören waren nur das leise Rauschen des Verkehrs und das träge Plätschern des Wasser hinter mir.

Sam löste sich von mir und sah mir in die Augen, mit einem Lächeln auf den Lippen und schelmischem Blick.

«Bist du Exhibitionistin, Dominique?»

Er grinste, als ich den Kopf schüttelte und sagte, «Nein, ich glaube nicht.»

«Ich auch nicht. Aber es könnte spaßig sein, uns hier draußen, vor aller Augen, richtig anzuturnen. Dann könnten wir zu mir gehen und es richtig treiben.»

Ich wollte ihn nicht lange bitten lassen, also nickte ich, legte ihm den Arm um den Hals, packte seinen Schwanz und drückte ihn spielerisch.

«Mmh», sagte ich. «Ausgezeichnete Idee.»

Seine Vorstellung vom Anturnen bestand im Grunde darin, *mich* richtig anzuturnen. Er fing an, indem er mit einem Finger leicht über meinen Baumwollslip fuhr und sachte gegen den feuchten Fleck drückte, der den Zwickel benetzte, dann schob er die Finger hinein und zog mir den Slip ganz aus, wobei ich ihm powackelnd behilflich war. Er knüllte den blütenweißen Stoff in der Hand zusammen und grinste.

«Den Dash-Test würdest du bestehen.» Er lachte. Ich lachte auch, verschwieg ihm jedoch, dass der Slip ganz neu war und der übrige Inhalt meiner Wäscheschublade in Folge einer kürzlich eingetretenen Waschmaschinentragödie einheitlich blaugrau verfärbt war.

Er schob sich meinen Slip in die Hüfttasche. Dass er dort noch Platz hatte, wunderte mich schon, so eng war er in die Hose gezwängt, so prall dehnte sein dicker Schwanz den Jeansstoff. Wenn er sich da noch etwas in die Tasche steckte, wäre die Blutzufuhr gewiss ernstlich beeinträchtigt. Aber das schien ihm nichts auszumachen, er lächelte bloß wieder, küsste mich auf die Nasenspitze und fuhr mir mit beiden Zeigefingern in Funken sprühenden, prickelnden Linien von den Knien bis an die Ränder meiner geschwollenen Muschi hoch.

Er streichelte meine Falten und legte dann den harten Daumenballen über meine Klit. Er glitschte und rutschte in meinen Liebessäften umher, fingerte und rieb, bis meine Sinne sich von meinen Hirn zu lösen schienen und ich zu schweben begann. Ich seufzte, so sehr genoss ich das Gefühl seiner unnachgiebigen, geschickten Finger; mal waren sie federleicht, dann wieder hart wie Leder. Mein Körper fing an zu beben, von meinem Geschlecht strahlten Wellen von Lust und Verlangen aus. Ich merkte, wie ich langsam die Kontrolle verlor, mir war, als würde ich gleich von der Mauer fallen und in die dunkle, übel riechende Themse plumpsen. Sams Finger zauberten: schnell, dann langsam. Fest, dann sanft. Warm und gewandt und so phantastisch, dass ich mir auf die Lippe biss, als er einen Finger in mich schob. O Gott, dachte ich. Der Knabe ist ein echter Glückstreffer.

Ich spreizte die Beine weiter und ließ ihn dichter herankommen, bis seine Hüfte ans fleischige Innere meines Schenkels gedrückt war und seine Hand ihren geheimen Zauber zwischen unseren aneinander geschmiegten Körpern ausüben konnte. Das Ganze war ein wenig wie das verstohlene, unbeholfene Teenagergefummel, das ich ein einziges, enttäuschendes Mal nach der Schuldisco kennen gelernt hatte. Aber diesmal ohne Schuldgefühle und mit wesentlich mehr Sachkenntnis.

Diesmal, im Hier und Jetzt, hatte ich einen Jungen zwischen den Beinen, der genau wusste, wie er seine Hände gebrauchen musste. Er schob sie hinein und zog sich wieder zurück, ließ mir mächtige Stromstöße das Rückgrat hoch bis in die Kopfhaut fahren. Seine Hand glitt tiefer hinein, er presste seine Fingerknöchel fest an mein Fleisch, dann zog er sie mit einem herrlich saftigen, schmatzenden Geräusch wieder heraus. Er benutzte einen Finger, dann zwei, und als ich ihn flüsternd drängte, schob er einen dritten hinein und fickte mich fester, den schmalen Silberring an seinem Daumen fest an meine Klit gedrückt und seine Lippen wie einen Saugnapf auf meine geklebt. Wir küssten und leckten uns, während seine Finger in meine Nässe hinein- und wieder herausglitschten, was herrliche Geräusche verursachte und mich vor Wohlgefühl kichern ließ.

Er drehte die Hand um, mit der Fläche nach oben, und ich spürte, wie er kleine, wiegende Bewegungen machte, kleine Kreise, die bei seinem Handgelenk begannen und sich in seine Fingerspitzen und gegen die seidigen Wände meines Geschlechts fortsetzten. Ich seufzte, während sein Handgelenk abknickte und kreiste und seine Finger in mir zauberten. Mir war, als säße ich auf einer Goldmine. Auf einer stoßenden, kreisenden, schwirrenden goldenen Hand, die in mir herumfuhrwerkte und meine Sinne in einen Taumel versetzte. Ich wollte, dass es die ganze Nacht weiterging; dass er in dieser Haltung verharrte, mit der Hand fest an meiner Muschi, bis der Morgen über den grauen Straßen Londons anbrach. Aber ich wollte auch meinen Orgasmus erleben. Dazu musste er in mich eindringen, mich weiter dehnen, mich zum Wahnsinn bringen.

Ich flüsterte ihm meinen Wunsch ins Ohr. Er riss die Augen auf – sah mich fragend an – und gehorchte dann, wie es sich für brave Jungs gehört. Er stippte den kleinen Finger in den Saft, der mir über den Damm rann, bis die Spitze feucht war, und ließ ihn mühelos in mein enges kleines Arschloch gleiten. Seligkeit explodierte in meinem Kopf. All die lustvollen Qualen, die sein Anblick den ganzen Tag bei mir ausgelöst hatten – die enge Jeans, das enge T-Shirt, das hinreißende Lächeln –, lösten sich in Wohlgefallen auf, während ich seine Hand in mich aufnahm und sie hoch in meinen Körper zog und dabei genoss, wie er mir sein hartes, in die Jeans gesperrtes Gerät gegen die tastenden Hände drückte.

Ich ließ mich von seinen Fingern ficken und merkte, wie ich immer geiler wurde, genau wie er es gewollt hatte. Ich japste an seinem duftenden, jungenhaften Hals, als er mir fest mit dem Daumen über die Klit rieb, und dann verlor ich plötzlich die Kontrolle und kam heftig gegen seine Hand. Er schob sie noch höher in einen namenlosen Teil meiner Vagina, öffnete mich noch weiter, und die Empfindungen steigerten sich zu einer jähen, unerträglichen Ekstase.

«O Gott!», schrie ich und warf den Kopf zurück.

Seine freie Hand schloss sich um meinen Mund, und ich verschluckte mein Triumphgeheul, als ein einsamer Mann mit seinem Hund vorüberschritt. Mir war, als hörte ich den Mann vorwurfsvoll mit der Zunge schnalzen, als er die Bewegung von Sams Hand zwischen unseren aneinander gepressten Körpern wahrnahm, aber das war mir egal. Ich war verliebt in London, in den Fluss, in meine Empfindungen, und ich konnte mir fast vorstellen, in Sam verliebt zu sein. Auf jeden Fall war ich in seine Finger verliebt, während sie die tiefsten Tiefen meines hungrigen, heißen, triefenden Geschlechts plünderten und mich zu einem Orgasmus brachten, der mir den Verstand raubte und mich so stark erschütterte, dass ich förmlich alles dreifach sah.

Ich leckte die Fläche von Sams mich knebelnder Hand wie ein dankbares Hündchen und ließ ihm den Kopf an die Schulter sinken. Er nahm mir die Hand vom Mund, strich mir übers Haar und brachte sanft mein Kleid in Ordnung. Dann hielt er sich die Finger an die Nase und atmete tief ein.

«Wunderschön», murmelte er. «Weißt du, als wir telefoniert haben, hab ich überlegt, ob du so entzückend wärst, wie du dich anhörst. Aber du bist sogar besser, falls das geht. Einfach umwerfend, der beste Tag, den ich seit langem hatte.» Er rieb seine Nase an meiner, während ich mich an ihn kuschelte und darin schwelgte, wie klebrig meine Schenkel waren, als ich sie wieder schloss. «Du bist wunderhübsch; du riechst fabelhaft.» Er küsste mich, wobei er mir rasch mit der Zunge zwischen die Lippen fuhr. «Und außerdem hab ich deinetwegen so einen Ständer, dass ich noch platze, wenn wir nicht bald vögeln!»

Mehr als lächeln konnte ich darauf nicht, denn ehe ich mich versah, hatte er mich von der Mauer gehoben, den Arm in die Luft gereckt und mich in ein vorbeifahrendes schwarzes Taxi bugsiert.

Im Wagen lehnte ich mich auf der Rückbank an ihn und genoss den alten Geruch nach Leder und den Millionen von Zigaretten, die hier drin geraucht worden waren, bevor die «Rauchen verboten»-Schilder eingeführt wurden.

Wohin es ging, wusste ich nicht, und es war mir auch egal. Ich wurde von einem Wunderknaben entführt, und etwas Besseres konnte ich mir gar nicht vorstellen.

Midnight Cowboy

Sams Zimmer befand sich ganz oben in einem hohen Londoner Stadthaus. Irgendwie hatte ich mir nach dem, was er mir erzählt hatte, vorgestellt, er würde es sich mit mehreren anderen Studenten teilen, die dort in typischem Männerchaos (ungespülte Teller, alles voll Staub) hausten – wo ich mich in Anbetracht meiner hausfraulichen Defizite auf Anhieb heimisch fühlen würde – aber weit gefehlt. Das Haus war elegant und blitzsauber und wurde von nur zwei weiteren jungen Männern bewohnt, von denen einer, als wir durch die Haustür traten, wie der Blitz hinter seiner Zimmertür verschwand, und zwar auf Nimmerwiedersehen.

Interessiert schaute ich mich um, während Sam seine Schlüssel auf einen polierten Eichenholzsekretär legte und mit einer Hand einen Stapel Post durchblätterte. Die Diele war geräumig und luftig, ausgelegt mit einem Teppich in kühlem Blau, der sich weiter ins Hausinnere erstreckte. In gebürstetes Aluminium gerahmte abstrakte Drucke zierten die cremeweißen Wände, zu beiden Seiten der Treppe standen hohe Palmen in schweren Chromübertöpfen. Die Türen aus Kiefernholz waren, passend zum Treppengeländer, abgebeizt und versiegelt.

Hinter mir drang von außen gedämpft das Licht der Kutscherlampe durch das Buntglasfenster über der Haustür.

Der goldene Schein ließ dic Diele freundlich und warm wirken, trotz all der kalten Silber- und Blautöne. Die geschmackvolle, zurückhaltende Gestaltung verriet deutlich die Handschrift einer Frau.

«Wer wohnt noch hier?», fragte ich Sam und sah die steile Treppe hoch zu der Tür, die bei unserer Ankunft eben so nachdrücklich geschlossen wurde.

«Das war Laurence, der da gerade in sein Zimmer gegangen ist», erklärte er. «Ich sehe ihn so gut wie nie. Dann wohnt hier noch ein Typ namens Alexander. Er arbeitet auf dem Bau», Sam grinste, «scheint aber die meiste Zeit im Pub zu verbringen. Da ist er vermutlich auch jetzt gerade. Dann natürlich ich. Ich wohne jetzt knapp ein Jahr hier. Und dann noch Mrs. Grey, die Hausbesitzerin. Sie ist Richterin am High Court.» Er sah mich an, als erwartete er von mir, beeindruckt zu sein, also zog ich pflichtschuldigst die Augenbrauen hoch. «Man könnte sie als unsere Wirtin bezeichnen, nehme ich an, obwohl unser Verhältnis eher freundschaftlich ist. Nur wir vier also.» Er lachte. «Sie nennt uns ‹ihre Jungs›, ein bisschen so, wie du mich manchmal Junge nennst.»

«Ganz schön großes Haus für vier.» Mrs. Grey, die eine ziemlich Respekt einflößende Person zu sein schien, wollte ich mir lieber gar nicht vorstellen, fragte mich aber unwillkürlich, ob es auch irgendwo einen Mr. Grey gab oder ob sie ihre «Jungs» ganz für sich hatte.

«Wir waren mal zu fünft. Ein Mädchen hat noch hier gewohnt.» Sam wirkte leicht betreten, und ich grinste, weil meine lebhafte Phantasie sich sofort unanständige Gründe für sein heftiges Erröten ausmalte. «Aber das hat nicht hingehauen. Mrs. Grey mochte sie nicht. Also musste sie ausziehen.»

«Oh.» Ich folgte ihm hoch in sein Zimmer und war überrascht, wie aufgeräumt es war. «Es ist kein bisschen so, wie ich mir vorgestellt habe. Ich dachte, du lebst in so einem typischen Studentenchaos», staunte ich. «Hält Mrs. Grey hier alles so sauber und aufgeräumt?»

«Nein, dafür hat sie keine Zeit», sagte er. «Dafür sind wir zuständig. Das ist Teil unserer Abmachung. Sie verlangt ganz wenig Miete, und wir kümmern uns um den Haushalt. Auch ums Kochen. So hat jeder was davon. Sonst könnte ich mir so eine Bleibe nie leisten.»

«Oh!» Ich war überrascht, aber auch beeindruckt. Mrs. Grey schien eine Dame zu sein, die ihre Prioritäten klar abgesteckt hatte. Ich stellte sie mir als eine Art Cherie Blair vor, mit strengem Blick und hohen Ansprüchen. Vielleicht konnte ich von ihr noch was lernen …? Die Vorstellung, selbst ein paar zahme Hausboys zu haben, nahm in meinem Hinterkopf Gestalt an, wo ich sie für spätere Verwendung verwahrte. Nun nahm ich Sams Zimmer in Augenschein.

Es war geräumig, hatte wunderbar große Fenster und einen riesigen Kamin mit gusseisernem viktorianischen Rost, beidseitig mit pastellfarbenen Kacheln verkleidet. Das Bett stand auf der Zimmerseite gegenüber: Es war hoch und breit, sehr altmodisch mit schmiedeeisernen Schnörkeln und einem breiten, behaglich dicken Kopfpolster. Auf dem Nachtschränkchen neben dem Bett waren, unter einer kleinen Tiffany-Lampe, diverse Bücher gestapelt.

Die Holzdielen waren wunderschön hochglanzpoliert, und in den Alkoven zu beiden Seiten des Kamins waren Regale aus dem gleichen hellen Holz eingepasst. Sie bogen sich förmlich unter der Last weiterer Bücher, genau wie der Schreibtisch unter einem der Fenster. An einem Ende stand

Sams Laptop neben einem Stapel Papier, auf dem seine ordentliche Handschrift zu sehen war. Von den bunten Buchrücken abgesehen waren Cremeweiß und ein dunkles Seegrün die im Zimmer vorherrschenden Farben, wodurch sich ein Gesamteindruck von Ruhe und Ordnung ergab. Mrs. Grey legte sichtlich Wert darauf, ihren «Jungs» eine angenehme Umgebung zu bieten.

Auf dem Bettende lag ein schwarzer Stetson. Grinsend hob ich ihn hoch und setzte ihn mir auf.

«Hey», sagte ich. «Stimmt ja, du hast mir doch erzählt, du wärst gern Cowboy.»

«Ja.» Er grinste verlegen. «Mein Traumberuf, aber weil hierzulande daran wenig Bedarf besteht, muss ich mich damit begnügen, Landwirtschaft zu studieren.» Sein Tonfall ließ keinen Zweifel daran, dass das für ihn nur zweite Wahl war.

«Kannst du reiten?»

«Na klar. Ich bin in Hereford aufgewachsen. Wenn man da nicht reiten kann, wird man zur Stadt rausgejagt.» Er lachte. «Ich bin praktisch in den Ställen meines Papas großgeworden. Vieh und Pferde, das ist meine Spezialität.»

«Bist du auch jagen gegangen?» Ich sah ihn schräg an.

«Ja.» Er schien verlegen. «Aber das mach ich nicht mehr.»

«Oh.» Ich verfolgte, wie er an der Schreibtischlampe hantierte, bis das Zimmer von rosig sanftem Licht erfüllt wurde. Er sah so jung und hübsch aus. Ich wollte zu ihm rübergehen und ihn umarmen. Worauf wartest du dann noch, Carrie?, fragte ich mich. Er denkt, du bist Dominique; er denkt, du gibst den Ton an. Du kannst alles tun, was du willst.

Also tat ich es. Ich setzte ihm den Stetson auf und schlang ihm die Arme um den Hals. «Würdest du für mich heut

Nacht den Cowboy spielen?», fragte ich provozierend dicht an seinem Mund.

Er rieb seine Nase an meiner. «Aber klar, Ma'am. Wär mir ein Vergnügen.» Er lachte über seinen schrecklichen aufgesetzten Texas-Akzent. Und legte mir den Mund auf die Lippen.

Wir küssten uns ein Weilchen, wobei ich die Hüften fest an seine drückte, um die wunderbar verlockende Beule seines Schwanzes am Stoff meines Kleides fühlen zu können, und er schob mir die Zunge so tief in den Hals, dass ich glaubte, vor Wonne gleich ohnmächtig zu werden. Er war ein hingebungsvoller Küsser. Seine Lippen glitten über meine, worauf mein Herz schneller schlug und meine Arme sich fast von allein enger um ihn schlangen.

Die Krempe des Stetson drückte mir leicht gegen die Stirn, und ich grinste an seinem Mund: Es war, als würde ich von einem Akteur aus *Rauchende Colts* geküsst. Sams Hände glitten an meinen Hintern, und er umfasste meine knackigen Pobacken, knetete sie leicht und beschrieb mit den Daumen kleine kreisförmige Bewegungen. Ich stöhnte an seinen Lippen. Hitzewellen und kleine Stromstöße prickelten mir durch den Körper, mir wurde ganz schwindelig, und ich entzog mich seinen Armen, um nach Luft zu schnappen. Schließlich hatten wir noch die ganze Nacht.

«Mir ist heiß, ich bin klebrig und müde», seufzte ich, reckte die Arme über den Kopf und merkte, wie seine Augen dem Umriss meiner Brüste folgten. «Und meine Füße tun mir weh.» Ich hockte mich aufs Bett und streifte mir die Riemchensandalen von den Füßen.

«Oh.» Sogleich war Sam rührend besorgt, sank auf die Knie und umfing meine Füße mit seinen beiden großen Händen. «Wie wär's mit Duschen? Danach könnte ich uns was Anständiges zu essen kochen. Und ich könnte dir auch die Füße massieren, wenn du magst.»

«Mmh, klingt verlockend.» Ich lächelte. «Gefällt mir, dass du das Kochen übernehmen willst.» Dann beschlichen mich Zweifel. «Äh, Sam? Du *kannst* doch kochen, oder?»

«Na klar!» Er schien fast beleidigt.

«Solange es nicht nur Bohnen nach Cowboy-Art und Würstchen vom Gaskocher gibt.» Ich lachte.

«Nein, Ma'am. Ich koch Ihnen das beste Menü, das Sie je gegessen haben.» Sein Mund verzog sich zu einem selbstironischen Grinsen. «Wahrscheinlich.»

«Und zwar was?» Ich lehnte mich zurück, stützte mich auf die Arme und fühlte, wie das weiche Bett behaglich unter meinen Händen nachgab.

«Tigergarnelen», gab Sam zurück. «In scharfer Thai-Soße, mit Safranreis.»

«Oh, wow. Ich krieg jetzt schon Hunger.» Mir lief förmlich das Wasser im Munde zusammen. Zumal ich ja am Vorabend seinem Geruchssinn zuliebe auf mein gewohntes Freitagsleibgericht vom Inder verzichtet hatte. Thai-Essen mochte ich fast ebenso gern, und wenn Sam so gut kochte, wie er durchblicken ließ, tja, dann würde ich mich gern von ihm verwöhnen lassen.

Ich wackelte in der warmen Höhle seiner Finger mit den Zehen, dann drückte ich den Fuß auf die verlockende Beule unter seinem Hosenschlitz. «Kommst du mit duschen?», fragte ich und zog provokant eine Braue hoch.

Er sah mich mit funkelnden Augen an, und mein Magen schlug einen Purzelbaum, der weniger mit Hunger zu tun hatte als mit dem Verlangen nach etwas Handfesterem als Sams Fingern in meiner Muschi. «Nichts lieber als das», sagte er.

Er schnappte sich meine Hand, und wir stürzten die Treppe runter zum Badezimmer im nächsten Stock. Es glich in der Gestaltung Sams Zimmer: geräumig und hell mit einem wunderhübschen Kamin. Mitten im Zimmer stand eine große viktorianische Badewanne auf Tierklauen, und an der stuckverzierten Decke war eine Brause montiert, um die in schneeweißen Falten ein runder Duschvorhang hing. Die Wanne war groß, wahrscheinlich für zwei gedacht, und ich ließ es lächelnd geschehen, dass Sam mir mit den Fingern hinten am Kleid hinabfuhr, wo er langsam und zärtlich die Knöpfe zu öffnen begann.

Ich spürte, wie mir der Stoff über die Haut rieselte, als er das Kleid öffnete, dann wanderten seine Finger mir über die Rippen und an der Wirbelsäule hoch bis in den Nacken. Ich erschauerte vor Wonne. Eine Gänsehaut lief mir wie ein Stückchen Eis durch die Nackenhärchen. Dann fühlte ich Sams warme Lippen. Er drückte mir den Mund an die Schultern und rutschte dann abwärts, leckte mir am Rückgrat entlang bis hinab zur Pospalte. Dort verharrte er einen Moment, hielt mit beiden Händen meine Pobacken umfasst, während seine neugierige Zunge mir die Haut versengte.

«Heb den Fuß», flüsterte er, die Wange an meinen Po gelegt, sodass ich seine Wimpern an meiner Haut spüren konnte. Ich gehorchte und fühlte, wie mir die weiche Baumwolle meines Kleids unter den Fußsohlen hindurchglitt. «Und jetzt den anderen.»

Er kniete hinter mir, sodass ich ihn nicht sehen konnte, aber seine Finger fuhren mir warm an der Rückseite der Waden hoch und verharrten kurz in den zarten Grübchen meiner Kniekehlen. Ich erschauerte, spürte, wie sich meine Brustwarzen zusammenzogen und aufstellten, wie mir bei seiner Liebkosung flau im Magen wurde. Warm strich mir von hinten sein Atem über die Oberschenkel, und ich seufzte ein wenig, als er den Kopf vorstreckte und seine Zunge sanft unter die gewölbte Unterseite meiner Pobacke schob, dort, wo der Oberschenkel in den Hintern übergeht.

Nach der wundervollen Nummer mit den Fingern am Themseufer fühlte ich mich mit Sam vollkommen wohl, hatte volles Vertrauen zu ihm, als würde ich ihn viel länger kennen als nur einen halben Tag. Das murmelte ich ihm zu, und er streichelte mir weiter zärtlich über die Pobacken, während er seine Worte mit Küsschen unterbrach.

«Wir kennen uns doch auch schon länger, oder?», sagte er und küsste meine Pobacke. Dann noch ein Gänsehautkuss, diesmal etwas höher, wobei die Stetsonkrempe mir weiter oben gegen den Rücken drückte. «Denk doch an all unsere tief schürfenden Plaudereien im Internet.» Kuss. Glatte warme Lippen, die eben mein Rückgrat streiften. «Klar, wir haben uns erst vor ein paar Wochen kennen gelernt, aber in Chatrooms geht es so intensiv zur Sache, dass wir schon eine Menge voneinander wissen.» Er verstummte, seine Lippen streiften weiter leicht meine Haut, während seine Hand um meine Hüfte herum nach vorn fuhr, um mir neckisch mit den Fingern am Bauch hinabzugleiten. «Wir haben uns vermutlich Dinge erzählt, die wir niemand sonst erzählt haben.» Wieder ein Kuss, wobei die Zungenspitze sanft die Wölbung einer meiner Rippen berührte. «Ganz intime Sachen. Sachen, über die man erst redet, wenn man jemanden schon ewig kennt. Wenn man über einen Computer spricht und einen Menschen nicht sehen kann, ist die Kommunikation viel intensiver.» Verstohlen fuhren seine Fingerspitzen sachte erkundend in meinen Busch. «Wenigstens hab ich es so empfunden», schloss er. Seine Stimme klang leise und ein wenig zweifelnd. Irgendwie verletzlich.

«Das hab ich auch so empfunden», beruhigte ich ihn, fasste nach hinten und streichelte ihm die Schulter. Seine Finger fuhren mir tief ins glänzende Gelöck, und ich erschauerte und schob das Schambein vor, um es ihm leichter zu machen. Von seinen Liebkosungen am Fluss war ich noch angeschwollen und nass: Mein Geschlecht verzehrte sich nach seiner Berührung.

Dann drehte ich mich um und ließ ihn die Nase in meinen Schamhaaren vergraben. Er atmete tief ein, und da ich wegen des Huts sein Gesicht nicht sehen konnte, musste ich seine Gedanken aus den kleinen Seufzern erraten, die er ausstieß, während er es sich auf den Knien gemütlich machte und die Nase tief in meine Fose drückte.

Seine Daumen strichen mir die Schenkel hoch und drängten sie sanft auseinander. Er war überaus zärtlich, sanft, aufmerksam. Anscheinend war es seine Mission, alles zu tun, um mich glücklich zu machen: Er hatte mich an der Themse gefingert, bis ich kam; mir die wehen Füße massiert; nun kniete er vor mir, um mich mit seiner Zunge zu verwöhnen.

Ich seufzte und ließ ihn machen, während mir durch den Kopf ging, wie anders er war als mein Exmann, dessen Mission im Leben darin bestanden hatte, mich unglücklich zu machen. Patrick hatte es darauf abgesehen, mich einzuschüchtern und zum Heulen zu bringen. Sam hingegen genoss es, wenn ich genießerisch stöhnte und mich lustvoll aufbäumte. Eine mehr als willkommene Abwechslung. Ich stellte ein Bein auf den geschwungenen Wannenrand, um mich Sams suchendem Mund zu öffnen und ihn alles tun zu lassen, wonach ihm der Sinn stand.

Er kniete vor mir, muskulös, voll unterdrückter Kraft. Seine Finger glitten mir übers Geschlecht, reizten und öffneten mich, als wäre ich eine wunderschöne Blume, die er unbedingt in voller Blüte sehen wollte. Ich biss mir auf die Lippe, als er innehielt, dann spürte ich, wie seine flache Zunge mich leckte. Einmal. Dann nochmal. Ein volles, langes Lecken, das tief unter mir begann und aufwärts fuhr, um dann an meiner geschwollenen Klit zu verharren.

Dort blieb er, kreiste und saugte leicht, kostete mich sanft und dann heftiger, bis seine Nase sich fest an meinen Venushügel presste und ich voll von seiner Zunge war, seine Lippen breit an mein schmerzendes Fleisch gedrückt, während seine Zunge mich lang ausholend und geräuschvoll schleckte. Man konnte hören, wie nass ich war, wie erregt. Wie ein Springbrunnen benetzte ich ihm Nase und Mund, ließ förmlich Milch und Honig aus den Tiefen meiner hungrigen Möse regnen, während Sam sich zwischen meine Beine schmiegte und vorsichtig den Zeigefinger in mir hochschob.

«O ja!», keuchte ich, warf den Kopf zurück und stieß mich seinem Mund entgegen.

Ich spürte, wie er an meiner Muschi grinste, dann drang er tiefer ein, rieb mit dem Finger mein Inneres und stieß noch tiefer, suchte meine zartesten Partien, all die gerüschten Falten und Fältchen, die unzählige Geheimnisse weiblicher Lust bargen. Und gleichzeitig lutschte und massierte seine Zunge meine Klit. Hoch und runter. Im Kreis herum. Wieder und wieder. Mich verschlingend, als könnte er nicht genug bekommen.

Die Gefühle, die mir durch den Körper rasten, waren unbeschreiblich. Wenn er so weitermachte, würde ich kommen, aber so wollte ich nicht nochmal zum Höhepunkt gelangen. Nicht, ohne ihn in mir zu haben. Mit Fingern und Mund hatten wir es ja schon einmal getan, und diesmal wollte ich seinen Schwanz in mir haben. Fühlen, wie er zustieß. Die Kraft spüren, die, so ahnte ich, in seinen schlanken, ranken, jungenhaften Hüften schlummerte.

Ich schob seinen Kopf weg.

«Noch nicht», flüsterte ich. «Ich will, dass wir zusammen kommen.»

Er stand auf und umarmte mich. Wir küssten uns innig, seine Zunge schob sich hungrig zwischen meine Lippen, als wollte er nun mein Mundinneres ebenso gründlich auslecken, wie er es eben bei meinem Geschlecht getan hatte. Er schmeckte köstlich nach mir: süßer Honig, der aus den Tiefen meines Körpers stammte, hervorgelockt durch das Zusammenspiel seiner Zunge und seiner Finger.

Ich schlang ihm die Arme um den Hals und genoss die Berührung seiner weichen Haare – die der Hut mir auf die Unterarme drückte – und den Duft seines heißen, männlichen, fest an mich gedrückten Körpers. Auf einmal verlangte es mich heftig danach, den winzigen Anflug von Verletzlichkeit auszunutzen, den ich vorhin in seiner Stimme gehört hatte. Jenen leisen Zweifel, der mir verriet, dass er unsicher im Umgang mit Frauen war. Ich entzog ihm meine Lippen und umfasste sein Gesicht.

«Sam.»

«Ja.»

«Zieh dich aus für mich. Jetzt. Und streng dich ein bisschen an dabei. Ich will einen richtigen Striptease sehen, wie in *Ganz oder gar nicht.*»

Darauf errötete er – sehr anmutig allerdings –, und der

Anblick seines hübschen Gesichts, so rot und verlegen, ließ mein Herz schneller schlagen. Ich grinste, nickte und funkelte ihn an. «Na los», forderte ich. «Ich will dir beim Strippen zusehen.»

Ich beugte mich vor, drehte die Wasserhähne an der Wanne auf und steckte den Stöpsel in den Abfluss. Dem sprudelnden Wasser fügte ich einen großzügigen Schuss der Clinique-Badelotion hinzu, vermutlich Mrs. Greys Eigentum, und ließ mich in das heiße Schaumbad gleiten. Dann lehnte ich mich zurück, voll Vorfreude auf die Show. Sam aber stand immer noch in T-Shirt und Jeans da, den Stetson auf dem Kopf. Seine schmalen nackten Füße wirkten auf der flauschigen weißen Bedematte zauberhaft schutzlos und verletzlich. Ich ließ eine Hand vorschnellen und lachte, als die Tröpfchen den Stoff seiner verwaschenen Jeans dunkel sprenkelten.

«Na los. Ich warte, Junge», sagte ich streng und zog zum Schein ein böses Gesicht. Das gefiel ihm wohl, denn er errötete noch mehr, bis auch seine Ohren glühten, und die Beule an seinem Hosenschlitz schwoll sichtlich an, als er hinfasste, um den obersten Knopf zu öffnen. «Schon besser. Beweg dich dabei. Tanz für mich.»

«Aber es läuft keine Musik», wandte er lachend ein.

«Dann denk dir einfach welche.» Er verdrehte genervt die Augen und starrte mich halb herausfordernd an. Ich zog eine Augenbraue hoch und gab mir Mühe, gebieterisch zu wirken. «Los jetzt! Tu, was ich dir sage, Junge.»

Sam zog erst ein Gesicht, dann fügte er sich mit einem leichten Zucken der Lippen, das ich als Grinsen deutete. Wie süß er aussah, so jung, und extrem verlegen, doch er tat, was ich verlangte. Zunächst wiegte er sich langsam, schwenkte leicht die Hüften, wobei sein Schwanz so fest gegen den Reißverschluss seiner Jeans drückte, als hätte er vor, sich aus eigener Kraft zu befreien.

Er tänzelte und wackelte mit dem Arsch, scherzhaft und suggestiv zunächst, dann aber konzentrierter, je mehr er seinen Rhythmus fand. Ich sah zu, wie er sich die aufgeknöpfte Jeans über die Hüften schob, und lächelte dann, als er sich gewandt auf dem Fußballen drehte und mir zu Gefallen den Arsch ein wenig vorreckte. Er schob die Jeans hinab über seine zerknitterten Baumwollshorts. Ich schaute gebannt zu, wie er die Jeans abstreifte und groß und stark dastand. Er nahm den Stetson ab, ließ ihn neben die Wanne fallen, hielt kurz inne und riss sich dann das weiße T-Shirt mit einem Ruck über den Kopf.

Er sah aus wie der feuchte Traum eines Boyband-Managers: muskulös und stark, mit schlanken Beinen, einem schmalen, süßen, in weiße Baumwolle gehüllten kleinen Hintern und breiten Schultern, die von der englischen Sommersonne zart sommersprossig gebräunt waren. Er raubte mir fast den Atem. Ungeduldig wand ich mich im warmen Badewasser. Ich merkte, dass sich meine Haare vom Dampf an den Spitzen ringelten, und fuhr mir mit zitternder Hand über den Pony, um zu verbergen, wie aufgewühlt ich war.

Ich hatte das Gefühl, diesen Jungen nicht verdient zu haben. Ich war nicht schön genug. Für Carrie, die graue Maus, war er gewiss zu gut.

Sam drehte sich langsam um und heftete den dunklen Blick auf mich. Schweigend und ernst beobachtete er, wie meine freie Hand mit winzigen, zaghaften Bewegungen meine Muschi massierte. Sein Blick war starr, voll Staunen, in das sich Verlangen mischte, und ich sah, dass ich mehr als gut genug für ihn war. Für ihn war ich die Erfüllung eines Traums. Für Sam war ich eine Frau von dreißig mit super Titten und tollem Arsch, die extra den weiten Weg nach London gekommen war, um mit ihm Cowboy und Indianer zu spielen. Er starrte mich scheu an, das Kinn gesenkt, die Augen aufgewühlt. Ich sah, wie seine Hände an seiner Seite zuckten, als wünschte er sich sehnlich, zu mir zu kommen und sie mir auf den Körper, auf die Brüste, überallhin zu legen.

Er räusperte sich. «Dominique?»

«Ja, Junge?»

«Es sieht wunderschön aus, wie du da in der Badewanne liegst, so heiß und nass, und deine kleinen Titten aus dem Schaum lugen.» Er schob sich eine Hand in den Bund seiner Shorts. «Darf ich auch reinkommen? Wäre dir das recht?»

Ich ließ ihn kurz zappeln und weidete mich an seinem gequälten Gesichtsausdruck.

«Vielleicht», murmelte ich. «Aber du musst nackt sein, Schatz, du kannst dir doch nicht die Shorts ganz nass machen.»

Er wurde rot. Dann zerrte er sich mit plötzlichem Elan die Shorts vom Leib und warf sie hoch in die Luft, sodass sie durch den dampfigen Raum flogen und an einem Kerzenleuchter hängen blieben, der auf dem Kaminsims stand. Ganz der Cowboy, johlte er «Jii-ha!», und ich musste kichern, als er auf die Wanne zugerannt kam. Er landete mitten auf mir drauf, mit einem solchen Platscher, dass das meiste Wasser über den Rand schwappte und Mrs. Greys prächtigen weißen Teppich durchnässte. Ich warf den Kopf zurück und lachte, während er in der jetzt fast leeren Wanne mit den Zähnen meine Brustwarze umschloss, vor unbändiger Freude über seine Energie, seine Jugend und seine verspielte Art los.

«O Gott, Sam. Du bist schon ein verrückter Cowboy.» Ich lachte immer noch, während er mir mit der einen Hand über die linke Brust fuhr und die andere zwischen unseren Leibern hinabschob.

Dann verging mir das Lachen, weil er einen Finger in mein cremiges Loch schob, und ich japste und ließ mich tiefer in das bisschen verbliebene warme Wasser gleiten. Meine Beine waren unter seinen eingeklemmt, also zog ich eins hoch und hängte es über den Wannenrand, tropfnass und seidenglatt, und spornte ihn mit leise geflüsterten Koseworten an, während er mein hungriges Geschlecht befingerte.

«O ja, das fühlt sich gut an … Oh, Sam, ja … Etwas höher, ja. Oh, Sam …»

Er richtete sich auf und starrte mir in die Augen. «Sagen Sie mir, was ich tun soll, Ma'am.»

Ich überlegte kurz.

«Ich will, dass du unter mir liegst, damit ich über dir kauern kann. Dann kannst du dein Gesicht in meiner Muschi vergraben.»

«Ja, ja», keuchte er. «Setz dich auf mein Gesicht, das wär toll.»

«Ich will, dass du mich leckst, bis ich fast komme. Dann werde ich runtergleiten und mich fest auf deinen Schwanz setzen. Ich werd dich reiten, als wärst du mein Rodeopferd.» Ich lachte leise. «Heut Abend bin ich der Cowboy.» Und damit griff ich über den Wannenrand und hob den Stetson auf. Ich küsste Sam und setzte mir den Hut keck auf den Hinterkopf. Er schlängelte sich um mich herum, und wir tauschten die Plätze. Fast plan lag er auf dem Wannenboden, das warme Wasser schwappte ihm ans kurze Haar. Ich lächelte zu ihm runter und rutschte vor, bis ich über seinem Gesicht hockte, seinem Mund völlig dargeboten.

Seine Zunge fühlte sich an meiner sehnsüchtigen Klit weich wie Seide an. Er rieb und leckte und reizte mich, bis ich nach Luft schnappte und leise über ihm fluchte. Das Haar hing mir ins Gesicht, meine Schultern zitterten. Seine Hände stahlen sich hoch und liebkosten meine Titten, umfassten und massierten sie und kneteten dann sanft meine Brustwarzen, bis sie schwer und voll waren. Ich half ihm, schlang meine Hände in seine, leitete ihn und streichelte seine Finger, während er meine geschwollenen Brüste durchwalkte, bis sie ihm die warmen Handflächen ausfüllten.

Sein Mund fühlte sich an meinem Geschlecht erst weich an, dann fest, dann leckte und liebkoste er mich so wunderbar, dass meine Nervenenden sich zusehends anfühlten wie ein Hochspannungsdraht. Allmählich keimte in mir das vertraute, schwere, geschwollene Gefühl, das mir sagte, dass ich bald kommen würde. Aber ich wollte beim Höhepunkt spüren, wie er seinen Schwanz tief in mich hineinstieß, also glitt ich rücklings von seinem Mund weg und setzte mich wie versprochen fest auf seinen steifen, begierigen Schwanz.

In der Wanne zu vögeln war überraschend schwierig. Beengt. Aber wir bekamen es prima hin. Ich riss die Hülle von einem Kondom, das ich aus der Hüfttasche seiner Jeans gezogen hatte, dann verkeilte ich die Füße beidseitig von seiner Taille. Ich setzte mich vorsichtig auf seinen Schwanz, ließ ihn mit langsamen Bewegungen meiner Schenkel in mich reingleiten. Meine Knie waren bis an meine Brust hochgezogen, aber in dieser Kauerstellung fand ich auf dem Wannenboden besser Halt, und so konnte ich die

Hände benutzen, um einen guten Rhythmus zu finden. Ich bewegte mich auf seinem Kolben auf und ab, glitt hoch, bis ich die glänzende, heiße Spitze sehen konnte, und ließ mich dann unvermittelt hinab, um zu spüren, wie er mich ausfüllte. Er war dick und breit und fühlte sich großartig an, wenn er ganz in mir drinsteckte.

In der Wärme des dampfigen Zimmers leicht schwitzend, bewegte ich mich schneller und verfolgte, wie die Schatten über sein Gesicht spielten. Es erregte mich, wie seine schläfrig halb geschlossenen Augen erst seinen Schwanz fixierten, dann mein weit offenes Geschlecht, während meine Scheide ihn in ganzer Länge schluckte. Er japste ein wenig, atmete heftiger und schneller, während ich ihn noch anfeuerte. Wie heiß es im Raum war. Der helle Wahnsinn, ein Bad im Hochsommer, aber die Hitze verstärkte irgendwie noch all die herrlichen Empfindungen, die mir durch den Körper rasten.

«Reib mich», flüsterte ich. «Reib mir die Klit wie vorhin am Fluss.»

Ich drückte den Rücken durch und starrte hoch zur prächtig verzierten Decke. Meine Klit schwoll und verlängerte sich unter seinen Fingern, und meine Möse war aufs Herrlichste ausgefüllt, also ritt ich mein sich bäumendes Rodeopferd fester, bis ich die ersten orgiastischen Schauer mein Rückgrat hinabrieseln spürte. Der Hochspannungsdraht, der sich längst meiner Nervenenden gespannt hatte, knisterte und flammte auf einmal auf, und bei der plötzlichen elektrisierenden Reaktion, die Sams Finger bei mir auslösten, hielt ich die Luft an.

«Oh, Sam, ich komme. O ja. O bitte», murmelte ich.

Er bewegte sich heftiger unter mir, seine Hüften bäumten sich in der engen Wanne hoch und rammten seinen

Schwanz immer tiefer in mich hinein. Starke Finger bearbeiteten rhythmisch meine Klit, rieben und kneteten, immer wieder im Kreis. Ich konnte herrlich geile, schmatzende Fickgeräusche hören, die mich noch mehr anturnten. Heiß. Hart. Glühend. Ich keuchte seinen Namen, als ich den Orgasmus in meinem bebenden Körper aufsteigen spürte.

Ich schrie laut auf, als ich kam, mein Geschlecht erschauerte und zog sich in Wellen um seinen Kolben zusammen. Sams Schwanz begann in mir anzuschwellen und zu pochen, und ich spürte das heftige, pumpende Zucken, als er kam.

«O ja», ächzte er, schloss die Augen und ließ den Kopf ans helle Email der Wanne sinken. «Oh, Dominique, du bist die geborene Reiterin.»

Dass wir ertappt würden, war eigentlich unvermeidlich. Schließlich waren wir in einem Haus, in dem vier Menschen nach Belieben ein und aus gingen, und wir hatten beide nicht daran gedacht, die Badezimmertür zu verriegeln.

Aber ein ziemlicher Schock war es trotzdem.

Zwei Spatzen in der Hand

Ich saß in der Wanne, das seifige Wasser schwappte mir von unten an die Titten, während Sam mir einen Krug warmes Wasser übers Haar goss, um das Shampoo auszuspülen, das er mir gewissenhaft in die Kopfhaut massiert hatte. Er kniete hinter mir, und ab und zu konnte ich spüren, wie mir sein weicher Penis ins Kreuz stupste. Es war ein schönes Gefühl, vertraut und sehr behaglich, in der Wanne zu sitzen und mich von meinem «Jungen» umsorgen zu lassen.

Da ging die Tür auf, und Alexander kam hereingepoltert, leicht beschwipst wankte er auf die Toilette zu. Dass er es war, schloss ich aus seinem Aufzug – kariertes Hemd, zerrissene Jeans und verdreckte Stiefel: die übliche Bauarbeitermontur. Er pinkelte munter drauflos, ohne zu merken, dass er ein Publikum hatte.

Sam räusperte sich leise. Vor Schreck bespritzte Alex die polierten Bodendielen, fluchte und sah mit hochrotem Kopf zu, dass er fertig wurde.

«Sorry, Mann», brummte er, während er hastig seine Hose zuknöpfte. «Aber die Tür war offen.»

«Schon okay.» Sam grinste. «Mach sie einfach hinter dir zu, wenn du rausgehst.»

Ich stupste ihn in die Rippen und setzte mich etwas aufrechter hin, damit meine Brüste besser zur Geltung kamen. Schließlich hatte ich einen ungehinderten Blick auf den Penis werfen dürfen, der nun wieder sicher in Alex' Jeans verstaut war, und er schien mir einen zweiten Blick wert.

«Du bist bestimmt Alexander», sagte ich und streckte die Hand aus. Alex riss den Blick von meinen Titten los und sah meine tropfnassen Finger an. Er torkelte ein Stück vor, schüttelte mir die Hand und nickte stumpf. «Ich bin Dominique», erklärte ich.

«Sehr erfreut», brummte er und wurde rot, ein dunkles Rosa, das ihm aus dem Hemdkragen den Hals hoch in die stoppelbärtigen Wangen stieg. Er war voller Schmutz und Staub. Alex war eher klein und stämmig, hatte kurzes, sandfarbenes Haar und eine große Nase, die eindeutig die

«An der Nase eines Mannes»-Theorie stützte. Ich hielt seine dreckigen Stummelfinger fest umfasst und zog ihn etwas näher heran.

«Du siehst aus, als könntest du etwas Wasser und Seife vertragen. Komm doch rein», sagte ich. Sam stupste mich mit dem Knie an, aber ich beachtete ihn nicht.

«Hey», flüsterte er mir ins Ohr. Ich drehte mich um und durchbohrte ihn mit einem Blick.

«Ich hab hier das Sagen», stellte ich klar. «Und ich lade Alex ein, zu uns in die Wanne zu kommen.» Ich spähte auf die Beule in Alex' Jeans und grinste. «Eine kalte Dusche wär wohl auch nicht schlecht, was, Alex?»

Alex sah mich an und grinste zurück. Aber er schien noch unentschlossen. Sah ganz so aus, als müsste ich ihm sagen, was er tun sollte. Ganz schön komisch eigentlich, überlegte ich. Wenn ich vollständig bekleidet an seiner Baustelle vorbeigegangen wäre, hätte er fröhlich in das Gepfeife und Gejohle seiner Kumpels eingestimmt. Doch angesichts einer nackten Frau in einer Wanne, die ihm ein eindeutiges Angebot machte, schien ihn der Mut zu verlassen.

Mit dem Zeigefinger winkte ich ihn heran. «Komm her.»

Er gehorchte. Ich fuhr mit der Hand über die Beule in seiner Jeans und sah ihm dann in die Augen. Er murmelte etwas, und ich seufzte gespielt ungeduldig. «Na los, Alex. Du zierst dich ja wie eine Jungfrau.» Das wirkte. Er warf mir einen erbosten Blick zu und fing hastig an, sich die Hose aufzuknöpfen. «Zieh dich aus. Sam rückt ein Stückchen, nicht wahr, Sam?»

«Viel bleibt mir ja anscheinend nicht übrig», grollte mein Cowboy. Ich lächelte und stand auf, packte ihn dann an der Hand und zog ihn ebenfalls hoch.

«Nein», sagte ich nur. «Allerdings.»

Obwohl Alex wohl drei bis vier Bierchen intus hatte und leicht schwankte, hatte er sich im Nu entblättert. Dann stand er auch schon dicht vor mir unter der Dusche. Ich zog den Vorhang zu, drehte den Hahn auf, und zu dritt standen wir unter dem kühlen Wasser, das uns über die Glieder strömte und die heißen Körper kühlte.

Sam spielte erst den Beleidigten, weigerte sich, mich anzurühren, wenn Alex' Hand auf meiner Haut lag, aber ich forderte ihn auf, sich nicht so blöd anzustellen, sondern einfach weiterzumachen. Im Grunde war er wohl ganz erleichtert – denn die andere Option bestand darin, vor die Tür geschickt zu werden –, und so leitete ich schon bald eine wunderbare Streichelsitzung zu dritt, bei der Alex mir mit seinen schwieligen Bauarbeiterhänden über die Titten und den Bauch fuhr, während Sam sich auf meinen Arsch konzentrierte. Mit der Zungenspitze konnte ich Alex' Mund reizen, während meine Finger hinter mir Sams Bauch und Hüften Trost spendeten.

Warme Finger glitten mühelos über zarte Haut, die durch das warme Wasser, das uns über die Körper rieselte, noch schlüpfriger wurde. Trotz der Wärme schauderte ich. Meine Brustwarzen waren geschwollen und rosig wie Weingummi und sehnten sich danach, gelutscht und gestreichelt zu werden. Ich sah Alex tief in die Augen, schlang die Finger in seine und zog seine Hand hoch an meine Brust.

Er war aufreizend nervös und übervorsichtig. Als fürchtete er, ich würde zerbrechen, wenn er mich zu derb anfasste, dabei war ich genau darauf aus. Also nahm ich seine Hand und drückte sie fest an mich, um ihm zu zeigen, wie ich gehalten werden wollte. Schließlich hatte er es begriffen, legte mir eine Hand um die hellhäutige Rundung und drückte sie zusammen, bis ihm mein schmerzendes Fleisch durch die Finger quoll. Dann senkte er den Mund und saugte an meiner Titte.

Es war, als bestünde eine elektrische Spannung zwischen meiner Brustwarze und seinem Mund. Selbst wenn er von mir abließ und mir nur den Warzenhof leckte, war es, als hätte er ungefähr tausend Volt an meine Brustwarze angeschlossen. Stöhnend drückte ich mich rücklings an Sams harten jungen Körper, ließ die Augenlider zuflattern und hob das Gesicht dem klaren reinen Wasserstrom entgegen, der uns von oben durchnässte. Sams Arme schlangen sich um meine Taille, und seine Finger gruben sich mir in den nassen Pelz, um die warmen, verborgenen Falten meines Geschlechts zu finden. Gelenkig, wie ich war, lehnte ich mich weiter zurück, reckte mich seiner suchenden Hand entgegen und schob meine Brust hoch an Alex' köstlichen, hungrigen, saugenden Mund.

Nach einer Weile genügte uns dieses bloße Geplänkel nicht mehr. Und in der Dusche war es eindeutig zu eng für mehr als ein bisschen Lutschen und Streicheln. Ich wusch Alex, seifte ihm den stämmigen Körper ein, bis er sauber war. Er war ebenso wenig begeistert wie Sam, als ich diesen mit einbezog. Sie beäugten sich finster und entspannten sich erst, als sie merkten, wie begierig ich war, dabei zuzuschauen, wie sie sich anfassten. Doch auch dann achtete Sam peinlich darauf, den anderen Jungen nur am Rücken zu berühren; was ich aber wettmachte, indem ich meine Hände über Alex' sommersprossige Haut tanzen ließ, am Bauch verharrte, in seinem zerzausten Schamhaar und an der starken Wurzel, die stramm hervorragte und so verlockend aussah.

Als Alex porentief sauber geschrubbt war, hüllten wir uns

in Mrs. Greys luxuriöse weiße Badelaken und stiegen kichernd die Treppe zu Sams Zimmer hoch. Die Luft dort oben war weniger feucht; das Fenster stand offen, und ich konnte den Londoner Verkehr unten auf den Straßen rauschen hören und den Gestank der Themse bei Ebbe riechen. Sam zündete eine Kerze an, und als er die Streichhölzer zurück in die Schublade warf, sah ich dort eine noch nicht angebrochene Zwölferpackung Kondome. Vor mich hin grinsend rieb ich mir sachte mit einem Handtuch übers Haar.

«Also», sagte ich, den Blick auf die beiden im Spiegel geheftet, «wie wär's, wenn ihr es miteinander treibt, und ich sehe zu?» Beim Anblick von Sams entsetztem Gesicht musste ich lachen. «Schon okay», beruhigte ich. «Kleiner Scherz. Außerdem will ich selber dabei sein.» Ich gab Sam einen Kuss auf die Nasenspitze und zog Alex am Handgelenk näher. «Aber falls ihr zwei doch auf den Geschmack kommt, möchte ich auf jeden Fall mitmachen.» Ich fuhr Alex rasch mit der Zunge über eine Brustwarze und schaute dann zu ihm hoch. «Worauf hast du Lust?», fragte ich.

Er druckste vor sich hin. Reden war wohl nicht gerade seine Stärke. Aber ich schnappte etwas auf von wegen mich zum Abendbrot vernaschen, und dabei hüpfte mir das Herz vor Begeisterung. Ich sah Sam an. Die Vorstellung eines Dreiers schien ihn so aufzugeilen, dass er, glaube ich, wohl zu allem Ja und Amen gesagt hätte, was ich vorschlug. Also stieß ich ihn runter aufs Bett und küsste ihn leidenschaftlich.

«Du liegst erst mal unten», flüsterte ich. «Mein unartiger kleiner Junge.»

Sam erwiderte meinen Kuss, suchte meine Zunge mit der seinen, seine Lippen lagen warm und weich und gefügig auf meinem Mund. Er schmeckte köstlich, ganz sauber und nach Seife, nur in den weichen jungen Stoppeln über seiner Oberlippe haftete noch das Aroma meiner Säfte. Ich saugte an seiner Zunge und hörte, wie Alex hinter mir seufzte.

«Sorry, Alex.» Ich lachte. «Wollte dich nicht außen vor lassen.» Ich bedeutete ihm, sich neben Sam zu legen. Ich ließ sie ganz dicht zusammenrücken, Schulter an Schulter, und setzte mich rittlings auf ihrer beider Taillen. Mit weit gespreizten Beinen lehnte ich mich vor, um erst den einen, dann den anderen zu küssen, tauschte Speichel, naschte von ihren Zungen, schmeckte die Unterschiede ihrer Münder. Die beiden Jungs waren ein Traum: das Haar feucht, die Haut nass vom Duschen, und ich konnte fühlen, wie meine Säfte von tief aus meinem Inneren aufquollen und hervorströmten. Ein milchiger Tropfen rann auf Alex' behaarten Bauch. Hitze strahlte von seinem Körper hoch, und ich konnte zaghafte Hände fühlen, die mir über Hüften, Po und Schenkel glitten.

Wir küssten uns, bis uns die Münder wehtaten, und dann rutschte ich Alex' Körper hinauf und drehte mich um, bis ich über seinem Mund kauerte. Ich saß über seinem Gesicht und schaute seinen herrlich festen, kompakten Leib hinab zu seinem Schwanz, der stolz und hart und wahrscheinlich kurz vorm Explodieren war. Grinsend zog ich Sam hoch, bis er neben Alex kniete und ich mich vorbeugen und tun konnte, worauf ich schon seit einer halben Ewigkeit Lust hatte: Ich nahm seinen starken Penis in den Mund. Mit der freien Hand umfasste ich Alex' Schwanz und fuhr daran hoch und runter, um ihn zu wichsen. Nicht zu fest, nicht zu sanft. Genau richtig.

Nun also saß ich genau auf Alex' Gesicht, Sams Schwanz

im Mund und Alex' Schwanz in der Hand. Alex' Zunge war eine Offenbarung: kurz und dick, wie sein Körper. Aber wie stark! Er drückte die Finger in meine Falten, entfaltete mein Geschlecht und hielt mich weit auf, um mit dem Mund hineintauchen und mich ausschlecken zu können. Er ließ die Zungenspitze um meine Klit spielen, schob das Häubchen darüber zurück, damit er an der Knospe saugen konnte, bis ich mich kaum noch darauf konzentrieren konnte, Sam einen zu blasen. Ich schnappte nach Luft und lutschte dann fester an Sams Schwanz.

Alex schob sich ein wenig unter mir zurecht, seine Schultern spreizten meine Schenkel so weit, dass ich fast platt auf seinem Gesicht ruhte. Ganz kurz fürchtete ich umzukippen, aber Sams starke Hände stützten mich. Dann ließ Alex langsam die Finger in mich gleiten. Ein kurzer dicker Zeigefinger, ganz rau vom Hantieren mit Ziegeln und Zement, rieb und rubbelte an meinem zarten Geschlecht. Dann versenkte Alex einen zweiten dicken Finger in mein triefendes Geschlecht, und ich schrie auf. Es drang nur ein ersticktes, befremdlich klingendes «Mmff» aus meinem Mund, der mit Sams bestem Stück gut gefüllt war.

Sam stieß mir derweil die Hüften entgegen. Im Spiegel an der Tür konnte ich sehen, wie seine knackigen Pobacken sich zusammenzogen, als er sie anspannte und sich nach vorn gegen mein Gesicht stieß, seinen Schwanz hineinpresste, um sich dann zurückzuziehen, bis meine Lippen gerade noch die pralle, glänzende Spitze seines Kolbens umspielten. Auf Sams Gesicht – das ich nur im Profil sehen konnte – lag ein Ausdruck tiefer, seliger Zufriedenheit, und ich verdoppelte meine Bemühungen noch, lutschte fester, bis er die Augen schloss und den Kopf zurücksinken ließ.

«O Gott!», hörte ich ihn sagen.

In dieser Nacht stand Gott ziemlich hoch im Kurs. Sam rief ihn mehrfach an, als er ganz hinten in meiner Kehle heftig kam. Ich schlürfte und schluckte die süß-salzige Soße meines Cowboys, genoss das rhythmische Pumpen seines prächtigen, muskulösen Schwanzes. Dann ließ ich mich hart auf Alex' Gesicht sinken, während seine kurzen dicken Finger sich immer tiefer in meine glitschigen Falten vorarbeiteten. Ich versuchte mich zu revanchieren, indem ich mich ein wenig zurücklehnte und seinen Schwanz massierte. Aber seine Zunge und seine Finger unter mir hielten mich dermaßen in Atem, dass ich nicht in den rechten Rhythmus finden konnte.

Sam hatte sich mittlerweile erholt, und als ihm mein handwerklicher Pfusch auffiel, hatte er eine Überraschung für mich parat. Fix schob er meine Hand beiseite und umfasste Alex' Schwanz – von Alex unbemerkt, der bis zur Nase in meinem Geschlecht steckte – und wichste ihn fester, schneller und wesentlich fachkundiger ab, als ich es getan hatte. Ich sah zu und prägte mir jede Nuance seiner Handbewegungen ein. Als Alex kam, schoss ihm die Ladung nur so heraus. In mächtigen, cremeweißen Schüben kam sie herausgespritzt und klatschte ihm auf den Bauch.

Ich lächelte Sam an. Unsere Blicke trafen sich. Er hob den Finger an die Lippen und schüttelte leicht den Kopf, und ich nickte. Wie verschwiegene Verschwörer hatten wir Alex zum Orgasmus gebracht. Ich fragte mich, wie der Mega-Macho vom Bau wohl reagiert hätte, wenn er erführe, dass ihm soeben ein anderer Mann einen runtergeholt hatte. Vermutlich hätte er Sam zusammengeschlagen. Aber letzten Endes war der beschränkte Horizont eines Hetero-Mannes nicht mein Problem, also schwang ich einfach mein Bein von Alex' Gesicht herunter und beugte mich vor, um ihm hungrig den Mund auf die Lippen zu pressen.

«Mmh», flüsterte ich direkt an seinen feuchten Lippen. «Du schmeckst wunderbar. Nach Mädchensaft.»

Darüber lachte er, und ich bäumte mich auf wie eine Katze, als seine rauen Arbeiterhände mir das Rückgrat hinabfuhren und meinen Arsch umfassten. Als er mich leicht anhob, verzog er die Lippen zu einem Lächeln, als wollte er für irgendetwas um Erlaubnis bitten. Ich fühlte innen am Schenkel seine harte Rute und zog die Augenbrauen hoch.

«Du bist doch nicht etwa schon wieder so weit?», fragte ich und sah ihn herausfordernd an, während ich in Sams Nachttischschublade nach der Packung Kondome angelte.

«Und ob», brummte er. «Für dich jedenfalls. Einen runtergeholt zu bekommen ist nichts verglichen damit, wie deine Möse sich eng um meinen Schwanz anfühlt. Und genau das will ich jetzt spüren.»

Er stemmte mich hoch und platzierte mich so, dass meine prallen Schamlippen genau über seiner wohlgerundeten Eichel schwebten. Ich seufzte und winkelte die Beine an. Als ich mich langsam, Zentimeter für Zentimeter auf diesen dicken Schwengel gleiten ließ, durchflutete mich prompte Seligkeit. Ich spürte mein Herz anschwellen und flattern und hielt den Atem an, bis ich ganz unten angelangt war. Als ich seinen Schwanz ganz in mich aufgenommen hatte, sodass meine Schamlippen auf die lockigen, stoppeligen Härchen an seiner Wurzel trafen, fühlte ich, wie sein Prengel mir gegen die Klit drückte.

«Sieht das geil aus», flüsterte Sam. Er lag neben uns auf der Seite, den Blick auf mein Geschlecht geheftet, während er sich den schlaffen Schwanz streichelte und ihn wieder zum Leben erweckte.

Kurze Zeit kontrollierte ich die Bewegungen, bis mir langsam die Oberschenkelmuskeln erlahmten, dann fühlte ich, wie Sam sich über Alex' Beine gleiten ließ und mich runterdrückte, bis ich auf Alex lag, die Zehen an seine Knöchel geschmiegt und meine enge Scheide immer noch voll von ihm. Sam liebkoste mich, seine warmen Finger streichelten und massierten mir das Kreuz, die Schenkel, den Po.

Ich entspannte mich und bettete die Wange in Alex' Halsbeuge, dann zog ich leise stöhnend meine Muskeln um ihn herum zusammen. Hinter mir teilte Sam meine Pobacken und beugte sich hinab, um mich zu küssen, fuhr mit der Zunge über meine Backen und schob sie dann zielstrebig in meine enge kleine Rosette. Ganz kurz verkrampfte ich mich, ein leises Japsen entrang sich meinen Lippen. Aber es fühlte sich so schön an, so gut und richtig, dass ich ihn so lange weiterlecken und mich mit seiner langen Zunge reizen ließ, bis ich weit offen war und mein Verlangen fast unerträglich wurde. Dann hielt er mich fest, legte seinen warmen Körper auf mich und ließ sich vorsichtig in meinen Arsch gleiten.

«O bitte nicht», flüsterte ich. Eine winzige Träne zitterte in meinem Augenwinkel. Mein ganzer Körper schmerzte, als er sich reinzwängte. Mein Hintern stand in Flammen. Ich wurde weiter gedehnt, als ich je geglaubt hätte. Ich schnappte nach Luft und schloss in stummer Gegenwehr die Augen: Ich hatte doch schon einen Schwanz in mir. In meiner Muschi. Zwei passten doch bestimmt nicht in mich rein?!

Aber anscheinend ging es doch: Ich merkte, wie ich mich unter Sams sanft und doch so hartnäckig eindringendem steifen Schwanz weitete. Mein Anus war angespannt und eng, es tat weh.

«Uuh, oh, Sam», stöhnte ich, kniff die Augen zu und drückte das Gesicht an Alex' tröstlichen Hals. Die Jungs flüsterten mir zärtliche Worte ins Haar, wie gut es sich anfühlte, dass sie mir nicht wehtun würden, wie natürlich es war, so gedehnt zu werden, wie sehr sich unsere Lust noch steigern würde …

Ihre Hände umfingen mich, ein Junge über mir, einer unter mir, und ich schmolz in der Wärme ihrer sanften Liebkosungen, während Sam sich behutsam ganz in meinen Arsch gleiten ließ. Jetzt war ich ganz und gar ausgefüllt.

Meine Möse schwoll an und öffnete sich, und ich fing an, mich selbständig zu bewegen, während Alex seine Hände hinabgleiten ließ und von vorn meine Hüften umfasste. Über mir stieß Sam vor und zog sich wieder zurück. Und stieß tiefer rein. Zog sich dann wieder zurück. Sein Penis bog sich so wunderbar in meinem Arsch, füllte mich vollkommen aus.

Ich fragte mich, ob Sam wohl Alex' Glied durch die dünne Hautschicht spüren konnte, die meine Möse von meinem Rektum trennte. Jedenfalls sah es ganz so aus, als könnte Alex ihn fühlen. Er starrte hoch in Sams Gesicht, die Augen staunend aufgerissen, während über und hinter mir Sam in meinen Nacken stöhnte und keuchte und mich in immer hartnäckigerem Rhythmus fickte.

Gebannt verfolgte ich die verschiedenen Empfindungen, die auf Alex' Gesicht spielten, während wir vögelten. Er war ganz überrascht von der Lust, die er empfand: nicht nur die, die er von mir empfing, sondern auch von Sam. Licht und Finsternis zitterten in dem von der Kerze geworfenen Schatten, wodurch Alex abwechselnd teuflisch und dann wieder verletzlich wirkte. Aber dann schwanden mir vollends die Sinne, als ich spürte, wie Sam in mir zu beben begann. Sein Schwanz schwoll so sehr in mir an, dass ich das Gefühl hatte, ich würde gleich explodieren. Mehr hielt ich nicht aus. Ich war so weit.

Ich schrie und brüllte, so heftig war mein Orgasmus, während Sam mich am Haar packte und nach hinten zog.

«Oh, ja, Dominique. Komm schon, Baby. Ich kann dich fühlen. Wie eng du bist. Und wie du bebst. Oh, Gott, ich halt's nicht mehr aus», raunte er, den Mund ganz dicht an meinem Ohr. Seine Hüften rotierten heftig an meinem Arsch, als er tief in mir kam, seine rot glühende Ladung in mich pumpte. Ich war immer noch nicht fertig, mein Orgasmus hallte lange nach wie ein Echo, das mir durch den Körper raste und die Muskeln meiner Muschi kräuselte.

Alex musste es gespürt haben. Er hatte offenbar so lange wie möglich den rhythmischen Kontraktionen meiner engen Möse standgehalten. Aber dann verlor er, glaube ich, die Kontrolle, denn er stöhnte auf und bewegte sich schneller in meinem Geschlecht, sein dicker Schwanz schwoll an und stieß zu, und plötzlich schossen seine Hände hoch und legten sich um meinen und Sams Körper. Er hielt uns so fest an sich gedrückt, dass wir beide keine Luft mehr bekamen und aufstöhnten.

«O Gott!», schrie Alex. «Los, fick mich. O ja.»

Seine Augen flatterten zu, und er kam zu einem heftigen Orgasmus. Wie ein glühende Lava speiender Vulkan, der nie aufhörte. Tief in mir drin. Ich japste und schluchzte an seinem Kinn und kam nochmal. Kurze, süße kleine Krämpfe, die mir den Körper hinab in die Fose fuhren. Starr stellten meine Brustwarzen sich an seinen roten Brusthärchen auf, und ich weinte, während mich die Jungs in den Armen bargen.

Später, als Alex in sein Zimmer gegangen war, huschte Sam runter in die Küche und kam dann barfuß die Treppe wieder hochgetapst, mit einem mitternächtlichen Festmahl nach Schuljungenart: Toast mit Honig und zwei Glas kalte Milch.

Im Schneidersitz saßen wir auf dem Bett und teilten uns die erste Scheibe Toast, von der Sam kleine Stückchen abbrach, mit denen er mich fütterte, während ich zwischendurch die kalte Milch trank. Jedes Mal, wenn er mir mit dem Zeigefinger über die Unterlippe streifte, spürte ich, wie ich neu erregt wurde. Heißes Blut schien mir durch die Glieder zu prickeln und mich an den intimsten Körperstellen zu wärmen. Endlich, als ich satt und voll Honigtoast war, stieß ich Sam zurück aufs Bett und versiegelte ihm den Mund mit meinen Lippen.

«Mach die Augen zu», murmelte ich. «Du musst raten, was ich dir auf die Haut schreibe.» Ich stippte den Finger in die kleinen Honiglachen, die auf dem noch verbliebenen Toast schimmerten, und fuhr Sam damit über die Brust. Mit schräg gelegtem Kopf sah ich zu, wie sein Lächeln breiter wurde, während ich ihm Kurven und Kreise auf die warme Haut schrieb.

«Was steht da?», fragte ich leise und sanft.

«Schreib's nochmal», sagte er.

Diesmal benutzte ich die Zunge, fuhr damit über die süße Honigspur und folgte dem Wort, leckte und hielt ab und zu inne, um dann weiter über seine Haut zu wandern. Der Honig verstärkte den zarten Geschmack seines Fleisches. Ich kreiste um seine Brustwarze, um den i-Punkt zu setzen, und setzte mich dann auf die Fersen, die Finger unter seine Eier gelegt, sachte streichelnd, während ich sein Gesicht im Auge behielt.

«Es ist dein Name», sagte er endlich. «Dominique.»

Ich nickte lächelnd. «Jetzt bist du dran», sagte ich.

Er drückte mich aufs Bett runter und legte mir kurz die Hände um die Brüste, stupste mir die Daumenspitze gegen die geschwollenen Warzen. Dann stippte er die Finger in die golden schimmernde Honiglache und berührte mich sehr sachte am Nabel. Ich schloss die Augen und konzentrierte mich auf die sanften Schnörkel und den leichten Druck, während er mir mit klebrigem Finger über die Haut fuhr, die Berührung aufreizend sanft und sein Gesicht so nah, dass ich seinen Atem über meine Brustwarzen streichen spürte.

Ich linste durch die Wimpern und lächelte über den Ausdruck in seinem Gesicht. Seine Zunge klemmte zwischen den Zähnen, und vor Konzentration war seine Stirn leicht gerunzelt. Er ertappte mich und schüttelte lächelnd den Kopf. Ich machte die Augen wieder zu und ließ mich in das berauschende Gefühl seiner federleichten Berührung sinken.

«Du bist so sexy», sagte ich und lachte endlich. Sam grinste.

«Danke sehr, Ma'am», gab er trocken zurück.

«Nein!» Ich lachte erneut, fühlte mich warm und behaglich und sicher. «Das hast du geschrieben.»

Er legte mir den Mund auf die Lippen und küsste mich innig, seine Zunge fuhr mir über den Gaumen und verharrte in meinem Mund, während er mit dem Daumen meine Brustwarze streichelte. Er schob mir das Knie zwischen die Beine, und ich öffnete sie, ein wenig zitternd, als ich spürte, wie mir die Härte seiner Erektion gegen die weiche, warme Haut am Oberschenkel drückte. «Das bist du», sagte er endlich, als er Luft holen musste. «Genau das, so sexy.»

Ich schlang die Beine um ihn, und sein Schwanz glitt mühelos in mich. Der Honig klebte unsere Haut an manchen Stellen aneinander, und Sam wühlte mir die Finger ins Haar. Er leckte mir sanft über den Hals und flüsterte an meinem Nacken. «So, da haben wir's. Nun kleben wir fest.»

Ich sagte nichts, drückte mich nur an ihn, während sein Kolben in mir noch härter und länger wurde. Ich fuhr ihm mit den Händen den glatten Rücken hinab und packte seine Arschbacken, zog ihn in mich und begann, mich langsam und sinnlich unter ihm zu bewegen.

Sam ließ, als er kam, ein leises, süßes Stöhnen vernehmen, das in einem einzigen beredten Laut Leidenschaft, Wonne und Erleichterung ausdrückte. Dann glitt er langsam und träge an meinem Körper hinab, um mir Honig auf die Klit zu schmieren. Er glitt mit dem Finger über den zarten kleinen Muskel, umkreiste und massierte ihn. Dann begann er den Honig abzulecken, bis ich in kleinen Wellen kam, die mir durch den ganzen Körper widerhallten. Ich biss mir fest auf die Lippen, um nicht laut loszuschreien.

Als wir bei Morgengrauen wach wurden, lag ich in Sams Armbeuge gekuschelt da, die Nase leicht an die süß duftende Haut seiner Brust gedrückt. Ich fuhr ihm mit der Hand über den Bauch und strich sanft über seinen schlummernden Penis.

«Ich heiße eigentlich gar nicht Dominique, weißt du», murmelte ich, mit den Lippen seine Brustwarze streifend.

«Wirklich?» Seine Stimme klang belustigt, und er hob ein wenig den Kopf, um mich anzusehen. Ich sah ihm in die Augen, die schelmisch funkelten. «Und ich hab gedacht, du wärst echt. Eine richtige französische Domina, die einzig über den Kanal gekommen ist, um mir Lektionen in den Freuden des Fleisches zu erteilen.»

Ich grinste und drückte kurz seinen Penis. «Blödmann», raunte ich liebevoll.

«Wie heißt du denn wirklich?»

«Carrie.»

«Carrie.» Er ließ sich die Silben auf der Zunge zergehen, lutschte und schmeckte meinen Namen im Mund, als sei er ein Stück schmelzender Schokolade, das ihm wahnsinniges Wohlgefühl bereitete. «Carrie.»

«Ja.»

«Gefällt mir, der Name. Passt zu dir.»

Der Gedanke, dass mein Name zu mir passte, war mir noch nie gekommen. Es war nur ein Name. Etwas – im Grunde sogar das Einzige –, was meine Eltern mir gegeben hatten, bevor sie beschlossen, im Rückwärtsgang eine Ausfahrt von der M1 zurückzusetzen und so meine Hoffnungen auf ein glückliches Leben zu zerstören. Dass Sam so was Nettes sagte, wärmte mich innerlich, und ich dachte über den Klang meines Namens nach und lächelte. Es war ein Name, mit dem man sich wohl fühlen konnte. Ich fragte ihn, ob er denn wirklich Sam hieße.

Er lachte. «Natürlich heiß ich so. Sam, der Internet-Cowboy.»

«Jiiha! Komm her und reite mich nochmal», lachte ich.

Worauf er mir einen spielerischen Klaps auf den Po gab, mich herumrollte und sich mit all seinem Gewicht auf mich legte, bis ich keine Luft mehr bekam und mir das Lachen verging.

Gegen sieben verspürte ich einen Bärenhunger, also nötigte ich Sam, mir ein frühes Frühstück zu machen. Und so lernte ich endlich Mrs. Grey kennen.

Sie kam ins Frühstückszimmer stolziert wie eine Frau, die eine Mission verfolgt, und verzog keine Miene, als sie mich – nur mit einem von Sams zahllosen T-Shirts bekleidet – am Fenster stehen sah, einen Becher Kaffee in der einen, ein Schokocroissant in der anderen Hand.

Ich sah auf einen Blick, warum die Jungs so gern bei ihr wohnten: Sie glich eher Catherine Deneuve als Cherie Blair. Wunderschön und anmutig, das silberblonde Haar frisiert wie ein Fifties-Starlet und eine Figur, die im Gerichtssaal vermutlich ganz schön Eindruck machte. Die Jungs nahmen sofort Haltung an, obwohl ich hätte schwören mögen, dass sie nicht einen Muskel rührten: Es war eher eine verstärkte Anspannung, ein Ruck, der durch die in dem sonnigen Zimmer Anwesenden ging.

Mrs. Grey sagte zunächst nichts. Sie goss sich bloß etwas Tee ein und tätschelte Sam den Kopf wie einem gehorsamen Hund. Dann schenkte sie mir ein bezauberndes Lächeln, raunte Alex ein paar Anweisungen zu, und schon war sie wieder draußen, ohne sich nochmal umzusehen. Nachdem sie mich so warm angelächelt hatte, war ich fast enttäuscht, als sie aus dem Haus ging.

Behandle ihn wie eine Dame

Nach all dem realen Sex hatte ich – wie auch meine Scheide, die an so viel Reibung nicht gewöhnt war – erst mal für ein paar Tage genug von all der Action. Deshalb konnte ich es kaum erwarten, meine Freunde im Internet wiederzutreffen, wo man wenigstens nicht angefasst wurde. Aber es wurde Abend, bis ich dazu kam: Montags herrschte bei der Arbeit immer Riesenhektik.

Ich war kaum im Büro, da saß Don Richardson mir auch schon im Nacken, und auch James widmete mir wieder viel lüsterne Aufmerksamkeit. Irgendwie bildete er sich ein, wenn er sich an einen Computertisch direkt neben mir lehnte und regelmäßig mit dem Hintern wackelte, würde ich ihn sofort auf einen Quickie in die Toiletten einladen.

Ich starrte durch ihn hindurch, abweisend, wie ich hoffte, aber Jungs von der Public School sind für ihr dickes Fell berüchtigt, und er grinste nur und wackelte weiter. Da er offenbar vorhatte, mir bis auf weiteres auf der Pelle zu hängen, musste ich mir wohl das Vorhaben, in der Mittagspause online zu gehen, aus dem Kopf schlagen.

Um James zu entrinnen, nahm ich mittags mein Sandwich mit nach draußen und verzehrte es allein auf einer Bank im Sonnenschein, wobei mir eine Hand voll hoffnungsfroher Möwen Gesellschaft leistete. Von meinem Platz aus genoss ich eine herrliche Aussicht auf unseren Parkplatz und die städtische Müllkippe. Unser Studio war neu und extrem hip, hatte aber den Nachteil, dass sich außer uns noch kein Unternehmen in die Nachbarschaft verirrt hatte. Außerdem hatte jemand versäumt, dem Stadtrat zu erklären, dass man die Gegend für Investoren am ehesten attraktiv machte, indem man die stinkige Müllkippe nach draußen vor die Stadt verlegte.

Als ich gegen sieben nach Hause kam, stopfte ich meine Wochenendwäsche in die Waschmaschine und schob mir eine Tiefkühlpizza in den Ofen. Kurz überlegte ich sogar, ob ich eine Runde laufen gehen sollte, entschied aber dann, dass es dazu zu heiß war. Stattdessen machte ich mir eine Flasche Wein auf und setzte mich ein Stündchen vor den Computer. Als würde ich bei der Arbeit nicht schon genug auf den Bildschirm starren, dachte ich, schlürfte den widerlich warmen Chardonnay und checkte meine E-Mails.

Zwei süße von Sam waren dabei, eine von einem Mädchen aus Nevada, mit dem ich vergangene Woche gechattet hatte, und eine von meinem nervigen Bruder, um mich daran zu erinnern, wann er mich das nächste Mal zum Abendessen bei sich zu Hause erwartete.

Muss ich da wirklich hin?, fragte ich mich. Wie schnell ein Monat um ist, wenn ein fetter Banker und seine perfekte Frau den Glanzpunkt des eigenen gesellschaftlichen Lebens bilden.

Ich suchte die Chat-Site auf und überflog die Namen, ob jemand dabei war, mit dem ich mich unterhalten wollte.

Dominique: hey, Gossenkater, wie gehts?
Gossenkater: hi dominique, lang nicht gesehen hier.
Dominique: hab mal sex in echt gehabt, *g*, musste ein paar tage nicht herkommen!
Gossenkater: ach verstehe! brauchst uns also nur wenns nix zu vögeln gibt?! So'n Mist.
Dominique: schon was vor?
Gossenkater: Braunauge und ich wolln grad in einen privatraum. Soll ich sie fragen ob sie was dagegen hat wenn du mitmachst?
Dominique: nee, lass mal GK, ich cruise so noch ein bisschen rum.

Ich surfte von Raum zu Raum und sah dann eine private Message in Rot aufleuchten.

DerJäger: hast du lust, Rotkäppchen zu spielen?
Dominique: kenn ich dich?
DerJäger: kann sein ...
Dominique: a/g/o?
DerJäger: 35/m/da und dort.

Ich wusste nicht recht, ob ich auf ein Gespräch mit ihm Lust hatte, aber ich konnte mich ja jederzeit ausloggen, wenn er mir nicht passte.

Dominique: erzähl mal was über "da und dort".
DerJäger: Ich bin im job viel unterwegs. Momentan bin ich in London.
Dominique: England? Ich war übers wochenende auch in London! *g*.

Traf man denn hier immer nur Landsleute? Der Rest der Welt hatte doch bestimmt auch Internet. Mit einem Seufzer schaute ich auf den Schirm, doch als ich sah, was er schrieb, hob sich meine Laune etwas.

DerJäger: nein, Miss British Empire! es gibt noch mehr länder auf der welt! Ich bin in London, Ontario.
Dominique: oh, *g*!

Frech. Gefiel mir. Miss British Empire – wie originell. Ich überlegte, wie er wohl aussehen mochte, dachte aber dann, dass nach Sam alles nur eine Enttäuschung sein konnte, also bat ich ihn nicht, mir ein Foto zu schicken.

DerJäger: und, kleine Engländerin, hast du lust, dir dein rotes käppchen aufzusetzen und mit mir in den wald zu kommen?
Dominique: hm, vielleicht. Nur wenn du versprichst, die große schwere axt nicht mitzunehmen.
DerJäger: unmöglich, Miss, da draußen könnten einem große böse wölfe über den weg laufen ...
Dominique: Ich brauche keinen Beschützer, vielen dank!
DerJäger: aber sicher. Sogar schlauen mädchen droht gefahr von großen bösen wölfen.
Dominique: vor denen hab ich keine Angst.
DerJäger: solltest du aber vielleicht. Manchmal. Das Internet ist ein dunkler wald voller wölfe, *g*. Ich glaube schon, dass du meinen schutz brauchst.

Er schien eigentlich ganz nett, hatte Sinn für Humor. Ich teilte ihm mit, wir könnten in einen Privatraum gehen, und er benannte den Raum «Der Wald». Als wir drin waren, kam er gleich zur Sache, und im Nu fand ich mich gegen einen passenden Baum gedrückt. Bald hing mir der Slip um die Knöchel, und mein rotes Mäntelchen war mir über die Schultern zurückgeschlagen, sodass meine, wie er schrieb, «stolzen kleinen Tittchen» zum Vorschein kamen. Die devote Rolle lag mir aber nicht mehr, und ich fing an, mich zu wehren.

DerJäger: hey, nur die ruhe, Miss England. Ich werd dir nicht wehtun.
Dominique: aber du übernimmst grade die Regie!
DerJäger: wollt ich nicht. Sorry. Bin so kratzbürstige frauen nicht gewöhnt, *g*.
Dominique: ich bin NICHT kratzbürstig! Ich will nur nicht dass du alles bestimmst.
DerJäger: ok, *g*, okay! Hast du vielleicht passend zum rotkäppchen auch rote haare?
Dominique: wieso?
DerJäger: nur so ne frage, du bist so energisch, und das sind rothaarige doch meistens, oder?
Dominique: hmmmmm, interessante theorie.

Ich stand kurz auf und musterte mein Haar im Spiegel über dem Kamin. Hatte ich mich verändert, als Laura mir diesen Rotstich in die Haare färbte? Oder hatte es schon eher angefangen, als ich herausfand, dass ich als Dominique ein bisschen bestimmter auftreten konnte? Oder war das alles nur Psycho-Quatsch, um meine plötzliche Verhaltensänderung rational zu erklären? Wer wusste das schon?

Und wen kümmerte es? Im Moment hatte ich einen Streit mit dem Jäger auszufechten, und den würde ich ihn auf gar keinen Fall gewinnen lassen.

In der Folgezeit fing ich an, regelmäßig mit dem Jäger zu chatten. Er hatte mich im Wald nicht die Oberhand gewinnen lassen, aber eigentlich hatte mir die Niederlage gar nicht so viel ausgemacht. Nach dem Wochenende mit Sam und Alexander war es ganz spaßig, jemand anderem die Zügel zu überlassen, und der Jäger hatte mir ein tolles Erlebnis beschert. Ich hatte sogar masturbiert, während ich las, was er mit dem glatten, abgerundeten Griff seiner Axt mit mir anstellen wollte.

Wir tauschten E-Mail-Adressen – seine war Web-basiert, wodurch er etwas anonymer wurde, als mir lieb gewesen wäre –, und bald schon spürte ich jedes Mal einen kleinen Adrenalinschub, wenn ich meine Mailbox öffnete und sah, dass ich Post von ihm hatte. Er war hart, aber gerecht, und nach ein paar Tagen überließ er mir auch mal ein bisschen die Zügel, und einen Mann zu dominieren, von dem ich wusste, dass er genauso stark war wie ich, schien in gewisser Weise noch befriedigender.

Unterdessen blieb die Lage in meinem Haushalt unverändert prekär. Ungefähr drei Tage nach meinem Trip nach London dachte ich etwas eingehender über die Idee nach, die mir angesichts der Beziehung zwischen Mrs. Grey und den Jungs gekommen war.

«Hi, Laura.» Ich rief sie vom Büro aus an, weshalb ich mich auf meinem Stuhl vorbeugen und die Stirn auf die Hand stützen musste, um nicht ständig in James' hoffnungsvolles Gesicht sehen zu müssen.

«Carrie, du trübe Tasse, wieso hast du nicht eher angerufen? Ich will alles wissen.»

Laura war sauer, weil ich ihr noch nicht ausführlich über mein Wochenende Bericht erstattet hatte. Ich grinste, und wir verabredeten uns zu Curry und Wein, dann jammerte sie mir noch ausgiebig vom stressigen Umzug zu Tom vor, der am Wochenende anstand. Als sie erwähnte, dass ihr Cousin immer noch auf Wohnungssuche war, flocht ich meinen Einfall ganz beiläufig ein.

«Ich hab mir überlegt, ob Gabriel nicht Lust hätte, bei mir einzuziehen?»

«Lieber Gott, Carrie. Den willst du nicht um dich haben.»

«Wieso nicht?»

«Du würdest durchdrehen.» Ihr Lachen klang hörbar gequält. «Schon verblüffend, wie schnell man seine Meinung über Leute ändern kann. Verwandte können einem lieb und teuer sein, wenn man sie nur dreimal im Jahr sehen muss. Aber wenn man mit ihnen zusammenleben muss, können ihre ‹liebenswerten kleinen Eigenheiten›, von denen Tante May einem immer mit so viel mütterlichem Stolz erzählt, einen ganz schnell in den Wahnsinn treiben.»

«Ach? Was für Eigenheiten denn genau?»

«Er mimt zwar den coolen James Dean, aber in Wahrheit ist er *sooo* ein Weichei. Kann keiner Fliege was zuleide tun. Und so scheißordentlich. Es ist schlimmer, als würde ich noch bei meiner Mutter wohnen.»

Ich lächelte. Die Rolle des zahmen Hausboys schien für Gabriel wie maßgeschneidert.

«Hört sich doch ganz okay an. Besser als ein Chaot, der überall Unordnung hinterlässt», murmelte ich zaghaft.

«Hm. Glaub das ja nicht. Es regt mich dermaßen auf, jemanden um mich zu haben, der ständig aufräumt, dass ich nur noch schreien könnte. Ich werd schon unruhig, wenn ich nur sehe, wie er Richtung Kehrschaufel und Besen schielt. Ich kann mich in meinem eigenen Zuhause nicht entspannen, Carrie! Ich traue mich nicht, einen Kaffeebecher abzustellen, bevor ich ihn ausgetrunken habe, weil er sonst auf mysteriöse Weise verschwindet. Und der Junge spült dermaßen oft, dass ich schon fürchte, seine Hände lösen sich bald auf –» Laura verstummte kurz. Ich konnte fast hören, wie es in ihrem Kopf arbeitete, als sie über das eben Gesagte nachdachte. «Wenn ich's mir recht überlege», lachte sie, «wäre er eigentlich der ideale Untermieter für dich, Carrie. Du kannst ihn haben. Ein stubenreiner Teenager, der hinter dir herräumen kann. Perfekt!»

Max rief an, um mir mitzuteilen, dass er eine Zeit lang verreiste; er musste zu ein paar Meetings, die Leon für ihn organisiert hatte: eins daheim in New Mexico, eins in Brüssel. Er hätte mich gern am Wochenende ausgeführt, aber ich gab ihm einen Korb. Die Sache mit dem Jäger und mein zweimal wöchentlicher Telefonsex mit Sam hielten mich so auf Trab, dass ich momentan keine Zeit für ihn hatte. Und außerdem sollte am Wochenende der Engel Gabriel bei mir erscheinen.

Wie sich herausstellte, hätte ich gut mit Max ausgehen können. Am ersten Tag bekam ich kaum etwas von Gabes Anwesenheit mit: Er entschwand in sein Zimmer und kam nur mittags kurz raus, um sich ein frisches Staubtuch zu holen und ein Sandwich zu essen. Am Sonntag ging ich laufen und danach schwimmen, und als ich spätnachmittags zurückkam, hatte er das Haus mit geradezu religiösem Eifer auf Vordermann gebracht.

Ich war beeindruckt, beschloss aber, mir nichts anmerken zu lassen. Stattdessen trat ich an den Kamin und fuhr mit der Fingerspitze über den Sims, als erwartete ich, Staub zu finden.

«Was hast du dir dabei gedacht, Gabriel?», fragte ich streng.

Er schaltete den Fernseher aus und stierte trotzig den Teppich an. Seine Wangen liefen tiefrosa an, und ich musste mir ein Lächeln über sein offenkundiges Unbehagen verkneifen. «*Warum* genau hast du mein Haus geputzt?» Ich ließ meine Stimme so streng wie möglich klingen.

«Mrs. Horton. Ich – ich –» Er spielte nervös mit der Fernbedienung, ließ sie fallen und fuhr sich mit der Hand durch die wunderschönen Locken. «Äh – Laura hat gesagt, es könnte Ihnen –»

«Laura hat gesagt?», blaffte ich. «Von jetzt an tust du, was *ich* sage, nicht was Laura sagt.»

Er nickte und sah mir zum ersten Mal, seit ich ihm den Hausschlüssel ausgehändigt hatte, in die Augen.

«Okay», flüsterte er. Der Blick seiner meerblauen Augen war so klar, so treuherzig, dass mir der Atem stockte. Er sah wirklich aus wie ein Engel: weiche blonde Ringellocken und lange Wimpern. Und dem Beben seiner vollen rosa Unterlippe nach zu urteilen, würde er Wachs in meinen Händen sein.

Ich setzte mich neben ihn, nahm seine warmen, weichen Finger in die Hand und tätschelte sie sanft. Er ließ es geschehen, zog sie nicht weg, auch nicht, als ich ihm mit dem Daumen über die zarten Falten am Handgelenk fuhr. Er saß einfach schweigend da, reglos, wortlos, und hörte mir zu, während ich ihm darlegte, welche Spielregeln für seinen künftigen mietfreien Status in meinem Haus galten.

«Danke», sagte er, als ich ausgeredet hatte. Dann erlaubte ich ihm, mir die Hand zu küssen, wie es sich für einen braven Jungen gehört, und er ging hoch in sein Zimmer, mit einer Wölbung vorne in der weiten Hose, die belegte, dass er über unsere etwas unübliche Übereinkunft ebenso glücklich war wie ich. Die Vorstellung, wie er in seiner blütenweißen Bettwäsche wichste, veranlasste mich, früh zu Bett zu gehen, ausgerüstet mit meinem neuesten Erotikroman und dem glatten Dildo – den Vibrator wagte ich nicht zu benutzen, aus Angst, er könnte was hören.

Nach Ablauf der ersten Woche fand ich, Gabriel und ich hatten uns ganz gut aneinander gewöhnt. Anscheinend wohnte er gern bei mir, offenbar machte es ihm sogar Spaß, die Bude aufzuräumen – mir jedenfalls machte es Riesenspaß, seinen kleinen Knackarsch durchs Haus wirbeln zu sehen, während er putzte und Staub wischte und die Kissen auf Zack brachte.

Am Samstagabend jedoch nahmen die Dinge eine interessante Wendung.

Gabriel ging mit ein paar seiner neuen Freunde aus, und ich surfte durch einige Hardcore-Porno-Websites, von denen der Jäger mir erzählt hatte. Gegen elf hörte ich die Haustür ins Schloss fallen, und Gabriel kam herein und blieb mitten im Zimmer stehen. Ich ignorierte ihn, klickte weiter und betrachtete stirnrunzelnd den Bildschirm. Er räusperte sich, und ich hob den Kopf, als würde ich ihn jetzt erst bemerken. Er trug ein dunkles Hemd, das seine Blässe noch hervorhob, und saubere schwarze Jeans. Seine schlaksigen Gliedmaßen erinnerten ein wenig an ein Bündel Mikadostäbe.

«Hallo. Na, Spaß gehabt?» Ich drehte mich auf dem Stuhl um, um ihn besser ansehen zu können. Er zog ein finsteres Gesicht und fixierte mit wild entschlossenem Blick die Stuhllehne. Ich zog eine Augenbraue hoch und ließ nicht locker. «Möchtest du's mir erzählen?»

«Das wird nicht hinhauen. Dass ich hier wohne, meine ich», stellte er fest. Mit offenem Mund starrte ich ihn an.

«Wieso nicht?», fragte ich, als ich mich endlich wieder gefangen hatte.

«Weil ...»

Er trat von einem Fuß auf den anderen und schlang die Hände ineinander, ein Inbild jugendlicher Unsicherheit. Besorgt stand ich auf und ging zu ihm. Er starrte zu Boden, dann fiel er vor mir auf die Knie und schlang mir die Hände um die Knöchel. Ich hatte ein Paar neue Riemchensandaletten an, auf die ich mir einiges einbildete, einen Rock aus roter Seide und ein knappes weißes Top. Er spähte zu mir hoch, ließ den Blick über jede Rundung meines Körpers wandern – wodurch ich mir auf einmal so begehrenswert vorkam, dass meine Brustwarzen sich trotz der Hitze kerzengerade aufstellten – und schloss dann die Augen, als wolle er beten.

«Weil?», drängte ich ihn sanft.

Seine Finger beschrieben winzige Kreise auf meinen Knöcheln, und ich erschauerte. Das war doch gewiss nicht Teil des Plans. Ich konnte mich doch nicht von meinem eigenen Hausboy verführen lassen. Ich wartete kurz und stupste ihm dann leicht mit dem Fuß gegen die langen, blassen Finger.

«Es wird nicht hinhauen», wiederholte er. «Bei Ihnen zu wohnen ist zu frustrierend. Ich möchte, dass Sie Dinge mit mir tun, Mrs. Horton. Und daran würden Sie vermutlich nicht mal im Traum denken. Sie glauben, ich wäre noch ein Kind. Und weil ich nur ein Kind bin, tauge ich nichts. Ich bin wertlos. Ihrer nicht würdig.»

Vor Staunen klappte mir der Unterkiefer herunter. Ich schloss ihn mit einem hörbaren Klick, damit er mich nicht schon wieder so, einem gestrandeten Karpfen gleichend, zu sehen bekam. Wovon um alles in der Welt redete er da?

«Ich kann dir nicht folgen, Gabe», sagte ich sanft, den Blick auf seinen blonden Kopf geheftet, auf das Gewirr seidiger Löckchen. Als würde mir der Kleine Lord zu Füßen knien, dachte ich, und ich verspürte ein paar Schmetterlinge der Lust in meinem Bauch.

Er hockte sich auf die Fersen und sah finster zu mir hoch. «Als ich Sie das erste Mal sah, bei Laura, dachte ich, Sie würden sich meiner annehmen. Sie wirkten so selbstbewusst. So … geheimnisvoll … so viel älter als ich. Ich wünschte mir gleich, dass Sie sich um mich kümmern, mir zeigen würden, wo's langgeht.» Er biss sich auf die Lippe und senkte den Blick.

Ich staunte. Ich? Selbstbewusst? Unglaublich, wie unterschiedlich man von den Leuten wahrgenommen wird, nicht wahr?, dachte ich.

Ich drängte ihn weiter. «Also, wo ist das Problem?»

«Na ja, ich bin jetzt seit einer Woche hier, und Sie flirten immer nur mit anderen Typen, in Chatrooms und am Telefon. Sie sehen mich ja nicht mal an.»

«Das gehört sich auch nicht, Gabriel», stellte ich lächelnd klar. «Du bist mein Untermieter.»

«Das ist mir egal», schmollte er und verzog trotzig das hübsche Gesicht. «Ich möchte nur, dass Sie mit mir auch so reden, wie ich Sie mit diesen anderen Typen hab reden hören.» Seine Finger berührten meine Zehenspitzen, sanft und zart wie Federn, die vom Wind getrieben zu Boden schweben. «Ich möchte, dass Sie mir Dinge beibringen – mich Dinge tun lassen. So, wie Sie *die* Dinge tun lassen.»

Ich mühte mich, trotz meiner Erregung tief und regelmäßig zu atmen. Ach, war das toll. Es war einfach perfekt.

Und komisch noch dazu: Mein Hausboy wollte nicht nur Geschirr spülen, er wollte auch, dass ich mit ihm spielte. Was sollte ich tun? Denn schließlich war ich die Ältere, trug ich die Verantwortung, also musste ich hier die Regie übernehmen. Und ich war mir nicht sicher, ob ich dazu schon imstande war.

Plötzlich sah ich Lauras entsetztes Gesicht vor meinem geistigen Auge, und ich begriff, dass hier mehr auf dem Spiel stand als ein bisschen Rumgemache mit Gabriel. Ich durfte nicht zu weit gehen, sonst verlor ich noch meine beste Freundin. Aber vielleicht, wenn ich mich geschickt anstellte und ihm vorgaukelte, ich wäre wirklich so autoritär, wie er glaubte, könnten mein Untermieter und ich doch ein wenig Spaß haben und einfach keinem davon erzählen. Oder nicht? Ich runzelte die Stirn und überlegte kurz, wie Dominique sich jetzt verhalten würde.

«Gabriel», sagte ich endlich, so streng ich konnte. «Anscheinend hast du ein wenig mehr in meinem Privatleben herumgeschnüffelt, als angebracht wäre, nicht wahr?»

«Ja», murmelte er. «Aber auch nur, weil … ich Sie mag.»

«Du magst mich. Wie süß.» Ich musste kurz grinsen, fasste mich aber schnell wieder, bevor er das mitbekam. «Wie sehr magst du mich, Gabriel?»

Er legte den Kopf zurück und sah mich an. Seine Miene war schon weniger trotzig, hellte sich ganz langsam auf. «Sehr, Mrs. Horton. Bei Ihnen wird mir immer ganz flau zumute.»

«Gut. So wollen wir es weiter halten. Aber vorerst finde ich, du solltest für deine Schnüffelei ein wenig büßen.»

«Eine Strafe meinen Sie?»

«Ja, Gabriel.» Ich lächelte und sah, wie er ebenfalls lächelte. «Eine Strafe.»

Er neigte den Kopf, und ich spürte, wie er mir die Zehen küsste. Seine Lippen fühlten sich an meiner Haut weich und warm an, und ich erschauerte und schlang mir die Arme um den Leib, um nicht hinabzufassen und ihn zu packen. Seine Finger fuhren mir aufreizend um die Hacken der Riemchensandaletten, und ich wartete mit angehaltenem Atem, während sein Mund vorn an meinem großen Zeh ruhte und seine langen, schlanken Finger mir gleichzeitig die Knöchel streichelten. Ich zitterte über ihm und rang mühsam um Fassung, während mein Puls sich überschlug. Ich fühlte mich sexy und gefährlich, fast willenlos meinen Gefühlen ausgeliefert.

«Die Wahl deiner Strafe überlasse ich dir», erklärte ich dann, als ich halbwegs die Contenance zurückerlangt hatte. «Hättest du Lust, irgendeine schlimme Hausarbeit zu erledigen? Nackt?»

Er schüttelte den Kopf.

«Nein? Okay. Wie wär's, wenn ich dir den unartigen kleinen Hintern versohle?»

Seine Zunge bearbeitete meinen Fuß nun fester, zog mir den Spann hinauf eine wunderbar warme Speichelspur, bis er mir die Knöchel küsste.

«Hm», sagte ich nachdenklich und stemmte eine Hand in die Hüfte. «Vielleicht sollte ich mir das für ein andermal aufheben, wenn du ein wirklich, *wirklich* böser Junge warst. Jetzt finde ich erst mal, deine Strafe sollte eine Belohnung für mich sein. Ich finde, du solltest einfach weitermachen.» Er schmiegte sich enger an meine Füße. «Aber hör nicht dort auf. Küss mir die Knie …»

Er gehorchte. Ich bebte vor Wonne. Meine Haut erschauerte unter seinem Mund, und in meinem Bauch meldete sich ziehend ein Anflug von Lust, die noch größer, turbulenter, überwältigender zu werden versprach. Kurz ging mir durch den Kopf, ob Mrs. Grey ihre Hausboys wohl ebenso gut abgerichtet hatte wie ich meinen; ich nahm mir fest vor, Sam bei unserem nächsten Telefonat mal darauf anzusprechen. Bei der Vorstellung, wie Sam vor der eleganten und sehr attraktiven Richterin kniete, wurde ich sofort tropfnass. Ich zog die Muskeln in meinem Geschlecht zusammen und schauderte erneut. Ich merkte, dass ich gerade auf eine sehr ergiebige Masturbationsphantasie gestoßen war und beschloss, sie für später zu verwahren.

Im Hier und Jetzt aber hatte Gabriel gerade genau die empfindliche Stelle hinten an meinen Knien gefunden, die ich so liebe, und sein Zeigefinger beschrieb um die Sehnen dort ein köstliches Muster. Einen Moment lang betrachtete ich ihn durch schläfrig halb gesenkte Wimpern, während ich angestrengt über die möglichen Folgen unseres Tuns nachgrübelte. Im Grunde gab es keine, schloss ich. Wir waren beide volljährig. Wir verfügten beide über einen freien Willen. Wenn wir Lust hatten, das hier zu tun – und der heftigen Beule in Gabes Jeans nach konnte mindestens einer von uns sich kaum noch beherrschen –, dann konnten wir es auch unbesorgt tun.

Aber ohne Spielregeln ging es nicht, und ich musste sie festlegen. Ich langte hinab und legte Gabriel die Hand ums blasse Gesicht, sodass er zu mir hochschauen musste.

«Gabriel», gurrte ich. Er riss die Augen auf, und seine Hände hinten an meinen Knien verharrten still. «Drei Dinge, die klar sein müssen. Erstens: Ich bin nicht deine Freundin, wir wohnen nur zufällig im selben Haus, das ist alles. Keine Verpflichtungen, okay? Sobald der eine oder andere von uns nicht mehr will, ist es vorbei.» Er dachte kurz nach. Dann nickte er, also fuhr ich fort. «Zweitens, kein Sex mit

Penetration. Nie.» Darauf zog er einen solchen Flunsch, dass ich es ihm ein wenig schönredete. «Das heißt nicht, wir dürfen keinen Spaß haben. Das dürfen wir, so viel Spaß, wie wir wollen. Aber keine Penetration. Das hat nichts mit dir und mir zu tun – nur mit mir und Laura.» Ich lächelte. «Sie würde mich umbringen. Und dann wärst du obdachlos. Es wäre also keine besonders gute Idee.»

«Nein», pflichtete er mir leise bei. «Ich glaube, da haben Sie Recht.»

«Ich weiß, dass ich Recht habe.» Ich streichelte ihm übers Gesicht. «Und was dich betrifft, habe ich *immer* Recht.»

Ich beobachtete, wie widerstreitende Empfindungen ihm übers Gesicht huschten und lächelte ihn an.

«Was ist das Dritte?», fragte er nach einer Weile. Ich zog die Stirn kraus und dachte nach.

«Keine Ahnung», gestand ich. «Aber sobald ich es weiß, sage ich es dir. Es ist nie verkehrt, noch etwas in Reserve zu haben, findest du nicht?»

Gabriel zog ein drolliges Gesicht und ließ übertrieben die Mundwinkel hängen, wie ein trauriger Clown. «Okay», sagte er. «Sie bestimmen die Regeln hier. Was ich denke, ist unwichtig.»

«Und das liebst du doch, nicht wahr?» Ich zog eine Augenbraue hoch und fuhr ihm mit den Fingern vom Ende der seidig blonden Augenbraue seitlich am Gesicht hinab bis zum offenen Kragen seines weichen Baumwollhemds. Er erschauerte, nickte, und ich fühlte, wie er zaghaft meinen Rocksaum befingerte. Er sagte jedoch nichts, und ich war beeindruckt: Er verstand sich hervorragend darauf, wortlos zu bitten.

«Schön, zurück zu deiner Strafe, Gabriel», sagte ich. «Und auch zu deiner Erziehung.»

«Ja, Mrs. Horton.»

«Ich werde dich lehren, wie man ein Mädchen glücklich macht. Und die Strafe besteht darin, dass du eine gewisse Zeit auf den Knien verbringen musst», sagte ich grinsend. «Weil es manchmal sehr, sehr lange dauert, Mädchen glücklich zu machen.»

«Zeigen Sie es mir», bat er leise, mit großen, unschuldigen Augen. «Bitte. Bestrafen Sie mich. So lange Sie wollen.»

Ich ließ mich nicht zweimal bitten. Ich lehrte ihn, mir den Rock bis über die Hüften hochzuschieben und den Zwickel meines Slips zur Seite zu fingern. Ich lehrte ihn, zärtlich wie ein Kätzchen die winzig vorlugende Klitoris zu lecken, die in den weichen Falten meiner Haut nistete. Ich zeigte ihm, wie er das rosa Häubchen, das den Wulst meiner Klit bedeckte, zurückschieben und dann darum herumlecken musste, immer fester. Ich ließ ihn einen langen Zeigefinger in meine Nässe stecken. Dann zwei Finger. Dann, sobald ich richtig heiß und bereit war, einen dritten.

Ich ermunterte ihn raunend, als er sich tiefer zwischen meine Schenkel schob und meine Muschi in langen, festen Zügen leckte und dabei lautstark saugte und schmatzte. Er bewegte rhythmisch die Finger, langsam erst, dann immer schneller, im Takt meiner erregten Atemzüge. Es machte mich dermaßen an, als ich durch die Wimpern auf seinen zwischen meinen Schenkeln vergrabenen blonden Schopf hinablinste, dass mein Höhepunkt stetig näher rückte. Meine Oberschenkel zitterten. Meine Hüften bebten. Meine Finger suchten Halt an seinem Hinterkopf. Ich rieb mir selbst die Brustwarzen, umkreiste und kniff und reizte sie, bis ich mich Gabriels Mund entgegenbäumte. Und schließlich überließ ich ihm, vor Wonne seufzend, meinen Körper ganz und gar, dieweil er die schmale Hand ganz in mein weit gedehntes, nasses Geschlecht schob und mich wichste, bis ich, vor Lust keuchend, taumelnd, triefend, aufschrie.

Es war die beste Nacht, die ich seit seinem Einzug bei mir erlebt hatte, und nachdem ich ihn um drei Uhr früh hoch in sein Zimmer geschickt hatte, kuschelte ich mich in mein Bett, schlief ein und schlummerte tief und traumlos. Wer will da noch behaupten, Sünder fänden keine Ruhe?

Etwas fürs Wochenende

In der Folgezeit war ich dermaßen auf Trab, dass ich kaum noch wusste, wo mir der Kopf stand. Bei der Arbeit hatten wir alle Hände voll zu tun mit einem furchtbar komplizierten Projekt für ein Luftfahrttechnikunternehmen. Es erforderte eine enge Zusammenarbeit zwischen James und mir, was er leider ziemlich wörtlich nahm. Bald rückte er seinen Schreibtisch so dicht an meinen, dass er mir jeden Tag fast auf dem Schoß hockte.

Zu Hause dann der Engel Gabriel, der mir aufs Wort folgte und mich bis zum Orgasmus leckte, wann immer mir der Sinn danach stand. Und im Internet schickte Sam mir sexy E-Mails, während der Jäger sich regelmäßig in unserem Chatroom blicken ließ. Mein Leben schien keine Wünsche offen zu lassen.

Nachdem wir schon öfters gechattet hatten und langsam vertrauter miteinander waren, fragte ich den Jäger, woher er all die Tricks kannte, die er aus dem Hut zauberte, wenn wir Internet-Sex hatten. Bei dem, was er mir schrieb, rieselte mir ein Schauer der Erregung über den Rücken. Anscheinend hatte er eine Gruppe von Freunden, die das Internet einzig zu dem Zweck nutzten, sich zum Sex zu verabreden. Sie trafen sich regelmäßig an ausgefallenen Orten, um ihren Appetit auf Ausgefallenes und oft schlicht Absonderliches zu stillen. Manchmal feierten sie Fetisch-Partys. Manchmal teilten sie sich in kleinere Grüppchen auf. Manchmal mieteten sie bloß einen Club und tanzten die ganze Nacht durch. Ich war fasziniert: Es klang wie die totale Freiheit, zu sein, wer man sein wollte, zusammen mit einem Haufen anderer Leute, die daran ebenfalls Vergnügen fanden.

Als es September wurde und das Wetter etwas abkühlte, entschied ich, dass ich wirklich mal Erholung brauchte. Eine Wochenendreise. Es fiel mir immer schwerer, bei der Arbeit weiter die alte, mäuschenhafte Carrie zu spielen. Als der Jäger also ein Treffen mit einigen seiner Freunde anregte, war ich gleich Feuer und Flamme.

Aber nicht zu offensichtlich.

Dominique: also, ich weiß nicht. Ich kenn dich kaum.

DerJäger: Du sollst dich nicht mit MIR treffen. Ich frage, ob du lust auf ein gläschen mit ein paar freunden von mir hast.

Dominique: woher weiß ich dass das keine psychos sind?

DerJäger: bin ich doch auch nicht, oder? warum sollten die es dann sein?

Dominique: also, ich weiß nicht. Ich kenn

dich ja eigentlich überhaupt nicht. Hier zu chatten ist das eine, aber sich im RL zu treffen …

DerJäger: bring ruhig jemanden mit, wenn du dich dann wohler fühlst.

Dominique: Ich hab noch gar nicht entschieden ob ich überhaupt kommen will, also fang jetzt nicht an meine freunde einzuladen.

DerJäger: ... ich versuch ja nur, es dir leichter zu machen. Du hast gesagt du brauchst erholung. warum nicht übers wochenende wegfahren? Ohne verpflichtungen. Wenn du leute triffst die dir nicht gefallen, kannst du einfach wieder gehen. Und das ist leichter wenn du einen freund dabei hast.

Dominique: Ich überlegs mir. Egal, muss jetzt schluss machen.

DerJäger: ok. tja, mail mir. bin einen oder zwei tage nicht in der stadt, aber du kannst mir mailen. Ich meld mich wenn ich zurück bin. Bye.

Er war weg, noch bevor ich zustimmen konnte. Und in dem Moment wurde mir richtig bewusst, dass ich rein gar nichts über den Typen wusste. Was er machte. Wo er arbeitete. Nicht mal, wo er wirklich wohnte, schließlich kann man den Leuten im Internet alles Mögliche erzählen; wer wusste, ob er überhaupt je in London, Ontario gewesen war, geschweige denn dort lebte.

Am Morgen nach unserem Gespräch war ich während

der Zugfahrt zur Arbeit so in Gedanken versunken, dass ich fast meine Haltestelle verpasst hätte.

Mittags rief ich Eva an – schließlich hatte sie mich erst auf die Sache gebracht – und fragte, ob wir uns zum Essen und auf ein Gläschen treffen könnten. Das Essen wäre natürlich nur für mich, da sie, außer knackigem Grünzeug mit null Kalorien, nie etwas zu sich nahm. Sie druckste ein wenig herum: Das käme ungelegen, ob wir das nicht einfach «auf unser Freitagabend-Dinner» vertagen könnten, aber ich ließ nicht locker. Leon sollte kein Wörtchen von dem mitbekommen, was ich mit Eva besprechen wollte.

Schließlich gab sie nach und bestimmte einen schicken neuen Laden in der Innenstadt von Bath, wo es kaum etwas anderes als frisches Sushi gab. Ich schenkte uns aus einem Riesenkrug kalte Weinschorle ein und lächelte sie über den Tisch hinweg an.

«Also, wo trefft ihr euch?», fragte sie.

«Ich hab noch nicht fest zugesagt.» Ich biss in ein algenumwickeltes Häppchen und kaute versonnen. «Ist erst mal nur so eine Idee.»

«Na ja», sie zuckte mit den schmalen Schultern, «mit diesem Sam hast du doch ganz gute Erfahrungen gemacht, oder?»

Ich nickte. «Ja, aber das hier sind *zwei* Typen. Ich weiß nicht, irgendwie klingt das leicht pervers.»

«Carrie.» Sie beugte sich vor, und ich musste meinen Blick gewaltsam von ihrem knochigen Brustbein losreißen, an dem zwei extrem feste – und äußerst offenherzig zur Schau gestellte – Möpse prangten. «Das weißt du erst, wenn du es ausprobierst. Und überhaupt», sie nippte an ihrem Wein und hinterließ einen maulbeerroten Lippenstiftrand am Glas, «vielleicht stehst du ja auf Perversionen. Glaub mir, daran ist gar nichts auszusetzen.»

Den Abend verbrachte ich erstmals seit Gabriels Einzug ganz allein im Haus. In der Campus-Kneipe kostete ein großes Bier im Rahmen einer Werbeaktion nur ein Pfund, und Gabe und seine Kumpels hatten begeistert die Gelegenheit beim Schopf ergriffen, sich für einen Zehner mal so richtig zu besaufen. Ich hatte einen mörderischen Lauf hinter mir und machte gerade Dehnübungen, als das Telefon klingelte.

«Carrie, hier ist Max.»

Beim Klang seiner tiefen, voll tönenden Stimme tat mein Herz unwillkürlich einen Sprung, und ich grinste in den Hörer.

«Hi, Max. Gott, ewig nichts gehört von dir. Wo hast du gesteckt?»

«Ich musste wegen ein paar Meetings zurück in die Staaten. Und dann hat dein Bruder mir auch noch so eine verdammte Konferenz in Brüssel aufgebrummt, also war ich die letzten zehn Tage nicht viel hier. Tut mir Leid, falls du dich von mir vernachlässigt fühlst.»

«Nein!» Ich lachte. «Warum sollte ich? Wir sind ja schließlich kein Paar, Max. Wir führen beide ein aufreibendes Leben.»

«Ja, besonders du.» Er gluckste. «Dein Telefon ist ewig besetzt. Machst du immer noch diese verrückte Chatroom-Geschichte?»

«Hin und wieder.» Ich war auf der Hut. Mir war kein bisschen daran gelegen, die Grenzen zwischen den beiden Leben zu verwischen, die ich zunehmend führte.

«Also, hast du in deinem hektischen Terminkalender

noch ein Plätzchen für mich?» Ich konnte sein Grinsen förmlich hören. «Ich werde nicht eher auflegen, das weißt du, bis ich dich überredet habe.»

Ich ließ ihn ein wenig schmoren, während er versuchte, mir eine Verabredung abzuschwatzen. Ich hörte zu, als er mir schilderte, wie wenig Beinfreiheit man auf Transatlantikflügen hatte, wie langweilig Finanzmenschen waren, und dass er im Moment keinen größeren Herzenswunsch hatte, als mit mir essen zu gehen.

Ich geriet in Versuchung, aber irgendwie kamen mir Verabredungen im richtigen Leben ziemlich fade vor, wo mich doch der Jäger ständig in Atem hielt und Gabriel schon ins Schlottern geriet, wenn ich nur im knappen Sommerkleidchen an ihm vorüberstreifte. Schließlich fand ich einen Kompromiss, sodass Max sich den Wunsch erfüllen konnte, mich zu sehen und ich mir einen Abend erträglicher gestalten konnte, der immer reizloser schien, je näher er rückte.

«Komm doch Freitag mit zu Leon und Eva», schlug ich vor. «Ich muss sowieso hin, und wenn du mitkommst, könnte es vielleicht sogar ganz angenehm werden.»

Als er widerstrebend einwilligte, lachte ich fröhlich und legte dann auf.

Ich mag Max, dachte ich vor mich hinlächelnd, als ich das Telefon ausstöpselte und meine E-Mails checkte.

```
Mädchen mit dem roten Käppchen,
betreff: was du über ein treffen mit ein
paar meiner freunde gesagt hast. Tja, ich
hab nachgedacht. Ich persönlich denke, es
wäre wohl zu viel für dich, das bringst
du noch nicht ...
mfg, J.
```

Das bringst du noch nicht? So eine bodenlose Frechheit! Stirnrunzelnd las ich meine übrigen Mails und kehrte dann zu der des Jägers zurück. Ich klickte auf Antwort und verfasste eine Erwiderung.

Liebster Mann mit der Axt,
hahaha von wg.: das bringe ich noch nicht. Ich glaube, das hast du mit absicht gesagt, weil du WEISST, dass ich herausforderungen nicht widerstehen kann.
Nenn mir ort und zeit.
Dominique xxxxxxxxx

Ich schickte sie ab und surfte dann ein bisschen durch die Chatrooms. Innerhalb von zehn Minuten hatte ich eine Antwort.

Rotkäppchen,
ich liebe es, wenn du auf knallhart machst. Dabei weiß ich, dass du einen weichen Kern hast und vor Verlangen vergehst. Unterwirf dich mir, solange du noch kannst.
mfg, J.
PS: nenn eine stadt.

Worauf ich zurückfeuerte:

Nenn *du* mir eine stadt. Wo treffen die sich denn so?

Er ließ mich bis zum nächsten Tag zappeln, aber als ich bei der Arbeit meine Mails aufrief, fand ich auch etwas von Sam.

```
Carrie. Der Cowboy braucht ein treffen im
RL. Kannst du gleich losreiten? Sam xxxxx
```

Ich lachte und schickte ihm etwas Beschwichtigendes, dann öffnete ich die Mail des Jägers.

```
Mädchen mit der roten Kappe,
wie ich höre, soll Bournemouth um diese
jahreszeit sehr schön sein. Der Schuster
wird dir neue stiefel anmessen, und die
Jungfrau wird dich in versuchung führen.
mfg, J.
```

Der Puls überschlug sich in meinen Handgelenken, als ich die E-Mail anstarrte und Datum, Uhrzeit und den Namen der Bar las, in der ich diese Fremden treffen sollte. Das wollte ich doch, oder? Aber jetzt, wo das Datum feststand, war ich hin- und hergerissen zwischen Vorfreude und Angst.

Verdammt, dachte ich verzweifelt, was mache ich nun? Fahr ich hin? Sind das Perverse? Wenn ich nun gekidnappt werde und nie wieder auftauche? Andererseits, was, wenn es mir so toll gefällt, dass ich gar nicht mehr nach Hause will? Stirnrunzelnd schloss ich die Mailbox und bemühte mich, mit meiner Arbeit voranzukommen.

In meinem Hirn schwirrte es, und jedes Mal, wenn ich an die letzte E-Mail des Jägers dachte, flirrten mir kleine Adrenalinschübe durch die Magengrube. Die Einladung nach Bournemouth ließ mir einfach keine Ruhe, hinderte mich am vernünftigen Arbeiten, bis ich entschied, am besten dem Vorschlag des Jägers zu folgen und jemanden mitzunehmen.

Lieber Sam,
Hi. Sorry, dass ich dich ein bisschen hab warten lassen, war ne hektische woche.
Was sagst du zu einem wochenende in Bournemouth?
Kreuz ja oder nein an.
Carrie xxxxxx

Seine Antwort war bereits da, als ich nach Hause kam und mich einloggte. Ich lächelte über seine kurze, aber süße Zusage und begann, Pläne für ein spätsommerliches Wochenende in einer Stadt am Meer zu schmieden.

Viel zu schnell war der Freitag da. Max kam mich abholen, und als ich die Tür aufmachte und sein widerspenstiges dunkles Haar und die freundlichen grauen Augen erblickte, durchströmte mich ein Wohlgefühl.

«Hi.» Er grinste.

«Selber Hi.» Im Stillen ohrfeigte ich mich – war ich dazu verdammt, immer so rasend originell zu sein? «Schick siehst du aus. So fein gemacht.»

Er trug eine dunkle Hose ohne Bügelfalten und ein helles Baumwollhemd, das seine Augen noch mehr zur Geltung brachte. Lässig an einem Finger festgehakt hing ihm ein Jackett über der Schulter. Sein angewinkelter Arm war stark und kräftig, unter dem fein gesäumten Hemdsärmel wölbte sich sichtbar sein Bizeps.

«Du aber auch.» Er lächelte und musterte anerkennend mein grünes Seidenkleid und den kurzen, modischen Mantel, den ich darüber trug. Ich zog eine Augenbraue hoch und musste mich zurückhalten, um nicht eine kleine Pirouette für ihn zu drehen. Mit einem Grinsen schnappte ich mir mein Samttäschchen und zog die Tür hinter mir ins Schloss.

Bei unserer Ankunft mixte Leon gerade Drinks, und ich entschied mich für eine Bacardi-Cola, während Max dankend ablehnte, weil er fuhr. Dies führte zu einer Debatte – oder vielmehr zu einem Vortrag von Leon – darüber, wie unfähig Taxiunternehmen waren, einen pünktlich dahin zu bringen, wo man hinwollte, um dort bis zum Umfallen bechern zu können.

Ich saß im Sessel, drehte gedankenverloren mein Glas in der Hand und hörte kaum hin. Eva war nirgends zu sehen, und von den gedämpften Wagner-Klängen abgesehen, die Leon leiser gestellt hatte, als wir ins Wohnzimmer kamen, war es merkwürdig still im Haus.

Als uns schließlich das Abendessen von ihrem Hausmädchen Marie-Therese serviert wurde – einem gereizt wirkenden, hübschen Teenager in einem strengen schwarzen Kleid –, kam mir langsam der Verdacht, Eva wäre verduftet. Aber dann, als Leon uns eben aufforderte, mit der Suppe anzufangen, kam sie ins Zimmer gerauscht.

«Entschuldigung», säuselte sie. «Hat ewig gedauert, bis mein Haar richtig saß.»

Eine ausgesprochen lahme Ausrede. Und offenkundig gelogen, denn ihr Haar saß makellos wie immer. Glatt, glänzend und fast wie mit Ebenholzlack auf ihren Kopf gepinselt.

Sie warf mir einen kurzen Blick zu, und mir fiel der Ausdruck ihrer Augen auf: hellwach, erregt und irgendwie

Furcht einflößend. Außerdem wirkte sie ganz so, als sei sie gerade aufs Zufriedenstellendste von jemandem gevögelt worden, der sich hervorragend darauf verstand. Ein rascher Blick auf Leons nichts sagendes, schwammiges Gesicht verriet mir, dass er nicht die fragliche Person war.

Zehn Minuten darauf, als wir mit der Suppe fertig waren und die übellaunige Marie-Therese uns neue Teller vorknallte, hörte ich, wie die Haustür leise ins Schloss fiel. Anscheinend bekam sonst keiner was mit, oder alle stellten sich taub. Einziges Indiz, dass noch jemandem nicht entgangen war, wie eine unbekannte Person – oder mehrere? – das Haus verlassen hatte, war ein zartrosa Hauch auf Evas Wangen.

Leon saß völlig teilnahms- und reglos da, den Blick auf Marie-Thereses wohlgeformtes Hinterteil geheftet, während Max sich einfach auf dem Stuhl zurücklehnte und das Grillhähnchen mit Knoblauch betrachtete, das in der Mitte der riesigen Tafel leise vor sich hindampfte.

Das Essen war köstlich, und der Wein floss in Strömen wie immer bei Leon, aber ich war froh, als ich endlich wieder in Max' gemieteten Mercedes vor dem Haus saß. Er hatte ihn auf der kiesbestreuten Auffahrt geparkt, die in einem Bogen zum Haus hinführte. Ich atmete tief durch und ließ das Fenster hinabsurren, um den schweren Duft von Evas Parfüm aus der Nase zu bekommen. Dann strich ich mir das Haar hinters Ohr und spähte seitwärts zu Max. Er betrachtete mich, das Gesicht offen und interessiert.

«Warum kommst du immer wieder her, Carrie?», fragte er und steckte sich eine Zigarette in den Mundwinkel, ohne sie anzuzünden. «Diese Besuche sind doch offenbar die Hölle für dich. Warum mutest du dir das dann zu?»

«Weiß ich eigentlich auch nicht.» Ich zupfte mir am Kleidersaum herum. «Aus Gewohnheit, nehm ich an. Und Leon ist das Einzige, was ich noch an Familie habe.»

«Aber du bist doch nicht dazu verpflichtet», brummte Max und spielte an seinem Zippo-Feuerzeug herum. «Viele Menschen gründen lieber neue Familien. Familien, mit denen sie gern zusammen sind, im Gegensatz zu denen, die einem nur auf die Nerven gehen.»

Ich sah ihn an und folgte mit den Augen dem Umriss seiner kräftigen, geraden Nase.

«Eine neue Familie gründen?», fragte ich. «Wie soll das gehen? Mit wem?»

«Mit Freunden. Mit Leuten, die man irgendwo kennen lernt und die so sind wie man selbst», sagte er. «Verwandte Seelen, auch wenn sich das verdammt kitschig anhört. Weißt du», er ließ das Feuerzeug aufschnappen, Benzingeruch erfüllte stark und irgendwie tröstlich die dumpfige Luft im Wagen, «Leute, bei denen es einfach Klick macht, wenn man sie zum ersten Mal trifft. Freunde kann man sich aussuchen, jederzeit, und sie sind immer für einen da. Aber Familien …» Er steckte sich die Zigarette an und nahm einen tiefen Zug. «Familien. Wer braucht die?»

«Du hörst dich an wie ich an einem richtig schlechten Tag», lachte ich leise. Die Glut der Zigarette leuchtete schwach im Dunkel. «Was ist in deiner Familie vorgefallen, dass du so desillusioniert bist?»

«Religion, das ist vorgefallen», sagte er schlicht. «Und zwar nicht die normale Variante. Sondern eine richtig üble Sektengeschichte, die einem das Hirn zerfrisst und das verdammte Bankkonto leert. Meine ganze Kindheit hindurch hab ich das ertragen, aber als ich sechzehn war, bin ich auf und davon und nie mehr zurückgegangen.» Er zog erneut an der Zigarette. «Nie mehr. Hab Freunde gefunden. Richtig enge Freunde, die wie eine Familie sind. Hab mir mein Studium selbst verdient. Heute habe ich eine ganze Reihe Leute, die für mich da sind, wenn ich es möchte, und mich in Ruhe lassen, wenn ich es nicht möchte. Und genauso ist es mir am liebsten.»

«Gibt es in dieser Familie auch jemand Besonderes?» Klar, das klang schwachsinnig, aber auf einmal war mir das sehr wichtig. Der große, starke Max hatte plötzlich eine verletzliche Seite offenbart, und ich merkte, dass ich noch tiefere Einblicke wollte. Weiter vordringen wollte.

Sein Blick suchte meinen. Dann grinste er.

«Manchmal», sagte er und nickte. «Aber derzeit ist der Posten frei. Möchtest du dich drum bewerben?»

«Vielleicht.» Ich rutschte unbehaglich auf dem Sitz herum und wich seinem Blick aus. «Ich weiß nicht recht.»

«Tja», sagte er. «Ich kann warten. Ein Weilchen.» Er schnippte die halb gerauchte Zigarette durchs Fenster auf den glatten Kies hinaus und spähte hinüber zu Leons Haus. «Weißt du», fing er an, «ich weiß, dass es mich verdammt nichts angeht, aber du musst nie wieder hierher kommen, wenn du nicht willst. Das weißt du doch, nicht, Carrie?»

«Ja.» Ich schaute hoch und bemerkte, wie eins der erleuchteten Fenster teilweise durch Leons unförmige Gestalt verdunkelt wurde. Mein Bruder streckte die Hand aus, als jemand anderes ins Blickfeld trat. Die andere Person nahm seine Hand und drückte sie sich an die kecken Brüste. Es war Marie-Therese, das Mädchen.

Mit angehaltenem Atem verfolgte ich, wie sie Leon die andere Hand in den Hosenbund schob und ihm das Gemächt massierte. Dann sank sie auf die Knie und vergrub ihr Gesicht dort. Mit einem Seitenblick stellte ich fest, dass auch Max wie gebannt hinsah, einen sonderbaren Ausdruck im Gesicht. Ich schaute wieder zum Fenster und sah, dass Eva, während ich nicht hingeschaut hatte, hinzugetreten war und Leon nun leidenschaftlich küsste, während ihre schmalen Hände über Marie-Thereses Haar strichen. Die Szene wirkte merkwürdig zärtlich, und ich war, trotz aller Antipathie gegenüber meinem Bruder, gerührt.

«Fahren wir», brummte Max und startete den Wagen. Die drei im Fenster ließen sich kein bisschen stören, als der Motor nur wenige Meter von ihnen entfernt aufheulte.

Als wir davonfuhren, überlegte ich, ob sie geglaubt hatten, wir wären schon weg. Oder ob sie etwa die kleine Einlage extra für uns inszeniert hatten. Diese Frage ging mir die nächsten paar Tage hartnäckig durch den Kopf, und ich grübelte immer noch darüber nach, als ich am Wochenende darauf in den Zug nach Bournemouth stieg.

Mit der Peitsche in der Hand

Wenn man – wie ich – kein Auto besitzt, gestaltet sich die Reise von Bath nach Bournemouth verteufelt umständlich. Auf altmodischen Strecken landet man zunächst in Weymouth, einem überlaufenen Rummelplatz nicht unähnlich, wo man am Sackbahnhof gemächlich umsteigt und eine Fahrt quer durch Thomas Hardys liebliches Dorset gen Bournemouth antritt.

Ich wusste rein gar nichts über diesen Badeort an der Südküste; über Salisbury, wohin Leon mal einen Ausflug mit mir unternommen hatte, war ich bisher nie hinausgelangt. Aber der Prospekt, den ich im Reisebüro mitgenommen hatte, zeigte ausgedehnte Sandstrände und hübsche

Hotels, die Fitnessräume und ausgezeichneten Zimmerservice boten. Ich hatte mich für eins unweit der Gärten entschieden, da die Zimmer dort Balkons hatten, und ich hatte schon eine Idee, was ich gern mit Sam auf einem Balkon treiben wollte.

Ich packte eine Reisetasche und fuhr am Freitag gleich nach der Arbeit um halb sechs los. Die Woche bei Richardson war mal wieder stressig gewesen. Ich freute mich auf eine Abwechslung vom monotonen Trott: aufstehen, ins Büro fahren, meine Arbeit bekritteln lassen, wieder nach Hause fahren. Die Langeweile der Zugfahrt nach Süden wurde durch einen Zwischenfall aufgelockert, der meinen Puls merklich beschleunigte.

Ungefähr eine Stunde nach unserer Abfahrt aus Bath kämpfte ich mich langsam zum Speisewagen durch, um eine Tasse Kaffee zu trinken.

Ganz hinten im Korridor, mitten im Durchgang von der ersten Klasse zum Speisewagen, stand ein eleganter, aus kostspieligem Leder gefertigter Koffer. Auf einer Seite des länglichen, schmalen, schneeweißen Stücks prangte in Marineblau das Monogramm *SK*.

Daneben stand die atemberaubendste Frau, die ich je zu Gesicht bekommen hatte. Sie sah aus wie eine arabische Prinzessin. Dabei nicht einmal schön – dazu war ihre Nase eindeutig zu groß, die funkelnden Bernsteinaugen eine Spur zu riesig, der üppige Mund fast zu wollüstig. Trotzdem aber war sie atemberaubend. Die Art Frau, die auf Schritt und Tritt Aufsehen erregt.

Ihre Kleidung bestand aus dem gleichen Leder wie ihr Gepäck. Schmiegsames weißes Leder, das erlesen mit ihrer dunkel schimmernden Mahagonihaut kontrastierte, bedeckte fast jede Handbreit ihres Körpers wie ein maßgefertigter Handschuh aus weichem, geschmeidigem Glacé. Schmale Schultern. Wespentaille. Krönender Abschluss ihres teuren Aufzugs war ein lang fließender, glockiger, an der Taille zugeknöpfter Ledermantel.

Ich schaute verstohlen zur Seite, um sie ausgiebig zu mustern, und sah, dass ihr schwellendes, üppiges Dekolleté von einer weißen Lederkorsage umschlossen wurde, die ihre Brüste hochschob und noch besser zur Geltung brachte. Ihre langen Beine steckten in Stiefeln, die unter dem Mantel verschwanden und ihr vermutlich bis an die Oberschenkel reichten. Eine elegant behandschuhte Hand hielt eine gefaltete Zeitung, während die andere hochfuhr, um den schimmernden Wasserfall ihrer seidigen pechschwarzen Haare hinter ein zartes Ohr zu streichen. Beim Lesen blähten sich ihre Nasenflügel ein wenig, und die ansonsten makellos glatte Stirn war leicht gefurcht.

Sie war ein Traum, verströmte förmlich Sex-Appeal, und sämtliche männliche Insassen der ersten Klasse hinter ihr schienen sich auf ihren Plätzen herumgedreht zu haben, um sie zu bestaunen. Vermutlich dachten sie, irgendwie hätte es ein berühmtes Supermodel oder einen Filmstar ausgerechnet in ihren Provinzbummelzug längs der Küste verschlagen.

«Ja?» Der Steward funkelte mich ungeduldig an. Ich riss meinen Blick von der Erscheinung los, sah ihn an und lächelte gezwungen.

«Kaffee bitte. Schwarz. Ohne Zucker.»

Brummelnd machte er sich an die Arbeit, während ich mich etwas zurücklehnte und noch einen verstohlenen Blick riskierte. Doch als ich hochsah, stockte mir der Atem vor Schreck und Aufregung. Sie starrte mich direkt an.

Mit angehaltenem Atem spürte ich, wie mir ihr Blick aus

den großen, schräg stehenden Augen auf dem Gesicht brannte, und wurde puterrot. Möglichst ungezwungen stützte ich die Ellenbogen wieder auf die Theke und tat so, als sei es gar nicht meine Absicht gewesen, sie anzuschauen. Aber das ließ sie mir nicht durchgehen. Sie faltete ihre Zeitung zusammen, stieg gewandt über ihren Koffer, wobei kurz ein blanker Oberschenkel aufblitzte, und schritt den Gang hinab auf mich zu.

Ich schluckte schwer und war redlich bemüht, mich nicht davon beeindrucken zu lassen, wie die hinter mir Schlange stehenden Männer sogleich auseinander stoben und Platz machten, als sie auftauchte. Sie stellte sich dicht neben mich, stützte die Ellenbogen wie in einer Parodie meiner Haltung auf den Tresen und rief den Steward mit einem hochmütigen Nicken ihres zauberhaften Kopfes.

«Kaffee», verlangte sie in gebieterischem Tonfall. «Weiß. *Sehr* weiß. Und mit viel schönem, süßem Zucker.»

Dann wandte sie sich zu mir, fixierte mich mit ihren funkelnden Bernsteinaugen und starrte mich so eindringlich an, als könnte sie meine Gedanken lesen. Ihre Augen ruhten weiter auf meinem Gesicht, als sie den Kaffee mit einer behandschuhten Hand in Empfang nahm und lautlos einen tiefen Schluck trank. Dann sah sie mir in die Augen, ließ die winzige spitze Zunge herausfahren und leckte sich den cremigen Schaum von der Oberlippe. Fasziniert starrte ich hin, wobei ich ein jähes Ziehen in meinem warmen Geschlecht spürte und eine Erregung, die mir durch die Adern schoss wie Hunderte winziger Sprudelbläschen.

«Ich trink ihn lieber weiß. Das schmeckt mir einfach besser», flüsterte sie mit einer Stimme, die wie mit Samt umhüllter Stahl klang. Sie lehnte sich zurück und drehte sich dabei etwas, weshalb ich einem raschen Blick auf ihr pralles

Dekolleté nicht widerstehen konnte. Sie musterte mich eingehend, vom Fuß bis an die Brüste. Dann machte sie auf dem Absatz kehrt und stolzierte davon.

Ich zahlte, nahm vom Steward meinen schwarzen Kaffee in Empfang und kehrte an meinen Platz zurück, die Stirn in tiefe Falten gelegt. War das eine Anmache gewesen? War es überhaupt irgendwas gewesen? Wer war sie?

Während der restlichen Fahrt hielt ich die Augen offen, sah sie aber erst wieder, als wir in Bournemouth einfuhren. Sie stieg vor mir aus, aber ich war direkt hinter ihr, als wir durch die Bahnhofstüren hinaus an den Taxistand traten. Ich sah, wie ein käsebleiches Mädchen in einem smarten grauen Kostüm aus einem schneeweißen Rolls-Royce ausstieg und SK den weißen Koffer abnahm, um ihn hinten im Wagen zu verstauen. Sie tippte sich ehrerbietig an die spitze Chauffeursmütze und half SK beim Einsteigen in den Fond des Rolls.

Ich war beeindruckt: eine arabische Prinzessin mit Chauffeuse. Bournemouth mit seinen hallenden viktorianischen Bahnhofsgebäuden und dem ultramodernen Parkhaus gleich daneben wirkte plötzlich wesentlich glamouröser, als es mir beim ersten Blick durchs verschmierte Zugfenster vorgekommen war.

Als sie davonfuhren, glaubte ich, ich würde sie nie wiedersehen.

Der Taxifahrer fuhr mich so nah es ging zum Bournemouth Pier, und ich bat ihn zu warten, während ich Sam ausfindig machte. Als ich die belebte Straße überquerte, konnte ich gleich hinterm Pier das Funkeln der Bucht sehen, und von der See her wehte eine frische, kühle Brise, wie ein Vorbote des kommenden Herbstes. Es war zwar erst halb fünf, aber die Sonne hing bereits tief am Himmel, und ein Anflug spätsommerlicher Schwermut wehte mich an.

Diese Jahreszeit mochte ich nicht besonders. Der Geruch in der Luft und die sinkenden Temperaturen erinnerten mich immer daran, wie es war, nach den langen, sorglosen Sommerferien wieder zur Schule zu müssen. Melancholie und bittersüße Nostalgie überkamen mich, und ich verscheuchte diese Anwandlungen mit einem Blinzeln, als ich auf der anderen Straßenseite anlangte und über den sandverwehten Asphalt zu unserem Treffpunkt schritt.

Diesmal war ich es, die zu spät kam. Sam wartete bereits. Er starrte aufs Meer hinaus, die Ellenbogen auf die Mauer gestützt, die die Promenade vom steinigen Abhang über dem goldenen Sand trennte. Neben ihm am Boden stand ein ziemlich mitgenommener Rucksack. Er trug eine kurze Lederjacke und saubere Jeans, die dermaßen eng an seinem Knackarsch saßen, dass ich mich fragte, wie er da reingekommen sein mochte. Den geliebten Stetson hatte er auch auf, und ich konnte sehen, dass er einen verlockenden Bartschatten hatte.

Als hätte er gespürt, dass ich mich näherte, drehte er sich um, dabei hatte er mich beim lauten Donnern der Brandung, das unter dem Pier widerhallte, unmöglich hören können. Fröhlich grinsend entblößte er die ebenmäßigen weißen Zähne, und gutmütige Lachfältchen legten sich um seine Augen. Ich grinste zurück. Dann beschleunigte ich meinen Schritt und rannte ihm förmlich entgegen, während er die Arme ausbreitete. Wir umarmten uns. Fest. Muskulöse Brust an weichem Busen. Und ich fühlte, wie mir seine stählerne, intimere Begrüßung ans Schambein drückte.

Während der Fahrt war ich fast zu der Überzeugung gelangt, dass London eine einmalige Sache gewesen sei; dass ein Wiedersehen zwischen Sam und mir irgendwie befangen und angespannt ausfallen würde. Aber weit gefehlt. Das hätte auch gar nicht zu diesem herrlich unbekümmerten Typen gepasst. Er war nicht wie mein Exmann Patrick mit seinen perversen Anwandlungen und der ewigen Heimtücke. Sam war einfach ein netter, aufrichtiger, unkomplizierter Bursche, der einen Ständer hatte.

Ich zerrte ihn zurück zum Taxi, und ab ging es in unser Hotel. Dort plünderten wir die wohlbestückte Minibar in unserem Zimmer, streiften die Schuhe ab und legten uns einträchtig nebeneinander aufs Bett, gemütlich unsere Drinks schlürfend. Ich trank Bacardi-Cola, Sam ein kaltes Bier direkt aus der Flasche.

«Wow, ist das toll», murmelte er und wackelte mit den Zehen, die in weichen Sportsocken steckten. «Das Hotel ist ja echt nett. Viel besser, als ich erwartet hatte.»

«Was hast du denn erwartet?»

«Keine Ahnung. Was Schäbigeres vermutlich. Du weißt schon, wie in alten Filmen nach Büchern von Graham Greene. Der Held muss einen Privatschnüffler engagieren, um sich beim Delikt fotografieren zu lassen, damit er sich von der fiesen Frau scheiden lassen kann, die ihn nur wegen seinem Geld geheiratet hat.»

«Einen Privatschnüffler?» Ich lächelte und stellte mein Glas auf dem Nachtschränkchen ab. «Klingt gut. Um was für ein Delikt genau geht es?»

«Keine Ahnung.» Sam grinste, breitete ratlos die Hände aus und zuckte in die weichen Kissen gelehnt mit den Schultern. «Damals musste man, glaube ich, bloß zusammen in einem Hotel übernachten und am nächsten Morgen beim Rauskommen fotografiert werden.»

«Tja, eine Kamera gibt es hier leider nicht», sagte ich. «Aber wenigstens ein Tatwerkzeug.» Ich legte die Hand auf die Beule in seiner Jeans. «Und ich würde zu gern sehen, was für Delikte sich damit begehen lassen.»

«Ach ja?» Er beugte sich über die Bettkante, um sein Bier auf dem Boden abzustellen, dann drückte er mich ins Kissen hinab und rieb seine Nase an meiner. «Nun, es brennt darauf, dir eine Vorstellung zu geben. Als Corpus Delicti sozusagen.»

«Sam», hauchte ich in seinen suchenden Mund, «Sam. Lass mich nur nicht zu lange warten. Fang gleich an.»

Ich nahm seine Hand und führte sie hoch unter meinen reichlich kurzen Twillrock, zu dem ich Strümpfe bis über die Knie und putzige Schnürstiefeletten trug. Mein Slip war aus Seide und winzig klein. Ich hatte ihn extra für dieses Wochenende gekauft, denn als ich ihn sah, stand mir gleich lebhaft vor Augen, wie Sam den Zwickel zwischen die Zähne nahm und wegriss.

Seine Hand fühlte sich auf meiner nach Berührung lechzenden Haut fest und stark an, als ich seine Finger über den Rand der langen Strümpfe an die nackte Haut meines Oberschenkels führte. Dann ließ ich ihn allein weitermachen, als sein Finger auf den weichen, feuchten Widerstand seidenbedeckter Fose traf. Er sah mir in die Augen und hielt mich fest, sodass ich weder imstande noch willens war, mich zu rühren, während er ein wenig Druck auf meinen wunderbar feuchten Schlitz ausübte.

«Oh», hauchte ich.

Der Puls hämmerte mir laut in den Adern, und ich ließ den Kopf zurücksinken und die Augen zuflattern. Er drückte etwas fester, dann schlang er die Finger um die durchnässte Seide. Sofort schlug ich die Augen wieder auf und starrte hoch an die schneeweiße Decke, während er mir mit einem Finger über die Klitoris fuhr und sie sogleich zum Leben erweckte.

«Gott, Carrie», murmelte er. «Wie nass du bist. Wie gut du riechst. So geil. Ich möchte dich lecken.»

«Später», raunte ich. Ich starrte ihm in die Augen, und mir war, als könnte ich im feuchten Braun seiner Iris ertrinken. «Verschieb das auf später. Jetzt will ich nur, dass du mich vögelst. Vögel mich. Schnell. Die zärtliche Nummer können wir uns für später aufheben.»

Ich krallte mich vorn in sein T-Shirt und riss es ihm mit einem Ruck vom Leib. Dann fummelte ich an den Knöpfen seiner Jeans herum und knurrte ihn an, er solle sie ausziehen. Er hatte sich so fix entblättert, dass ich fast ins Hintertreffen geriet. Bei den langen Strümpfen zögerte ich. Sie sahen ganz niedlich aus. So ein bisschen nach viktorianischem Hausmädchen, also ließ ich sie an.

Vor ihm auf dem Bett kniend suchte ich ein paar dicke Kissen zusammen und schob sie mir hinten ins Kreuz, dann sah ich Sam ins Gesicht. Er riss gerade eine Kondomverpackung auf, hielt aber inne und glotzte nur, während ich mich, die Beine immer noch unter mir übereinander geschlagen, zurücklehnte. Ich fühlte mich wie eine phantastische Blume, ein blühender Lotus, weit aufklaffend. Ohne Beine. Ohne Arme. Nur eine Möse und pralle Titten, die sich dem durchtrainierten jungen Burschen entgegenreckten, der mich jetzt schnell, wild und ohne jedes Vorspiel vögeln würde.

Sam schleuderte seine Jeans mit einem ungeduldigen Tritt quer durchs Zimmer und sah mit aufgerissenen Augen mit an, wie mein Geschlecht sich für ihn weitete, teilte und öffnete. Schon vor Erwartung war ich so nass, dass ich spürte, wie meine Säfte strömten und sich glänzend auf meinen Schenkeln und Pobacken verteilten. Ich spreizte die Knie noch ein wenig mehr und umfasste Sams Handgelenk.

«Na los», gurrte ich genießerisch. «Nun mach schon. Beeil dich.»

Er ließ sich nicht zweimal bitten. Er kniete sich zwischen meine gespreizten Knie und umfasste mit seinen großen Händen meine Taille. Nach einem kurzen Blick auf mein Gesicht stieß er mir seine Hüften entgegen und glitt absolut mühelos in mich hinein, seufzte und drang, die Pobacken anspannend, ganz in mich ein.

Ich biss mir auf die Lippe und schluckte schwer. Ich hatte ganz vergessen, wie dick er war. Er dehnte mich, vor allem in der Stellung, die ich innehatte, die Unterschenkel links und rechts der Hüfte angewinkelt, das Becken fast bis an sein Gesicht hochgereckt. Tiefe Penetration ist gar kein Ausdruck dafür. Er lotete die tiefsten Tiefen meiner Seele aus. Und als ich ihn drängte, sich zu bewegen, katapultierte er mich förmlich ins Nirvana.

Ich spannte das Becken an und schaukelte so lange hin und her, bis wir einen Rhythmus fanden. Wir fickten wie die Weltmeister. Rein und raus. Schnelle, tiefe Stöße. An meine Klit gedrückte Finger. Ich konnte meinen eigenen stoßweisen Atem hören, während ich ihn leise stöhnend und flüsternd anspornte. Sams Daumen waren überall, rieben und zwickten. Seine Zeigefinger kreisten und drückten an meiner süßen, nassen Knospe, während sein dicker Kolben tief in mich hineinstieß und mich derart ausfüllte, dass mir war, als könnte ich mich gar nicht weit genug für ihn dehnen.

Ich kam. Heftig zitternd, umklammerte ich mit beiden

Händen Sams Schultern und schrie auf, als mein Orgasmus mich durchströmte. Es war herrlich. All die Spannung, die sich seit unserem letzten Treffen aufgebaut hatte, löste sich. Alles, was sich in der Zwischenzeit ereignet hatte, wurde aus meinem Kopf gelöscht. Gabe. Max. Eva und ihre Machtspielchen mit meinem widerwärtigen Bruder. Ich ließ alle Hemmungen fahren und taumelte tief hinab in die dunkle Seligkeit meines Höhepunkts.

Als die Sonne dann golden am leicht bewölkten Himmel versank, hatten wir alle Zeit der Welt für zärtliche Küsse und Spielereien. Sam glitt hinab zwischen meine Beine und leckte mich, bis wieder Leben in mich kam und mein ganzer Körper nach seiner Berührung schrie. Seine Zunge versetzte mich in Raserei: lange, langsame Züge, die über jedes Stück hungriger Haut fuhren und in jede glitschige Falte meines Geschlechts vordrangen. Als er die Finger in mich schob und eine kreisende, drehende Bewegung machte, fühlte ich, wie sich längs meiner Wirbelsäule eine ganze Reihe Knallfrösche entzündete und explodierte. Er wusste seine Hände und die Zunge wirklich zu gebrauchen. Leckte. Massierte. Kreiste. Ich lehnte mich entspannt zurück und ließ ihn machen, ermunterte ihn nur gelegentlich mit einem Murmeln oder verschob seine Hand ein wenig, wenn seine Finger ihr Ziel weit verfehlten.

Nachdem ich nochmal gekommen war – ein süßer, langer, entspannender Höhepunkt, bei dem mir lustvolle Schauer in Wellen durchs Nackenhaar rieselten –, entschied ich, dass nun Sam an der Reihe war. Also packte ich meine Tasche aus und reihte ein Auswahl interessanter Spielsachen auf, die ich mitgebracht hatte, um die Zeit bis zu unserem Treffen mit den anderen in der Bar zu überbrücken.

Honigfarbene, mit kuschelweichem Samt eingefasste Wildledermanschetten und ein passendes Halsband. Ein Paar bis an die Ellenbogen reichender Lederhandschuhe mit einem Reißverschluss, der sich unten am Arm der Trägerin lang zog, vom Handgelenk bis in die Armbeuge. Als Nächstes kam ein prachtvoller neuer Vibrator in dezentem Puderblau zum Vorschein. Stufenlos verstellbar und fast lautlos.

Der Vibrator war mit meine liebste Neuerwerbung. Laura und ich waren in London stundenlang in einem Sex-Shop für Frauen gewesen, absolut verblüfft über die wunderbaren Produkte dort. Eigentlich hatte ich gar nichts kaufen wollen, aber dann war mein Blick auf den hellblauen Vibrator gefallen. Nicht so ein peinliches, plumpes Ungetüm aus fleischfarbenem Plastik, wie es die meisten Hersteller offenbar für besonders scharf halten. Nein, das hier war viel besser. Diskreter. Erregender. Ein Utensil, das jedes Mädchen voll Stolz für den orgiastischen Notfall im Handtäschchen dabeihaben konnte.

Sam schnappte ihn sich und wog ihn in der Hand, und ein leichtes Lächeln spielte um seine Lippen.

«Nett», murmelte er. «Dann brauchst du mich also gar nicht?»

«Der soll dich nur ergänzen. Nicht ersetzen», sagte ich, legte mich ganz dicht hinter ihn aufs Bett und spähte ihm über die Schulter. In seiner großen Hand wirkte der Vibrator schlank, klein und irgendwie sehr erotisch. «Und vielleicht ist er ja sogar *für* dich. Man weiß nie.»

Er drehte sich halb um und starrte mir in die Augen, dann grinste er.

«Du machst Witze, stimmt's?»

«Nein, wieso sollte ich?»

Eine Weile blieb es still. Dann legte er den Vibrator zu

den anderen Spielsachen, drehte sich auf den Rücken und zog mich auf sich drauf. Sein Mund suchte meinen, und wir küssten uns lange. Zungen umschlangen sich warm, Lippen glitten feucht übereinander. Dann hörte er abrupt auf und legte mir die Hände ums Gesicht.

«Ich gehöre dir», flüsterte er. «Tu, was du willst. Ich vertraue dir, Carrie. Jemandem wie dir bin ich noch nie begegnet. Du gibst den Ton an, und das gefällt mir außerordentlich.»

Ich rieb die Wange über die Bartstoppeln an seinem Kinn und lächelte stillvergnügt.

Ich? Gab den Ton an? Wenn er wüsste, dass nicht ich hier den Ton angab, sondern Dominique. Aber solange er sich weiter seiner Täuschung hingab, konnte ich ruhig die Wonne auskosten, die mir zuteil wurde. Ich streckte die Hand aus und strich genießerisch über das weiche Wildlederhalsband, dann legte ich es ihm um den Hals und hockte mich auf die Fersen, um die Wirkung zu bewundern.

Er sah aus wie ein zauberhafter junger Sklave oder wie ein hübscher Hund. Mein Hund. Unsere Blicke trafen sich, meiner voll Erstaunen, seiner voll Vertrauen und Erwartung. Ich grinste und küsste ihn mitten auf den vollen Mund, meine Zunge spielte ihm kurz über die glatten Zähne und tauchte dann tief hinab zu seinem Gaumen, als er mich einen köstlichen Moment lang einsaugte.

Dann langte ich hinter mich, holte seine Handgelenke nach vorn, legte ihm die Wildledermanschetten um und schnallte sie zu. Die niedlichen Goldschnällchen passten vorzüglich zu dem honigfarbenen Wildleder. Als sie festsaßen, ließ ich eine lange, geflochtene Kordel durch die goldenen D-Schließen an den Manschetten gleiten und zog ein wenig daran.

«Na los», sagte ich und zerrte ihn ein Stück nach oben. «Hoch. Auf die Beine mit dir, Junge.»

Ich führte ihn hinüber zu der Glastür, die auf den verschwiegenen kleinen Balkon hinausführte. Unser Hotel überragte die meisten Gebäude ringsherum, und auf der anderen Straßenseite befand sich der von Bäumen gesäumte lauschige Lustgarten, also würde uns, könnte uns niemand sehen. Indem ich Sam zwang, sich ein wenig zu recken, schlang ich die Kordel oben um den Querbalken, der die offenen Flügel der Balkontür vom ebenfalls offenen Fenster darüber trennte.

Ich zog ein wenig. Er hing nun fast, aber nicht ganz, sein Gewicht in der Schwebe zwischen seinen Fußballen und dem stabilen, weiß lackierten Holzbalken über ihm. Ich band ihn fest und trat ein Stück zurück, um seinen Anblick zu bewundern, während ich mir die langen, weichen Handschuhe überstreifte und die Reißverschlüsse zuzog.

Schlank und nackt – der honigbraune Rücken kontrastierte ganz entzückend mit den schneeweißen Pobacken, die den ganzen Sommer über keine Sonne gesehen hatten – ähnelte Sam dem Heiligen Sebastian, nur ohne Pfeile. Seine Arme waren mit gewölbtem, straffem Bizeps neben seinem Kopf hochgereckt. Seine sich verjüngende Taille und die schmalen Hüften wurden noch mehr betont dadurch, wie seine Beinmuskeln sich wölbten und regten, während er mit den Zehen und Fußballen Halt auf dem glänzenden Boden suchte, wobei er nur mit Mühe das Gleichgewicht behielt. Seine Männlichkeit, schwer vor Lust, aber noch kein bisschen erigiert, hing herab wie eine köstliche reife Frucht, etwas dunkler als die blasse Haut seiner Lenden, umrahmt vom üppigen Gelöck seiner Schamhaare.

Er vertraute mir. Ich konnte alles mit ihm tun, was ich wollte.

Außerstande, der Versuchung, ihn zu berühren, länger zu widerstehen, trat ich dicht an Sams Körper und massierte ihm mit den behandschuhten Händen die gedehnten Flanken. Seine Haut kräuselte sich leicht unter meinen Fingern, wie bei einem Pferd, wenn es von einem erfahrenen Stallknecht besonders energisch gestriegelt wird. Ich küsste ihm die Schulter, dann den Hals, streckte die Zunge heraus und kostete die Bartstoppeln, die dort sprossen. Er schmeckte nach Seife und zartem Schweiß und ein wenig nach Leder, vom Kragen seiner Jacke, der den ganzen Weg von London her dort gelegen und ihm seinen erregenden Duft in die Haut geprägt hatte.

Meine Hände glitten tiefer und umfassten sein prachtvolles Gemächt. Darauf zuckte sein Schwanz jäh, schnellte hoch auf Halbmast, und er stöhnte leise. Von draußen streichelte ein kühler Windstoß seine heiße Haut, und ich merkte, wie er unter meinen Fingerspitzen eine Gänsehaut bekam. Ich küsste sein Ohr, saugte leicht am Ohrläppchen und drückte ihm dann sanft den sich verlängernden Schwanz.

«Gut siehst du aus so», stellte ich fest. «Wie ein Opferlamm.»

«Und du bist die Göttin, der ich geopfert werde», gab er blitzschnell zurück und sah mir fragend in die Augen. Ich lächelte, nickte und küsste ihn nochmal.

«Dann wollen wir mal mit dem Ritual beginnen», sagte ich lächelnd, ging zurück ins Zimmer und holte die dünne Weidenrute, die noch am Boden meiner Tasche lag.

Sam gefiel es, als ich ihm mit der Rute auf den Hintern hieb. Er biss sich auf die Unterlippe und bat mich dann, etwas fester zuzuschlagen. Dem kam ich nach, war gespannt, wie weit er mitspielen, aber auch, wie weit ich selbst mit der Peitsche gehen würde. Die Rute hinterließ zartrosa Striemen auf seiner Haut, und ich führte sie behutsam, um ihm ja nicht wirklich wehzutun, wog ihr Gewicht sachte zwischen den Fingern und versetzte ihm ganz zarte Hiebe.

Einen. Zwei. Drei. Sam stöhnte und zerrte ein wenig an den weichen Fesseln, die ihn an den Querbalken über seinem Kopf banden. Lächelnd bewunderte ich ihn: Seine Haut leuchtete blass im frühabendlichen Dämmerlicht. Ich ließ die Weidenrute kurz sinken und verpasste ihm dann einen scharfen kleinen Streich direkt unter den Po, bei dem ihm der Atem stockte. Von dort, wo ich stand, konnte ich das jähe Zucken und Pochen in seinem erigierten Schwanz sehen. Der harte Muskelwulst wurde dunkler und schnellte himmelwärts. Schon bei dem Anblick schwoll meine Muschi an und wurde feucht.

Ich probierte das nochmal. Ein kleiner, brennender Hieb, der einen etwas dunkleren Striemen hinterließ als der vorige. Er schloss die Augen und stöhnte, während sein Schwanz erneut zuckte und ihm eine kleine salzige Träne schimmernd aus dem Schlitz an der Spitze quoll. Ich schluckte, verspürte tief in meinem Bauch ein lustvolles Ziehen, das hinabrieselte in mein Geschlecht. Diese Peitschennummer war aufregend, viel aufregender, als ich mir vorgestellt hatte. Und dem ekstatischen Ausdruck sanfter Qual und immenser Lust in seinem hübschen Gesicht nach zu urteilen, war Sam ebenfalls begeistert.

Ich ließ nochmals die Weidenrute gegen seine Haut schnellen und zog ihm einen rosa Striemen. Ein Tröpfchen klarer Flüssigkeit rann ihm von der Eichel die dicke, muskulöse Schwanzspitze hinab. Kurz hing es zitternd dort, bis die Oberflächenspannung zu groß wurde und es wie eine salzige Träne auf den Holzboden zu seinen Füßen tropfte. Sogleich quoll ein weiterer Tropfen hervor. Es bedurfte all meiner Selbstbeherrschung, nicht vor ihm niederzuknien, ihm die Zunge in den schmalen Schlitz oben am Schaft zu tunken und ihn auszutrinken.

Ich schloss kurz die Augen und zog ihm nochmal die Rute über den Hintern. Ganz zart diesmal, kaum seine Haut berührend. Nur ein leichter Klaps, um mich ihm in Erinnerung zu bringen. Dann griff ich nach dem puderblauen Vibrator und schaltete ihn an. Ein leises Summen versetzte meine Hände in Vibrationen, und ich drückte ihn mir kurz an die Zunge und genoss das Kribbeln, das mir dabei durch den Mund schoss. Dann hielt ich ihn leicht an meine nackte Brustwarze und lächelte bei dem Kitzel, der mich durchströmte; ich sah, wie die Knospe sich an dem hellen Blau sogleich zu einem straffen, himbeerrosa Kegel versteifte.

Als er das kaum hörbare Summen vernahm, reckte und streckte Sam sich, um zu sehen, was ich da trieb, also verpasste ich seinem Hintern sogleich einen Hieb mit der Rute, der höllisch gebrannt haben muss, denn er wimmerte leise und baumelte kurz hilflos an den Fesseln. Ich ging an ihm vorbei, streichelte ihm kurz über den Schwanz und postierte mich ihm gegenüber an der hüfthohen Balkonmauer. Zwar warfen die Wand und die Sessel lange Schatten, aber ich wusste, dass Sam immer noch jede meiner Bewegungen sehen konnte.

Ich lehnte mich an, stellte die Füße weit auseinander und legte einen Ellenbogen auf die Mauer, während ich mir mit dem Vibrator von der Brust hinab über die leichte Wölbung meines Bauchs fuhr, an meinem üppigen Busch vorbei und in die Haarkringel, die mein Geschlecht bedeckten. Ich fand meine Klit, den Blick fest auf Sams Augen gerichtet, und ließ den Vibrator kurz darüber spielen, bis ich spürte, wie sie sich wölbte und anschwoll.

Sam, der zu gern den Blick gesenkt und hingeschaut hätte, schien um Erlaubnis zu betteln, aber ich hielt seinen Blick fest und schüttelte langsam den Kopf. Ich stellte die Geschwindigkeit etwas höher und spürte, wie meine Beine vor Entzücken ein wenig nachgaben. Die Spitze des Vibrators war schmal und verjüngte sich leicht, ideal geeignet für Erkundigungsreisen in die intimsten Winkel meiner Anatomie.

Ich hob ein Bein und stellte den Fuß auf einen der niedrigen Sessel, die auf dem Balkon standen. So kam ich wunderbar an die entscheidenden Stellen heran, und ich ließ den Vibrator langsam über den saftig-nassen Schlitz meines Geschlechts fahren, bis der runde Kopf des Geräts cremig nass war. Dann ließ ich ihn mir nochmal über die Klit schnurren. Warme Empfindungen von köstlicher Energie summten mir durch die Glieder, während Sams schimmernde braune Welpenaugen danach gierten und bettelten, hinabschauen zu dürfen. Riesengroß ragte sein Schwanz aus dem Gestrüpp an seinen Lenden vor, breit und dick und leicht im Takt der süßen, fast unhörbaren Musik des Vibrators wippend.

Endlich nickte ich, und er senkte den Blick auf die reife Frucht meiner Möse. Er riss die Augen auf, und sein Schwanz schwoll noch mehr an, wurde so prall, dass ich dachte, er würde nun gleich kommen, ohne dass ich ihn noch anzufassen brauchte. Ich spreizte mein Geschlecht weit mit den Fingern der einen Hand und fuhr fest mit dem Vibrator über meine Klit, suchte und fand die kleine Stelle, die, wie ich aus Erfahrung wusste, mir den Rest geben würde. Süße Gefühle durchströmten mich, und eine ewige, qualvolle Minute lang schien mein Herzschlag sich zu verlangsamen, bis er sich jäh verdoppelte und weiterraste, während ich mir mit dem Zeigefinger das Häubchen der Klit zurückzog und fest den Vibrator dagegen drückte.

Es war fast um mich geschehen, und ich blickte Sam ins Gesicht. Ein Ausdruck seliger Marter lag darauf, und er seufzte tief, hochrot im Gesicht, mit bebender Brust. Seine Hände, von den Manschetten nach wie vor hoch über seinem Kopf gehalten, zuckten ein wenig, als hätte er sie für sein Leben gern befreit, um endlich Hand an seinen Schwanz legen zu können. Sich zu wichsen bis zum Höhepunkt und mich mit seiner Ladung voll zu spritzen. Ich lehnte mich fester an die Mauer, schob den Vibrator kurz in mich, um meinem gierigen, hungrigen Geschlecht schon mal einen Vorgeschmack zu geben, dann ließ ich ihn mir wieder über die Klit spielen und schob mit dem Finger zugleich den Schalter auf «Höchstgeschwindigkeit».

Das war es. Ich verging schier. Die Honigwogen eines bittersüßen Orgasmus schlugen über mir zusammen, spülten mir prickelnd über die Kopfhaut, und ich musste ein Schluchzen unterdrücken, während meine Knie zitterten und meine Hüften, Erfüllung heischend, hochzuckten. Ich brauchte das Häubchen meiner süßen Klit nicht länger zurückzuhalten, denn der kleine Muskel ragte so weit vor, dass er einer Zunge geglichen haben muss. Ich nahm die Hand von der Klit und schob sie mir zwischen die Beine. Ich ließ zwei Finger in mich hinein. Ganz hinein. Versenkte sie in meine sich ekstatisch zusammenziehende Möse und stieß fest zu.

Der Vibrator summte immer noch in meiner Hand, sandte mir ein erlösendes Zittern die Handgelenke hoch bis ins Hirn, während ich an der Mauer zusammensackte und zusah, wie Sam stöhnte und noch ein Salzteränchen aus seinem prallen Schwanz weinte. Seine süßen Eier schmiegten sich stramm an ihn, seine Schenkel waren angespannt, jeder Muskel definiert und schimmernd, während er verzweifelt um sein Gleichgewicht kämpfte, leicht schwankend, aber von den Fesseln, die ihn banden, herrlich bewegungsunfähig gehalten. Mein Orgasmus war so mächtig, dass meine Augen sich schlossen und ich mich völlig hingab.

Als ich mich so weit erholt hatte, dass ich mich vom sicheren Halt der Mauer lösen konnte, schritt ich zu Sam hinüber, schwenkte ihm den klebrigen Vibrator unter der Nase, damit er meinen Moschusduft riechen konnte, und schaltete das Gerät dann aus. Ich ließ ihn zusehen, wie ich mir mit dem Ding zwischen den Beinen vor und zurück fuhr, es mit süßem Gleitmittel befeuchtete, das tief aus meinem Innern stammte. Dann baute ich mich hinter ihm auf.

«Du weißt, was ich jetzt vorhabe, nicht wahr?», schnurrte ich.

Er ließ den Kopf hängen, und ich stupste ihm das Teil gegen den rosastreifigen, wunderschön gepeitschten Arsch. «Nicht wahr?», wiederholte ich. «Weißt du noch, wir drei in deinem Zimmer? Hat dir doch gefallen, wie Alex' Schwanz sich in deiner Hand angefühlt hat, oder? Hat dir gefallen, dass er nicht wusste, dass du es warst. Stell dir vor, er wäre jetzt hier. Stell dir vor, ich schaue zu, wie er sich von hinten an dich ranschleicht und sich an dich presst.»

Ich drückte mich fest an seinen warmen Rücken, kostete

das Gefühl seiner struppig behaarten Beine an der weichen Haut der meinen aus. «Stell dir vor, sein Schwanz liegt nackt an dir. Du kannst fühlen, wie er sich an deinen Hintern drückt. Mmh … Alex' wundervoller Schwanz. Du fragst dich, ob er dich wohl in den Arsch ficken will. Du kannst fühlen, wie er leicht schwankt und sich an dich lehnt. Er wird hart, als er merkt, wie aufgegeilt du bist. Und du bist richtig geil, Sam.» Stumm schüttelte er den Kopf. «Ganz heißgemacht von einem anderen Typen. Von Alex.»

Sam stöhnte und schüttelte den Kopf. «Nein.»

«Was hast du gesagt?», flüsterte ich, auf Zehenspitzen stehend, sodass meine Lippen sein Ohr liebkosten. «Hast du nein gesagt?»

«Ja.»

«Ja? Hmm. Dann heißt nein also ja, richtig?» Ich lächelte an seinem Hals und ließ die Nase an dem Puls ruhen, der dort wie wild pochte.

«Ich meine … nein, das geilt mich nicht auf», stöhnte er. Seine Stimme klang flehentlich, und eigentlich hätte ich nun aufhören sollen. Aber perverserweise bekam ich nur noch mehr Lust weiterzumachen. Ihn betteln zu lassen. Oder ihn zu dem Geständnis zu bewegen, dass die Vorstellung eines anderen Typen ihn mehr aufgeilte, als er zugeben wollte.

«Das glaube ich aber doch», flüsterte ich heiser. «Ich glaube, du wärst entzückt, wenn Alex sich die Hand lecken und damit den Schwanz befeuchten würde, um dir einen Spuckefick zu verpassen.»

«W-was?»

«Einen Spuckefick», hauchte ich. «Das ist, wenn man jemanden mit seiner Spucke schmiert. Besonders den Arsch.»

Bei diesen Worten spürte ich, wie ein Zittern ihn durchlief, und dabei musste ich lächeln. Wie ich meine Macht genoss: Sams Befriedigung lag ganz in meiner Hand. Ich schmiegte mich enger an ihn.

Indem ich ihm die klebrige Spitze des summenden Vibrators zwischen die muskulösen Pobacken schob, forderte ich ihn auf, so zu tun, als wäre Alex hier. Sich auszumalen, wie Alex sich sanft zwischen seine mannhaften Arschbacken schob. Sich vorzustellen, wie Alex ihm die Beine mit seinen Bauarbeiterstiefeln weiter spreizte und sich einen Finger in den Mund steckte. Den Finger nass machte. Bis er ganz glitschig und schmierig vor Speichel war. Damit hinabfuhr und ihn dann hineinschob. Das Tor zu Sams Seele aufstieß.

Ich führte genau die Bewegungen aus, die Alex in meiner Erzählung machte. Ich benetzte ihn, feuchtete ihn an, schmierte ihn, bis er die Vibratorspitze mühelos aufnehmen konnte. Dann schob ich diesen tiefer hinein, Stück für Stück. Sam japste und versuchte sich wegzuwinden. Doch als ich innehielt, stieß er sich rücklings gegen mich, mit durchgedrücktem Rücken und einem leisen, viel sagenden Wimmern, bei dem ich lächelte und den Vibrator noch etwas tiefer hineinstieß. Nun steckte er vollständig in ihm drin. Oder vielmehr, Alex steckte in ihm drin. Steckte bis zum Anschlag in seinem Freund. Dann schaltete ich den Vibrator an.

Er kam innerhalb weniger Augenblicke. Süße, murmelnde Augenblicke, in denen ich ihm ins Ohr wisperte und ihm mit der freien Hand über den prallen Schwanz strich. Meine Rechte hielt den Vibrator, der bis zum wulstigen Griff in seinem Arsch steckte. Meine Linke hielt fest seinen Schaft umfasst, fuhr den langen, stahlharten Ständer rauf und runter. Ich fühlte mich mächtig und kühn und absolut als Herrin der Lage.

Als er kam, war mir, als hätte ich ein wunderbares Kunstwerk geschaffen. Eine sublime lebende Skulptur, die ganz allein meine Schöpfung war. Er spritzte und sprühte seine dünnflüssige Ladung hinaus, und ich hörte sie in weichen Platschern auf den polierten Boden klatschen. Es klang wie ein Sommerregen. Sams Kopf fiel vornüber, und sein Körper erschlaffte. Jeder einzelne Muskel hatte sich der Empfindung hingegeben.

Als ich ihn losgebunden hatte und wir eng umschlungen auf dem Bett lagen, spähte ich zur Balkontür hinüber und sah, dass der Septemberregen eingesetzt hatte. Nach und nach wusch er die seidigen Reste seiner Soße weg, bis der Holzboden nass glänzte.

Den restlichen Abend verbrachten wir im Bett, und am nächsten Tag stromerten wir durch Bournemouth und genossen die Sonne, wenn sie hin und wieder aus den dichten Wolken hervorstrahlte. Wir gingen barfuß am Strand spazieren, ließen uns den Sand durch die Zehen rieseln. Hand in Hand bummelten wir an Schaufenstern vorbei. Mit den Fingern aßen wir dampfenden Backfisch und salzige Pommes direkt aus dem Einwickelpapier, an einer Imbissbude oben beim Triangle. Dann, gegen sechs, kehrten wir ins Hotel zurück und liebten uns süß und träge auf dem weichen Teppich vor dem Bett, einfach nur so, weil wir Lust dazu hatten.

Danach schlief ich, in Sams Armbeuge gekuschelt, ein Stündchen, dann duschten wir, zogen uns an und brachen zu unserem Treffen mit der Jungfrau und dem Schuster auf.

«Hi, du musst Dominique sein.»

Die Jungfrau entsprach kein bisschen dem, was ich erwartet hatte. Aus seinem Namen hatte ich den voreiligen Schluss gezogen, er sei entweder noch minderjährig oder schlicht zu hässlich, um eine Freundin zu finden.

Beides stellte sich als krasser Irrtum heraus.

Die Jungfrau war dunkel, schlank und etwas kleiner als ich. Sinnliche Augen unter schweren Lidern, ein Gewirr schwarzer Zigeunerlocken und drahtige Arme, die fast die Nähte an den Ärmeln seines eng anliegenden Leinenhemds zu sprengen drohten. Eine ausgeprägte, aristokratisch wirkende Nase, die Nasenflügel leicht gebläht. Hätte er eine Kippah aufgehabt, ich hätte geschworen, er sei ein braver Judenjunge. Vielleicht war er das. Oder vielleicht auch ein schlimmer Judenjunge, dachte ich mit schiefem Grinsen und erwiderte seinen neugierigen Blick.

Seine ernsten dunklen Augen musterten mich ausgiebig. Nachdem er mich eingehend taxiert hatte, ohne ein Wort zu sagen, streckte er die Hand aus. Ich schüttelte sie nervös und lächelte, als er mich freundlich angrinste.

«Hey, Dominique», sagte er. «Nun guck doch nicht so ängstlich. Wir sind zu unserem Vergnügen hier … Keiner wird dir den Kopf abreißen, weißt du.»

Ich nippte an meinem Wasser und bemühte mich, meine verspannten Schultern zu lockern.

«Keine Bange.» Er stützte die Ellenbogen auf die Theke und drückte sich an mich, seine Stimme war leise, warm und verschwörerisch. «Am Anfang ist jeder nervös. Aber ich bin mir sicher, du wirst fasziniert sein. Und falls nicht … tja», er zuckte viel sagend die Achseln, «falls du uns nicht magst, musst du uns ja nie im Leben wiedersehen, stimmt's?»

«Und was ist, wenn ihr mich nicht mögt?»

«Dann gilt dasselbe.» Er grinste. «Wir hauen ab.»

«Oh!» Ich spähte seitwärts zu Sam, der auf einem riesigen weichen Ledersofa lümmelte, das er, als wir die Bar betraten, sogleich mit Beschlag belegt hatte. Er lächelte, hob sein Glas und trank einen großen Schluck Bier.

Ich wandte mich wieder Jungfrau zu, von dem eine starke Körperwärme auf mich abstrahlte, während er neben mir an der Theke lehnte. Er roch wundervoll: ganz frisch und nach Seife, außerdem leicht herb nach Aftershave, das er aber wohl nur zur Schau aufgelegt hatte, denn er sah aus, als hätte er sich seit dem Morgen nicht mehr rasiert.

«Und, was machen wir jetzt?», fragte ich.

«Erst mal was trinken, uns ein wenig kennen lernen», sagte er. «Der Schuster kommt wie üblich zu spät. Dürfte aber bald hier sein.»

Wir schlenderten zu Sam hinüber und machten es uns auf dem Sofa bequem. Die Bar kam mir vor, als wäre ich mitten in der Serie *Friends* gelandet, überall gemütliche Sitzgelegenheiten und niedrige Tische. Die Fenster waren groß und blitzblank, man sah hinaus auf den Platz, wo lebhaftes abendliches Treiben herrschte: Straßenhändler, Musiker und Leute, die das spätsommerlich warme Wetter zu einem Bummel durch Bournemouth nutzten. Ich kuschelte mich in Sams beruhigend warmen Arm und nippte an meinem Wasser, während ich Jungfrau zuhörte, der mit tiefer Stimme voll Zuneigung über den Jäger und den Schuster plauderte.

«Haben die auch richtige Namen?», warf ich ein. «Diesen Märchenquatsch finde ich ein bisschen anstrengend.»

Jungfrau grinste. «Ja», sagte er. «Aber so macht es mehr Spaß, findest du nicht? Was wir tun, wenn wir hier sind, hat nichts mit dem richtigen Leben zu tun. Mit Phantasienamen wird diese Distanz noch betont. Und so wird dem, was wir tun, ein märchenhafter Anstrich gegeben, eine Phantasie geschaffen, in der wir alle sein können, was wir wollen, nicht die Menschen, die wir sonst im Alltag sind.» Lächelnd fuhr er sich mit den Fingern durch die dunklen Locken. «Sehr wenige Menschen sind in ihrem Alltagsleben vollkommen glücklich.» Er sah mir in die Augen. «Du etwa? Ich glaube nicht, dass du wirklich Dominique heißt, aber deinen richtigen Namen möchte ich gar nicht wissen. Mir genügt Dominique voll und ganz.» Er lächelte und ließ den Zeigefinger leicht auf meinem Handgelenk ruhen. «Wie du wirklich heißt, spielt keine Rolle. Wer du bist, darauf kommt es an.»

Sam verlagerte neben mir sein Gewicht, und ich versuchte mich nicht davon ablenken zu lassen, wie sein Arm sich an meiner Taille anfühlte. Er war mein Fels. Mein Garant dafür, dass nichts schief gehen würde bei dieser Sache. Aber neben mir saß ein Mann, der sich einzig zum Zweck sexuellen Vergnügens mit einer Clique anderer Leute traf.

Ich musterte ihn durch meine halb gesenkten Wimpern. Welche Wirkung seine Berührung auf mich hatte, wie seine Finger mir auf der Haut am Handgelenk zu prickeln schienen, hatte mich überrascht. Er war äußerst attraktiv. Und was er erzählte, war höchst interessant und irgendwie befreiend. Es war völlig in Ordnung, sexuelles Vergnügen nur um seiner selbst willen zu suchen. Es war in Ordnung, dies außerhalb einer irgendwie gesellschaftlich akzeptierten Beziehung zu tun. Mit der Jungfrau, dem Jäger und ihren Freunden könnte ich haben, wovon ich vorher nie zu träumen wagte. Ohne Schuldgefühle. Ohne Bedingungen. Pures Vergnügen.

Bei dem Gedanken kroch mir ein komischer kleiner erotischer Schauer den Rücken hoch, und bis der Schuster schließlich eintraf, verlor ich mich in einem träumerisch entspannten Zustand und lauschte mit halbem Ohr, wie Sam und Jungfrau gelassen miteinander plauderten.

Gegen halb zehn spazierten wir vier durchs Stadtzentrum. Sam und ich würden noch nicht direkt teilnehmen, erklärte die Jungfrau, da die Gruppe Neulinge prinzipiell erst mal ein wenig beschnuppern wollte. Aber wir würden zu einer Party gehen und ein paar Leute kennen lernen, einfach, um einen Eindruck davon zu bekommen, was sie so taten.

Draußen wehte eine leichte, salzige Seebrise, die mir das Haar ums Gesicht wirbelte und mir die erhitzten Wangen kühlte. Der Abendhimmel war blau-schwärzlich wie ein Bluterguss – fast einen Sturm verheißend, trotz des Regens ein paar Stunden zuvor –, und tief am Horizont stand gelb ein großer Mond am Himmel. In den Bäumen hingen Ketten mit bunten Glühbirnen, deren Schein die malerischen Gebäude in regenbogenfarbenes Licht tauchte. Bournemouth bei Nacht war wunderschön, und der Schuster – eine ältliche Tunte mit Fußfetisch, die ein übermäßiges, aber im Grunde vermutlich vorhersehbares Interesse an meinen hohen, glänzenden Stiefeln gezeigt hatte – machte uns, wie ein Stadtführer, auf interessante kleine Details aufmerksam.

Wir gingen durch die dicht bevölkerten Straßen und hatten unseren Spaß an der karnevalesken Atmosphäre, die nachts in der Stadt herrschte. Die Jungfrau führte uns über die Westover Road, dann an ein paar teuren Hotels vorbei und einen gepflegten Pfad hinauf zu einem riesigen weißen Haus ganz oben auf einer Felsklippe. Von der Straße dort oben hatte man einen Ausblick auf die breite Bucht, den Strand und die Seilbahn. Wir blieben kurz stehen, und ich atmete in tiefen Zügen die Seeluft ein; ich fühlte mich seltsam friedlich, meine Nervosität war verflogen. Solange ich Sam bei mir hatte, war ich glücklich.

Das Haus wirkte riesengroß. Es war perlweiß getüncht, mit einer meergrünen Holzterrasse und einer Treppe aus Marmor. Die großzügige, kiesbestreute Auffahrt war mit Autos zugeparkt. Einige europäische Nummernschilder ließen darauf schließen, dass manche Gäste für die Party von weither angereist waren. Musik und Lichterschein drangen aus den offenen Fenstern, Gelächter und fröhliche Stimmen kamen herübergeweht, als wir über den Rasen auf die breite Frontterrasse zugingen. Die Tür stand weit offen, und auf der obersten Stufe waren zwei muskelbepackte, kahlköpfige Türsteher im Smoking postiert, um die Gäste in Empfang zu nehmen.

Vor uns sah ich eine hoch gewachsene, elegante Frau und einen älteren Mann aus einem Wagen aussteigen und auf die Tür zustreben. Sie waren teuer gekleidet, wie für eine Cocktailparty, und mir fiel siedend heiß ein, dass Sam und ich es versäumt hatten, uns ähnlich schick zu machen. Sam trug lässige schwarze Jeans zum weißen T-Shirt, während ich kniehohe Stiefel, einen kurzen schwarzen Wildlederrock und eine knapp über der Taille verknotete rote Baumwollbluse anhatte. Wir sahen nett aus, aber längst nicht so nett wie Mr. und Mrs. Cocktailkleid.

«Wir sind doch bestimmt zu schmuddelig», flüsterte ich der Jungfrau zu.

«Keine Sorge.» Er lächelte. «Ihr werdet euch wohl fühlen, wenn ihr erst mal drin seid.»

Er drückte mir beruhigend die Hand, und ich war dankbar für die Wärme, die von seinem breiten Handteller abstrahlte. Ich atmete tief durch und ließ mich von ihm über den knirschenden Kies die Terrasse hinauf führen.

«Guten Abend, Sir.» Einer der Hünen im Smoking begrüßte uns und verfolgte aufmerksam, wie Jungfrau sich mit seinem Sicherheitscode in die Gästeliste eintrug. Offenbar legte man keinen Wert auf ungeladene Gäste. Kaum waren wir im Haus, drückte man uns randvolle Gläser mit Mimosa in die Hand, und die Musik wurde lauter. Ich drehte mich nach Sam um und sah, wie er stirnrunzelnd mit der stattlichen Getränkeserviererin verhandelte, aber auch sein freundliches Grinsen vermochte ihr kein Bier zu entlocken. Ich drückte ihm leicht den Arm.

«Probier's mal», flüsterte ich. «Vielleicht kommst du ja auf den Geschmack.»

«Was ist Mimosa?» Misstrauisch lugte er in sein hohes Glas.

«Sekt mit Orangensaft.» Der Schuster lachte. «In England heißt es Bucks Fizz. Macht einen garantiert hellwach und gute Laune.»

Sam nippte, zog die Stirn kraus, nickte und lächelte mich dann einsichtig an.

«Mensch», sagte er. «Schätze, daran könnte ich mich gewöhnen.»

Zwei Mimosas später verlor ich Sam in der Menge. Eben lehnte er noch mit geistesabwesendem Gesichtsausdruck an einer Wand, kurz darauf nickte und lächelte er einer zierlichen Brünetten im Lederkleid zu. Dann war er verschwunden. Ich empfand einen Anflug von Panik, aber die warme Hand der Jungfrau in meinem Kreuz beruhigte mich.

«Keine Bange», sagte er und lotste mich auf einen hohen Bogengang zu, der in eine weitere Flucht von Räumen führte. Im ersten Raum wurde getanzt, es herrschte drangvolle Enge, warme Körper wanden und drehten sich umeinander. Laute Musik empfing uns, und ich tippte mir unwillkürlich mit den Fingern gegen den Oberschenkel, als ich den Trance-Klassiker erkannte, der da aus den Boxen dröhnte. Die Jungfrau grinste mich an.

«Siehst du? Sam ist nicht weit weg», sagte er.

Allerdings. Ich konnte ihn mit der Brünetten am Rand des überfüllten Raumes tanzen sehen. Ein breites Grinsen lag auf seinem Gesicht, sein Glas baumelte leer zwischen Daumen und Zeigefinger der einen Hand. Ich hatte Mühe, einen leichten und höchst unerwarteten Anflug von Eifersucht zu unterdrücken, und wandte mich mit gleichmütigem Lächeln der Jungfrau zu.

«Tanzen wir?»

«Dachte schon, du fragst nie.» Lachend verdrehte er die Augen und ließ seine Hand weiter um die Taille gleiten. Ich empfand echte Erregung bei seiner Berührung, und als ich mich umdrehte und in die kochende Menge stürzte, fühlte ich mich kurz wie beraubt, als seine Hand den Kontakt mit meiner Haut verlor.

Ich drängelte mich durch bis zur Mitte der belebten Tanzfläche, weit weg von Sam und seinem Mädchen – ich wollte ihm schließlich nicht den Spaß verderben, indem ich als offizielle Freundin auftrat – und tanzte und drehte mich zur Musik, ließ sie mir durch den Körper pulsieren und meinen Herzschlag leiten. Schneller. Immer schneller. Ich seufzte und wiegte mich an Jungfrau gedrückt in den

Hüften, warf mir das Haar aus dem Gesicht und lächelte ihn ausgelassen an.

Wir wirbelten herum und wackelten mit dem Hintern, stimmten unsere Bewegungen aufeinander ab. Dabei hasste ich Tanzen sonst, vor allem mit jemand Neuem. Normalerweise hatte ich das Gefühl, von allen anderen angestarrt zu werden, als wäre immer noch Patrick bei mir und würde sich über meine Trampeligkeit lustig machen. Aber heute Abend fiel mir das Tanzen leicht. Alles kam mir so frei, so fließend vor. Ich schwenkte die Arme, wiegte die Hüften, und mein Tanzpartner schien mich ganz wunderbar zu finden. Ich warf den Kopf zurück und lachte vor Freude, hier auf der Party zu sein, vor Vergnügen, mit jemandem an einem Ort zu sein, wo mich keiner kannte, und vor Erregung darüber, Dominique zu sein.

«Ich kann nicht weiter Jungfrau zu dir sagen!», schrie ich über den Lärm weg. «Kann ich dich nicht anders nennen?»

Er zuckte grinsend mit den Schultern, gab aber keine Antwort, sondern hakte mir einfach den Zeigefinger in den Rockbund und zog mich dichter an sich, bis ich spürte, wie mir sein Schwanz hart gegen den Hüftknochen drückte. Ich schluckte schwer. Und rieb mich an ihm. Er erwiderte den Druck und ließ eine Hand unter das weiche Wildleder meines Rocks gleiten, um meinen Arsch zu umfassen. Mir wurde ganz heiß und kribbelig. Ich sah in sein Gesicht, er erwiderte meinen Blick und rollte dann noch aufreizender mit den Hüften. Für eine Jungfrau kannte er sich ganz schön aus.

«Ich werde dich JF nennen», sagte ich. «Ist mir einfach lieber so.»

Er nickte, immer noch stumm, die vollen Lippen fest zusammengepresst. Ich musterte sein ausdrucksloses Gesicht und erschrak dann selber über meine Kühnheit, denn ich lehnte mich vor, schob die Hand zwischen unsere Leiber und legte sie durch den Hosenstoff um seinen Schwanz. Als ich ihm den Mund auf die Lippen drückte, teilten sie sich, und ich schmeckte seine Zunge.

«Nicht», flüsterte er dann, löste sich widerstrebend von mir und strich mir übers Haar. «Du darfst noch nicht mitmachen. Du bist nur hier, um dich ein wenig einzugewöhnen. Und um zu feiern.»

«Ich möchte mit dir feiern», gurrte ich viel sagend und fuhr mit den Fingern um die verlockende Beule, die seine Wundertüte in der weichen Hose bildete.

Lange sah er mich an, mit ernsten dunklen Augen und schwer zu deutender Miene. Ich nahm intensiv wahr, wie die laute Musik mir rhythmisch durch die Adern hämmerte, dazu das Gedrängel der zuckenden Leiber auf der Tanzfläche.

Von Sam und dem Mädchen war nirgends eine Spur zu entdecken. Und auch nicht von einigen anderen Gästen, wie Mr. und Mrs. Cocktailkleid, die ebenso früh eingetroffen waren wie wir. Aber es drängten sich immer noch eine Menge Leute auf engstem Raum, und die Hitze, der Lärm und der Schweißgeruch machten mich geil, wozu vermutlich auch der Sekt beitrug, den ich getrunken hatte, und JFs Schwanz, der unter meinen kosenden Fingern immer härter wurde.

Ich fuhr mit den Händen herum und packte ihn am Hintern, zog ihn an mich und rieb mich an ihm. Da ich heute Abend keinen BH trug, stießen meine Brustwarzen gut sichtbar von innen gegen den roten Baumwollstoff meiner Bluse, und ich fuhr ihm damit über die Hemdfront, um ihn anzumachen, egal wie. Aber der Mann war nicht so leicht umzustimmen. Er wirbelte mich einfach herum und schmiegte sich von hinten an mich, die Wange an meine Schulter gedrückt, während sein Schwanz mir durchs Wildleder gegen die Poritze stupste. Falls er jedoch glaubte, davon würde ich mich entmutigen lassen, täuschte er sich, denn ich hatte nicht vor, mich so einfach abwimmeln zu lassen.

Ich tanzte weiter. Dabei rieb ich mich rücklings an ihm und schlang ihm einen Arm um den Hals, zog ihn dicht an mich und wandte den Kopf, um seinen Mund zu suchen. Zunächst bedurfte es einiger Überzeugungskraft. Ich musste seine Zunge mit meiner umschlingen und sie geduldig vorlocken. Aber schließlich war sein Interesse geweckt, und als ich merkte, wie sein Schwanz sich an meinem Arsch stahlhart versteifte, wurde ich meinerseits feucht.

Sam und ich hatten uns zwar erst vor kurzen im Hotel geliebt, aber ich wollte mehr. Ich wollte jemand anderen. Ich wollte JF. Oder egal wen. Für alle Fälle ließ ich den Blick durch den Raum schweifen. Falls JF die spröde Jungfer spielen wollte, käme vielleicht der Schuster infrage. Ich könnte lernen, ältere Männer zu schätzen, und die grauhaarige Eleganz des Schusters, seine langen Finger, hatten mich vorhin in der Bar fasziniert. Versonnen fuhr ich mit dem Zeigefinger über die Goldmünze in meiner Brusttasche. Sie enthielt drei Kondome, und ich wäre beglückt, wenigstens eins davon benutzen zu können.

Ich hielt in der Menge Ausschau nach dem Schuster, doch als ich ihn entdeckte, wurde mir klar, dass man bei ihm als Mädchen nicht die besten Karten hatte. Er tanzte ungefähr drei Pärchen weiter, die Arme eng um einen schmalen, kurz geschorenen Jungen in einem limettengrünen T-Shirt geschlungen. Der Schuster merkte, wie ich ihn anstarrte, und zwinkerte mir zu. Ich grinste zurück und schloss die Augen, lehnte mich gegen JF und seufzte tief.

Dann muss es wohl beim Spatz in der Hand bleiben, dachte ich mit schiefem Grinsen. Jungfrau hin oder her.

Schließlich gab er, ganz wie erhofft, nach. Er nahm meine Hand und führte mich aus dem Raum mit den Tänzern und durch eine Flucht von Gemächern, die alle mit prächtigen Stoffen in satten Farben dekoriert waren. Offene Fenster boten einen herrlichen Blick auf den vom Mond erhellten Himmel und das funkelnde Meer, und als wir das dumpfe Dröhnen der Musik endlich hinter uns gelassen hatten, waren nur noch Geflüster und gedämpftes Lachen und das leise Plätschern der Wellen tief unten am Strand zu vernehmen.

Am hinteren Ende des Hauses führte eine gewundene Treppe zu den Räumen im oberen Stock, und ich spähte neugierig hoch zu den drei Frauen, die über der Balustrade lehnten und uns lasziv lächelnd unter stark geschminkten, halb geschlossenen Augenlidern beobachteten. Aber wir gingen nicht nach oben. JF und ich stiegen nach unten.

Das Kellergeschoss erinnerte mich an Szenen, die ich in Filmen über antike römische Bäder gesehen hatte. In hellen Farben gehaltene höhlenartige Räume, von denen aus zahllose golden glimmende Tunnel zu weiteren mysteriösen Freuden führten. Die Luft duftete intensiv nach berauschendem Ylang-Ylang. Ein Wasserbecken gab es auch – dunkel, tief und dampfend, mit mosaikgeschmücktem Boden, von einer niedrigen Kuppeldecke überwölbt; ringsherum Alkoven, in denen gepolsterte Ruhesessel und Liegen standen, die jedoch dem Blick teils durch lang von der Decke hängende, zarte Musselinbahnen verborgen waren;

gespenstische, mit schimmernden weißen Fliesen gekachelte Dampfbäder; und schließlich noch ein Whirlpool, eingelassen in einen duftenden, geschützten Winkel mit kleinen Nischen in den Wänden, in denen blaue Kerzen brannten.

Als wir Hand in Hand hineinschritten, sah ich nackte Haut in allen Schattierungen – blass, golden, tiefbraun – aufblitzen, sanft bedeckt von forschenden Händen. Ich sah leicht geöffnete, rosig schimmernde Lippen. Ich sah weiche Rundungen im Dämmerlicht, Knie womöglich. Oder Schultern. Oder Pobacken. Oder die Unterseite einer Brust.

Am Whirlpool angelangt, zogen wir uns aus, ohne ein Wort, ohne uns zu berühren. Ich stieg zuerst ins Wasser, ließ mir die Wärme durch die Glieder prickeln, während ich mich auf der geschwungenen Sitzbank niederließ und zurücklehnte, sodass mich die warmen, sprudelnden Blasen am Kinn kitzelten. Und als ich mich im warmen Wasser zurücklehnte, schwanden mir vor berauschender, sinnlicher Lust fast die Sinne, ausgelöst vom Anblick der Lust anderer Menschen, vom Verlangen anderer Frauen, von der Unterwerfung anderer Männer.

JF ließ sich mir gegenüber nieder, den Blick seiner dunklen Augen auf mich geheftet, die Schultern eben aus dem Wasser ragend. Seine Hände fühlten sich an meinen Oberschenkeln stark und doch zögerlich an. Mit den Zehen stupste er meine Knie auseinander und fuhr mit einem Fuß dazwischen. Bald hatte er mit den Zehen den feuchten Schlitz gefunden, der sich seinem Tasten so bereitwillig öffnete. Ohne den Blick von mir zu wenden, ließ er seinen Zeh dort herumgleiten. Er flatterte mir gegen die schwellende Haut. Spielte und tastete.

Ich lächelte. Sein großer Zeh fühlte sich an meiner Klit gut an. Aber ich wollte mehr, so viel mehr. Nicht so ein übervorsichtiges Getaste, als wäre ich eine blöde, verschüchterte Gans, die erst becirct werden musste, um voll zu erblühen. Ich wollte es hart und derb. Ich wollte, dass er mich nahm.

Auf einmal sehnte ich mich nach Max; er wüsste sofort und instinktiv, wonach mir der Sinn war. In Nullkommanichts hätte er mich auf den Rücken gedreht und mir fest seinen Schwanz hineingerammt. Er würde mich ganz nass machen, ganz glitschig, mich ganz weit dehnen. Ich schloss die Augen und japste ein wenig, als JFs Zeh mir über die Klit fuhr. Dann packte ich seinen Fuß – fest – und zerrte ihn hoch, wobei ich JF fast unter Wasser zog.

Ich schürzte die Lippen und ließ sie über seinen Zeh gleiten. JF riss überrascht die Augen auf und ließ sie dann zuflattern. Er stöhnte auf, seufzte dann und ließ den Kopf auf den Beckenrand zurücksinken. Sein säuberlich beschnittener Schwanz, stark und dunkel und von eleganter Länge, ragte aus dem Wasser, und ich war versucht, ihn statt des Zehs in den Mund zu nehmen. Aber dann überlegte ich es mir anders. Er sah so entspannt aus, so lustvoll ergeben. Konnte sein Schwanz mir nicht noch andere Dienste leisten, als mir als Lutscher zu dienen?

Ich pflügte durchs Wasser und ließ mich rittlings auf ihm nieder, schlang die Arme um seinen Kopf und drückte ihm die Brüste ans Kinn.

Er ist Jungfrau, dachte ich. Was, wenn er mich nun abweist? Wenn er Jungfrau bleiben will?

Aber er wies mich nicht ab. Er ließ zu, dass ich mich auf ihn setzte, während das warme Wasser uns um die Leiber sprudelte. Ich ließ meine Hand hinabgleiten, ergötzte mich kurz daran, wie seidig warm die Innenseite meines Schenkels war, und packte dann seinen Schwanz und zog die Haut daran stramm. Mit Finger und Daumen schob ich sie zurück und hielt sie an der Schwanzwurzel fest, wodurch die bereits entblößte Eichel noch empfindlicher wurde. Ohne meinen Griff zu lockern, positionierte ich mich genau über ihm und ließ mich dann auf die schlanke Länge seines Schwanzes gleiten.

Er füllte mich aus. Meine gierige Muschi wurde von seiner pochenden Rute geweitet und leicht gedehnt. Das Wasser spülte mir um die Scheide, liebkoste und streichelte mich, und dann langte ich hinab und tat es dem Wasser mit den Fingern gleich. Ich streichelte seine Wurzel und meine Lippen. Meine Finger glitten durch das nasse Gewirr meiner Schamhaare und um seine Eier herum.

JF fixierte mich und überließ mir die Initiative. Ich rutschte hoch. Ganz hoch, bis ich mich fast von ihm löste, dann wieder runter, so heftig, dass er dabei meinen Gebärmutterhals traf und mir kurz der Atem stockte. Darauf schien sein Schwanz sich aufzubäumen, beim Anblick meiner vor Schmerz leicht gefurchten Stirn. Ich lehnte mich zurück, damit er noch tiefer in mich drang, drückte den Rücken durch und spreizte die Knie weiter, um mir mit den Fingern über die Klit fahren und im Wasser mit mir spielen zu können.

«Oh, ist das geil», flüsterte JF, die Hände fest um meine Hüften gelegt, um mich in Position zu halten. «Komm schon. Fester. Tiefer.»

Ich bewegte mich weiter, ließ den knolligen Kopf seines prallen Prengels jäh in mich dringen und mich so tief penetrieren, dass es fast wehtat. Er stieß sich mir ein bisschen entgegen, und ich spürte, wie er in mir noch etwas mehr anschwoll. Er füllte mich vollkommen aus. Ich schnappte nach Luft. Sehr dick war er nicht, aber lang. Es fühlte sich an, als ließe sein langer Kolben keinen Millimeter Platz in meinem Inneren. Er rutschte ein Stück auf dem Sitz hinab und ließ dann die Finger in meine Pospalte gleiten, während ich mir an der Klit herumspielte.

Inzwischen ging mein Atem schneller, die Augen fielen mir immer wieder zu, alle meine Sinne waren aufs Äußerste geschärft. Im Nacken und am Haaransatz spürte ich ein Prickeln, das mich erschauern ließ. Ich massierte mich heftiger. JF regte sich unter mir, um die schmerzhafte Spannung in meinen Oberschenkeln zu lösen. Wir bewegten uns schneller und heftiger, fickten einander im heißen, sprudelnden Wasser. In meinen Adern fühlte ich einen heißen Puls hämmern, ein helles, hartes Pochen, bei dem ich aufstöhnte und den Rücken durchdrückte, mich hochreckte, damit meine harte Klit noch mehr von meinen Fingern hatte. JF lutschte mir geräuschvoll die Titten, schlürfte und saugte mit seinen vollen Lippen, um mir dann mit den Zähnen die Brustwarzen zu reizen, bis sie hart und rot und wund waren.

Offenbar gefiel es ihm, mich leicht zusammenzucken zu sehen; nicht, weil er mir richtig wehtun wollte, sondern um einem sonst womöglich alltäglichen Fick ein wenig Würze zu verleihen. Dann, als sein dicker Daumen sich abrupt in mein enges Arschloch schob, war mir alles egal; ich riss den Mund auf, keuchte und versuchte mich ihm zu öffnen.

Als die lustvolle Qual kaum noch zu ertragen war, begann ich mich heftiger und rascher zu bewegen. Ich rubbelte mir an der Klit herum, den berauschenden Empfindungen auf der Spur, die so nah und doch so fern schienen. JF biss mich fest in die Brustwarzen, bis ich aufschrie und die Spitzen dunkelrot waren. Aber das war genau, was ich brauchte: ein köstlicher kleiner Schmerz.

Ich japste und ächzte, als dieser Schmerz mich in den Orgasmus stieß und ich heftig auf JFs pumpenden Schwanz kam. Die Klit pulsierte in einem machtvollen Rhythmus unter meinen Fingern. Ich ergab mich und stöhnte an JFs Schulter, die Zähne gefletscht, kurz vorm Zubeißen. Gott, was für ein tolles Gefühl. Danach war mir warm, ich fühlte mich entspannt und schläfrig, und JF lächelte, als er mir das Haar aus den Augen schob.

«Verdammt, du bist gar keine Jungfrau, oder?», stellte ich ihn zur Rede, die Finger auf seiner Brust gespreizt.

«Nö.» Er grinste. «Ist nur so ein Name, der irgendwie an mir hängen geblieben ist.»

«Das hab ich mir gleich gedacht.» Ich grinste zurück und versuchte mir einzureden, dass ich nicht auf seinen Namen hereingefallen war. Aber ein klein wenig enttäuscht war ich schon. Eine echte Jungfrau zu entjungfern, das hätte mich noch gereizt. Eines Tages vielleicht, nahm ich mir vor, während wir uns in riesige Frotteebademäntel hüllten und Händchen haltend zu unseren Kleidungsstücken zurücktapsten.

Erst auf dem Weg nach draußen fielen mir die winzigen Überwachungskameras auf, die den Whirlpool und die umliegenden Alkoven lückenlos im Auge behielten. Ich blieb stehen und betrachtete das unheimliche schwarze Auge, das mich ausdruckslos aus seiner Fassung hoch oben an der Kuppeldecke anstarrte.

JF schaute kurz hoch und lächelte dann.

«Ist schon okay», beruhigte er. «Die Bilder bekommt keiner außer dem Jäger zu sehen. Ist nur zur Sicherheit. Zum Schutz, wenn du so willst. Natürlich will niemand, dass Fremde uns beobachten, aber es will auch keiner, dass jemand zu Schaden kommt. Der Jäger ist eine Beschützernatur.»

«Wo ist er denn?», fragte ich, während ich mir den Rock zuknöpfte. «Von wo aus schaut er zu? Und wessen Armee schickt er los, falls einer sich daneben benimmt?»

«Er ist hier irgendwo», erklärte JF. «Wo genau, weiß ich nicht. Und dass Armeen gebraucht würden, so weit kommt es nie.» Er winkte dem Kamera-Auge zu. «Das ist mehr eine Art Sicherheitsnetz.»

Als er sich zum Gehen wandte, hielt ich das Gesicht zur Kamera hoch und lächelte freundlich, nur für den Jäger. Dann folgte ich JF durch die gewundenen Tunnel und wieder nach oben zur Party.

Sam fand ich eine Stunde später wieder. Er hatte den Arm um die Brünette von vorhin gelegt – und um noch ein Mädchen. Es war eine hochnäsig wirkende Blondine, die mir ohne ersichtlichen Grund auf Anhieb gewaltig gegen den Strich ging. Um uns her schien die Party sich langsam aufzulösen. Entweder das, oder alle hatten sich in dunkle Ecken oder nach unten in die Bäder verzogen, oder sie waren die gewundene Treppe hoch in die Schlafzimmer gestiegen.

Der Schuster war nirgends zu sehen, aber JF stand draußen auf der Veranda und grinste uns zum Abschied zu, als wir aufbrachen. Das Pärchen im Cocktailparty-Outfit ging auch gerade, und Sam und ich sahen vom Rand der Auffahrt aus zu, wie ihre glänzende deutsche Luxuskarosse mit leise summendem Motor davonrollte.

Schweigend marschierten wir über die Küstenstraße heimwärts, unter einem Himmel, der immer noch stürmisch bezogen war, wie den ganzen Abend schon. Der Regen hatte noch nicht eingesetzt, hing jedoch dräuend über uns. Die Luft war schwer und drückend, und mit jedem Schritt wuchs meine Verstimmung. Es war, als wirkte das Wetter sich irgendwie auf meine Laune aus.

Während ich Sams Geplauder lauschte, wurde mir klar, dass ich eifersüchtig auf die Blondine war, die Sam am Arm geklebt hatte, als ich ihn wiedertraf. Dabei wollte ich gar nicht eifersüchtig sein; das beunruhigte mich. Sam und ich hatten doch gar nichts Richtiges laufen: Wir waren bloß Freunde auf einer gemeinsamen Sex-Odyssee, oder?

Warum fühlte ich mich dann so elend, als er mir erzählte, dass die Mädchen mit ihm nach oben in ein Zimmer gegangen waren? Warum krampfte sich alles in mir zusammen, als er beschrieb, wie sie ihm die warmen, weichen Lippen an die Lenden gelegt und ihm dann den Schwanz auf hundert verschiedene, phantasievolle Arten gelutscht hatten, ohne ihn auch nur einmal kommen zu lassen? Während wir eine Abkürzung durch die hell erleuchteten Lustgärten nahmen, schilderte er mir jede Einzelheit. Ich verschränkte im Gehen die Arme vor der Brust und gab mir Mühe, den genauen Details seiner buchstäblich tief schürfenden Beschreibungen nicht allzu aufmerksam zu lauschen.

«Jetzt hör endlich auf damit, ja?», fauchte ich ihn an, als ich im Hotel die Schlüsselkarte in den Schlitz schob und so unsere Zimmertür öffnete. Draußen hallte ein leises Donnergrollen über den Himmel. Ich stürmte zur Balkontür hinüber und knallte sie zu, und im selben Moment begann der Regen gegen das Glas zu prasseln.

«Womit?» Sams gewohnt sachlicher Tonfall brachte mich urplötzlich auf die Palme.

«Mit dem Gesabbel, wie wundervoll diese Tussis waren. Man könnte ja glauben, ich hätte dir noch nie vernünftig den Schwanz gelutscht.»

Schweigend stand er da, mit dem Rücken zur Tür und leicht gerunzelter Stirn.

«Ach», sagte ich darauf, indem ich sein Schweigen bewusst falsch auffasste. «Dann findest du also, ich blase nicht so gut wie die, ja?»

«Carrie!» Er lachte und breitete fast flehend die Hände aus. «Wovon redest du da? Natürlich nicht. Du bist besser! So gut wie du hat mich noch keine geblasen.»

«Warum sind diese beiden dann so eine unglaubliche Sensation? Man könnte ja fast glauben, du hättest sie gevögelt.»

«Und was wäre, wenn?», fragte er ruhig, mit leicht verdutzt zusammengezogenen Augenbrauen.

«Nichts wäre, wenn. Vermutlich hast du's getan und bloß vergessen, es mir zu erzählen.»

Ich drehte mich um und zog wutentbrannt die Vorhänge zu, knöpfte dann meine Bluse auf, pfefferte sie zu Boden und angelte nach dem Schlabber-T-Shirt, in dem ich zu schlafen gedachte. Sam trat hinter mich, legte die Arme um mich und umfasste meine Brüste, leicht in meinem Haar schnobernd. Sein Atem roch nach Sekt und Orangensaft, außerdem nach etwas anderem, dunkel und unvertraut. Ein weiblicher Moschusduft streifte meine Wange, als er ausatmete. Muschi.

«Lass uns nicht streiten», raunte er. Ich biss mir ungeduldig auf die Lippe und verscheuchte jeden Gedanken daran, wie er der Blondine den Mund an die Möse drückte.

Warum nur ging er mir plötzlich so auf die Nerven? Sam war doch so nett. So vernünftig. Die meiste Zeit über liebte ich seine Art, und so ein Streit beschwor bloß böse Erinnerungen an die schlimmen alten Zeiten mit Patrick herauf. Heute Nacht aber war ich nervös und reizbar. Vielleicht lag es am Sturm, der die ganze Zeit in der Luft lag. Oder daran, dass ich langsam die Nase voll davon hatte, ewig das Kommando zu haben. Es war schon okay, die Führungsrolle zu spielen, nur wurde das mit der Zeit ein bisschen anstrengend. Vielleicht wollte ich, dass zur Abwechslung mal jemand anderes die Zügel in die Hand nahm. Oder war es doch nur der pure Neid, der hier sein hässliches Haupt erhob? Hatte ich bloß Angst, im Vergleich mit einem Mädchen mit langen, glänzenden blonden Haaren, makellosen Lippen und einem Prachtbusen, der ihr üppig aus dem Ausschnitt des engen Seidenfummels quoll, schlecht abzuschneiden?

Ich schüttelte Sam ab und stampfte ins Bad, um mir die Zähne zu putzen.

«Man könnte glauben, du seist eifersüchtig. *Bist* du eifersüchtig?», fragte er. Mit gerunzelter Stirn stand er in der Tür, einen Arm über sich an den Türrahmen gelegt.

Seine Armmuskeln warfen lange, dunkle Schatten auf den nach innen gewölbten Bizeps, und das weiße T-Shirt spannte sich eng um seine Brust. Ich fühlte mich daran erinnert, wie ich ihn gefesselt und in ganz ähnlicher Haltung in der Balkontür aufgehängt hatte, aber jetzt ließ mich diese Erinnerung kalt. Sie irritierte mich bloß. Warum musste er nur die ganze Zeit so unterwürfig sein? So versöhnlich?

Ich trocknete mir den Mund ab, drängte mich an ihm vorbei und setzte mich aufs Bett.

«Carrie –»

«Sei still, Sam», schnauzte ich. «Ich will nicht darüber reden. Ich will nicht darüber nachdenken.» Ich legte mich hin und zog mir die Bettdecke über den Kopf, um nicht länger sein verwirrtes Gesicht anschauen zu müssen. «Und im Übrigen habe ich mit JF im Whirlpool gevögelt.»

Ein Weilchen blieb es still. Dann ergriff er das Wort, mit gewohnt vernünftiger Stimme. «Na und?», fragte er. «Soll ich mich jetzt tierisch aufregen und dir verbieten, dich mit anderen Typen abzugeben?»

«Du könntest wenigstens so tun, als liege dir was dran.»

«Das tut es ja auch. Es liegt mir was dran, dass du dich amüsiert hast. Dass er dich gut behandelt und dir nicht wehgetan hat. Außer natürlich, du wolltest, dass er dir wehtut.» Er seufzte tief. «Und es macht mir was aus, dass du so einen Aufstand machst, weil ich mir einen blasen lasse, während du mit dem Typen da aufs Ganze gegangen bist. Aber am schlimmsten finde ich, dass du mit deiner miesen Laune einen tollen Abend verdirbst.» Er ging ums Bett herum. Ich spürte, wie die Matratze unter seinem Gewicht nachgab. «Kann sein, dass ich was nicht mitbekommen habe, aber wir führen keine monogame Beziehung. Ich dachte, wir könnten tun, worauf wir Lust haben, mit wem auch immer.» Mit sanfter, versöhnlicher Stimme setzte er hinzu: «Aber wenn du das ändern willst, können wir gern darüber reden.»

Ich sagte nichts. Ich konnte nicht. Er war so nett, und ich führte mich auf wie ein Miststück. War ich dabei, mich in Patrick zu verwandeln? Wurde man, wenn man in einer Beziehung den dominanten Part spielte, automatisch zum

Ekel? Ich schluckte einen Kloß hinunter, der sich in meinem Hals gebildet hatte, und betete stumm, dass ich nicht weinen musste.

Nach einem Weilchen hielt Sam mein Schweigen nicht mehr aus.

«Carrie, rede mit mir.»

Ich drehte mich auf die andere Seite und vergrub das Gesicht im Kissen.

«O Mann, kriegen wir unsere Tage, oder was?», meinte er leichthin, stand auf und verschwand ins Bad. Als er zurückkam, stellte ich mich schlafend, und am nächsten Morgen wechselten wir kaum ein Wort.

Nach diesem Wochenende fiel es mir schwer, mich wieder auf die Arbeit zu konzentrieren. Das Luftfahrtprojekt lief nicht besonders gut, und bei einer Ausschreibung hatte uns eine Konkurrenzagentur den Auftrag eines anderen Kunden vor der Nase weggeschnappt. Max war anscheinend nicht im Lande, und ich war entschlossen, Sam eine Weile nicht anzurufen, obwohl er mir ein paar Mal mailte und mir eine zaghafte Nachricht auf dem AB hinterließ, als ich ihm nicht zurückmailte.

Zaghaftigkeit ging ja noch, aber Unterwürfigkeit?, dachte ich, als ich die Play-Taste am AB drückte und zuhörte. Schon Sams Stimme ging mir jetzt auf die Nerven, und ich löschte die Nachricht, ohne sie mir nochmal anzuhören. Ich brauchte etwas Abstand, um über ihn nachzudenken, und darüber, was ich wollte. Und auch darüber, weshalb er mir am Wochenende zum Schluss so auf den Geist gegangen war. Dabei hatten wir doch ein paar schöne Tage verlebt. Aufregend, spaßig und wahnsinnig erotisch. Bis ich alles verdorben hatte.

Laufend schwirrten mir kleine Szenen von der Party in Bournemouth durch den Kopf, und ich prüfte ständig meine E-Mails, weil ich endlich was vom Jäger hören wollte. Aber als ich am Mittwoch endlich was bekam, war es nicht ganz, was ich mir vorgestellt hatte:

Liebste Dominique,
Als ich sagte, komm nach Bournemouth, meinte ich eigentlich nicht komm *in* B. du solltest dich mit den jungs anfreunden, nicht mit einem von ihnen bumsen, *g*. Du siehst wunderschön aus beim vögeln. Toll, wie deine augenlider flattern, wenn du kommst, und mit nassen haaren siehst du aus wie eine nixe. Vielleicht hast du lust auf mehr? Ein mädchen ganz nach meinem herzen ...
Grüße, J.

Er muss ja förmlich am Überwachungsmonitor geklebt haben, dachte ich, stützte lächelnd das Kinn in die Hand und las seine E-Mail nochmal durch. *Du siehst wunderschön aus beim Vögeln*, schrieb er. Ich runzelte die Stirn. Das hatte mir doch kürzlich schon mal jemand gesagt. Aber mir wollte nicht einfallen, wer.

Um ihn ein wenig auf die Folter zu spannen, schickte ich ihm vorläufig keine Antwort. Die Abende vertrieb ich mir damit, Gabriel zu necken – der sich anscheinend an dem Wochenende, als ich verreist war, eine Freundin angelacht hatte –, und mit albernem Chatroom-Geflirte mit Leuten, die ich nicht kannte. Es war eine Zerstreuung, die mich davon abhielt, zum Hörer zu greifen und Sam anzurufen.

Ich war wild entschlossen, das nicht zu tun. Ich war frei und ungebunden. Und so sollte es auch bleiben.

Wirklich.

Aber die nächste E-Mail vom Jäger kam an einem trüben Donnerstag Ende September. Bei der Arbeit schob ich Frust, zu Hause langweilte ich mich, und seit über einer Woche war ich nicht mehr laufen gewesen. Noch dazu hatte ich schon eine halbe Flasche Chardonnay intus, als ich meine Mails checkte.

```
Dominique,
länger nichts gehört von dir. Für psycho-
spielchen habe ich nichts übrig. Aber
wenn du mal wieder lust auf party hast,
gib mir bescheid. Die sache steigt nächs-
tes wochenende. In Cambridge. Nun bist du
dran. Entscheide dich und antworte mir.
Grüße, J.
```

Der Wein zeigte wohl Wirkung, denn ich wählte ohne weiteres Nachdenken Sams Nummer. Vom Anrufbeantworter tönte mir Mrs. Greys kühle, wohlklingende Stimme entgegen. Weil ich keine Lust hatte, eine Nachricht zu hinterlassen, legte ich auf und beschloss, allein nach Cambridge zu fahren.

Von Cambridge bekam ich im Grunde nicht viel zu sehen. Den Abend verbrachte ich in einem Restaurant, wo ich mit JF füßelte, während der Schuster sich lang und breit über ein besonders hübsches Paar Pferdehufstiefel ausließ, die mir seiner Ansicht nach gut stehen würden, während ich fand, die Dinger hörten sich wahrhaft unelegant an. Er grinste, als ich geringschätzig die Lippen schürzte, und zog eine Augenbraue hoch.

«Nun komm», säuselte er. «Hast du dir nie ausgemalt, ein Pferd zu sein? Stell dir vor, du wackelst mit einem Arsch, an dem ein prächtiger Pferdeschweif hängt. Stell dir vor, wie du über den Asphalt trabst, mit metallischem *Klipp-klopp*, weil deine Hufe frisch beschlagen sind. Du wärst begeistert!»

«Ich käme mir völlig behämmert vor!», protestierte ich lachend. «Aber wenn du dich verkleiden und mein Pony sein willst, dann bitte, nur zu.»

Er ließ den Blick seiner hellen Augen über meine Figur huschen und schüttelte lächelnd den Kopf. «Nein, tut mir Leid, Liebes. Mit euch Mädchen kann ich einfach nichts anfangen. Aber *sie* …», er deutete auf den schlanken Kellner mit dem schmalen Schnäuzer und dem modischen Ziegenbärtchen, «… o Mann, die könnt ich auf der Stelle vernaschen.»

Wir sahen beide zu, wie der Kellner hüftwackelnd an den Nebentisch eilte, und ich bewunderte seinen knackigen kleinen Hintern in der schwarzen Hose. Dann grinste ich den Schuster über den Tisch hinweg an.

«Der gehört mir», sagte ich.

«O nein, Schätzchen.» Er schüttelte den Kopf und riss herausfordernd die Augen auf. «Sie gehört mir!»

Wir wechselten verschwörerisch Blicke, und ich kicherte. JF stieß einen lauten Seufzer aus, dann lehnte er sich vor und strich mir mit dem Finger über die Hand.

«Hört auf, euch zu kabbeln und esst lieber», sagte er. «Es liegt doch auf der Hand, dass keiner von euch diesen Wettstreit hier gewinnen kann.»

«Ach ja?», entfuhr es uns gleichzeitig. «Und wieso?»

«Weil ich der klare Sieger wäre. Und ich steh noch nicht mal auf Jungs.»

«Wieso mischst du dich dann überhaupt ein?», fragte ich.

«Weil ich meinen Horizont ungern einenge», gab JF grinsend zurück. «Nun esst fertig, damit wir los können. Wir kommen noch zu spät. Es ist Partytime, Dominique.»

Diesmal stieg die Party in einem alten Herrenhaus vor den Toren von Cambridge. Weiß der Himmel, wie man die Leute vom örtlichen Denkmalschutzverein überredet hatte, das Gemäuer für eine Party zur Verfügung zu stellen, aber irgendwie hatte man es geschafft. Vielleicht nahm ja einer der Denkmalschützer an der Party teil, wer weiß. Ich sah einige Gesichter vom Wochenende in Bournemouth wieder, und auch ein paar neue.

Die Party war lustig, obwohl ich immer noch bloß als Zuschauerin teilnahm. Ich sah niemanden, der der Jäger hätte sein können, obwohl die Frage nach seiner Identität mich inzwischen sehr beschäftigte. Zu gern hätte ich gewusst, wer er war, wie er aussah. Bis drei Uhr früh tanzte ich mit JF und ein paar anderen und becherte fleißig Tequila-Lime.

Am nächsten Morgen erwachte ich allein in meinem Hotelzimmer. Ich hatte dröhnendes Kopfweh, und um meine Augen war Make-up verschmiert, da ich gleich ins Bett gefallen war, ohne mich abzuschminken.

Viel zu schnell war das Wochenende vorbei. Zu Hause war es trist und langweilig, und es wurde mit einem Mal so kalt und unfreundlich, dass es schien, als hätten wir den Herbst übersprungen und wären mitten im Winter gelandet. Die Kontaktsperre zu Sam hielt ich weiter aufrecht, und nach einer Weile hörten seine E-Mails auf. Was mich aber nicht davon abhielt, jeden Tag gespannt in meine Mailbox zu schauen. Mir war klar, wie bescheuert das von mir war. Sam war ein netter, unkomplizierter Bursche, mit dem ich es mir lieber nicht verscherzen sollte, aber ich wollte weiter Abstand wahren. Durch die Erfahrungen mit den anderen Leuten, die ich im Internet kennen lernte, wurde ich ein ganz neuer Mensch, und solange ich nicht genau wusste, wer ich war, konnte ich keine Beziehung gebrauchen, durch die alles nur komplizierter wurde.

Dafür ging ich öfters mit Max aus. Er war ein paar Wochen in den Staaten gewesen, aber da Leon ihn wieder brauchte, kam er zurück und ging mit mir aus, wenn er die Zeit fand. Er war so anders als Sam, entsprach so viel mehr dem, wonach ich mich an jenem Abend in Bournemouth gesehnt hatte: jemand, an dem ich mich abreagieren konnte, mit dem die Fetzen flogen. Der am wenigsten unterwürfige Mann, den ich kannte, abgesehen von meinem Exgatten, aber auf viel, viel bessere Art.

Mit Max amüsierte ich mich jedes Mal glänzend, und wir hatten tollen Sex, aber ich war nicht ganz bei der Sache. Laufend ging mir die Gruppe durch den Kopf. Beim Chatten mit dem Jäger gewann ich im Laufe der nächsten Wochen einige Einblicke. Offenbar gab es einen exklusiven inneren Zirkel, fast eine Familie, bestehend aus JF, dem Schuster, einem hinreißenden Flamencotänzer mit Namen Marquis von Carrabas, den Zwillingen (zwei Mädchen, die hauptsächlich nur Augen füreinander hatten, offenbar aber mit Jungs experimentierten, wenn sie nichts Besseres zu tun hatten) und noch einigen anderen, die JF mal erwähnt hatte, die ich aber noch nicht kannte.

Noch immer gehörte ich nicht dazu, war kein richtiges Familienmitglied, aber bis Halloween nahm ich noch an drei weiteren Wochenenden teil. Mir gefiel JF, aber auch der Marquis sagte mir zu. Und als wir uns alle zu Halloween verkleideten und zu einer Fetischparty in einem Club in Bristol gingen, entbrannte ich Hals über Kopf für jemand anderen aus der Gruppe.

Ich erkannte sie gleich wieder, obwohl es Wochen her war, seit sie in Bournemouth mit ihrem teuren Lederkoffer aus dem Zug gestiegen war. SK, hoch gewachsen, schlank und in ihren unverkennbaren weißen Ledermantel gehüllt, hatte ihre Chauffeuse im Schlepptau und führte noch ein anderes Mädchen wie einen Hund an der Leine.

JF hatte mich ins Obergeschoss des Clubs mitgenommen, um mir die «Fummelkiste» zu zeigen. Dabei handelte es sich um eine geräumige, horizontale Kiste, in die sich legen konnte, wer Lust dazu hatte. Entlang der Seiten und oben im Deckel befanden sich ovale Öffnungen, in die Handschuhe aus weichem pechschwarzen Gummi eingearbeitet waren. Die Person in der Kiste konnte nicht sehen, wer sie betastete, nur in der Finsternis liegen und genießen, wie anonyme, behandschuhte Hände ihr zwischen die Beine, über Brust und Arme glitten. Es war die ultimative Unterwerfung: Streck dich einfach aus und lass alles mit dir geschehen.

SK – die Schneekönigin – steckte ihr Hundemädchen in die Kiste und brachte eine verspielte halbe Stunde damit zu, dem Mädchen mit den Händen über den ganzen Körper zu fahren, zusammen mit einer Hand voll anderer Teilnehmer, aus deren Gesichtern heftiges Verlangen sprach. SK dagegen schien absolut unbeteiligt; sie starrte ins Leere, während sie dem Hundemädchen die Finger in den engen kleinen Arsch drückte und sie dann und wann flüsternd aufforderte, die Position zu verändern oder sich weiter zu öffnen.

Schließlich kam das Mädchen unter Zittern und Stöhnen zum Höhepunkt. Mit einem gelangweilten Ausdruck im rassigen Gesicht warf SK sich das Haar über die Schulter, spazierte einfach davon und überließ es der Chauffeuse, dem armen Hundemädchen aus der Kiste zu helfen. Ich war empört über SKs Gefühllosigkeit und heftete mich an ihre Fersen. JF nahm sich unterdessen ritterlich des Hundemädchens an, auf das er ohnehin ein Auge geworfen zu haben schien.

SK stolzierte durch den Club, ohne die anderen Gäste zu beachten, trotz des unverhohlenen Interesses, das man ihr zollte. Sie blieb ein Weilchen bei einer Schaukel mit gummiüberzogenem Sitz stehen, die an kurzen Silberketten von der Decke hing. Wir beobachteten beide, wie eine hübsche kleine Schwarze darauf Platz nahm und dann die nackten Füße in ein Paar kurzer Steigbügel hakte. Die Steigbügel waren so angebracht, dass ihre Fersen eng an den Hintern gedrückt waren und die Knie in Höhe ihrer Schultern weit gespreizt waren.

Der Gefährte des Mädchens war ein Mann von ungefähr vierzig mit einem Tattoo, das sich aus dem Bund seiner Lederchaps hochschlängelte bis an seine linke Schulter. Er trat vor und küsste das Mädchen voll Leidenschaft. Ein Hitzeschwall schoss durch meinen Körper, während ich zusah, wie er ihr zärtlich den Rock hochschob und die

Knöpfchen am Zwickel ihres Slips öffnete. Das Mädchen war völlig offen, rosa und glänzend. Der Mann stellte sich in Positur – die Pobacken angespannt, mit voll erigiertem Schwanz –, versetzte der Schaukel einen leichten Stoß und wartete, bis ihr Schwung ihm die Möse des Mädchens auf den bereiten Schwanz stieß. Beide brauchten sich nicht zu bewegen, sie ließen einfach die Schaukel vor und zurück schwingen. Das Mädchen stöhnte und lehnte sich zurück, brachte die Schaukel mit seinem Gewicht etwas mehr in Fahrt, stieß seinem satyrhaften Liebhaber die Möse mit immer mehr Wucht entgegen.

SK sah eine Zeit lang mit ausdrucksloser Miene zu und schritt dann zur Bar. Nachdem sie sich dort einen doppelten Wodka ohne Eis genehmigt hatte, eilte sie leichtfüßig und behände die schmiedeeiserne Treppe hoch in den oberen Stock. Ich war dicht hinter ihr, aber sie sah mich nicht. In meinem engen, schnallenbewehrten Minirock aus PVC und der dazu passenden Kombination aus BH und Halsband ging ich in der Menge unter, die geradewegs einer Fotostrecke der *Fetish Times* entsprungen schien.

Oben befand sich eine Lounge zum Chillen. Wenn ich mich mit meinem Wasser auf eine Couch setzte, würde ich unter den übrigen Gästen nicht weiter auffallen, die hier mit ihren Reißverschlüssen, Gurten und Gummiklamotten abhingen. Aber von meinem Platz aus konnte ich ein kleines Büro einsehen, das SK betreten hatte.

Die Schreibtischlampe brannte, und dahinter saß eine junge Frau, deren enges dunkelrotes Oberteil aus Gummi und kurzer schwarzer Gummirock im gedämpften Licht schimmerten. Das Gummi war so hingebungsvoll poliert worden, dass es fast nass und glitschig wirkte, und schon der bloße Anblick geilte mich insgeheim auf. Die Frau trug ein glänzendes Halsband und Ohrringe, die Furcht erregend spitzen Dornen glichen.

Als SK eintrat, hob die Frau den Blick. Sie hatte kurze, stachelig abstehende, wasserstoffgebleichte Haare und dunkel mit Kajal umrandete, lebhafte Augen. Sie wirkte punkig, derb und aufregend. Ganz so, als müsste sie eigentlich diejenige sein, die den Ton angab. Aber dem war nicht so. Offenbar gab es ihr einen Kick, sich von SK dominieren zu lassen.

Ich vergaß fast, dass ich nicht allein war, während ich zusah, wie SK zu einem kleinen Kühlschrank schritt, der in der hinteren Büroecke auf einem Tischchen stand. Es fiel kein einziges Wort. Sie tat es einfach. Ich war beeindruckt, und ein erwartungsvoller Schauer kroch mir das Rückgrat hoch. SK holte etwas aus dem Eisfach, das aussah wie ein Dildo, wandte sich um und musterte die Frau versonnen, während sie das Teil in der einen Hand hielt und mit Daumen und Zeigefinger der anderen daran auf und ab fuhr, als wäre es ein Schwanz, den sie wichste.

Als ich sah, wie dünne Dampfkringel von dem Dildo aufstiegen und durch die Zimmerwärme an der Spitze ein paar Kondenswassertröpfchen zu perlen begannen, wurde mir klar, dass er aus Eis bestand. Ein an die dreißig Zentimeter langer Zylinder aus stahlhartem Eis. Das Teil wirkte in ihrer Hand riesengroß, und ich fragte mich, wem das in die Muschi passen sollte.

Ein Pärchen neben mir auf der Couch hatte leise herumzumachen begonnen. Geräuschvolle Zungenküsse waren zu vernehmen, dann ein lustvoll zischender Atemzug, als das Mädchen dem Jungen das lederverhüllte Gemächt massierte und endlich seinen schlanken, geäderten Schwanz befreite. Sie saßen so dicht neben mir, dass ich das

Parfüm des Mädchens riechen und den maskulinen Duft vom Glied des Jungen ahnen konnte. Das Mädchen streifte mich mit dem Ellenbogen und murmelte eine Entschuldigung, ohne aus dem Takt zu geraten, während sie mit der Hand den Schwanz des Jungen auf und ab fuhr. Ich lächelte. Ein so öffentlich zur Schau gestellter Liebesbeweis schien hier nicht weiter bemerkenswert. In diesem Club ging, wie ich allmählich begriff, anscheinend alles.

Die Frau im Büro schritt langsam um den Schreibtisch herum, setzte sich auf die Kante und schob sich dann den Rock hoch, sodass ihr säuberlich getrimmter Busch zum Vorschein kam. Ihr dunkelrot glänzender Mund bewegte sich, als sie mit SK sprach, aber was sie sagte, konnte ich nicht hören. Die Drum 'n' Bass-Musik dröhnte dermaßen laut, selbst hier oben in der Lounge, dass alle Geräusche bis auf die in unmittelbarer Nähe übertönt wurden.

SK trat dicht an das Mädchen heran und legte ihr die Hand auf die gummiverhüllte Brust. Schon bei der Berührung versteiften sich die Brustwarzen des Mädchens und drückten sich durchs Gewebe wie harte Klümpchen Kerzenwachs. Sie liebkoste, küsste und leckte dem Mädchen den Mund, bis dieses sich umwandte und auf allen vieren auf dem Schreibtisch postierte, sodass ihr verblüffend weißer praller Hintern und ihr vor Erregung glänzendes Geschlecht aus dem pechschwarzen Gummirock vorlugten. Ihr voluminöser Hintern zeigte Richtung Tür, durch die jederzeit jemand hereinkommen oder sie durch den offenen Türspalt sehen konnte. Aber vielleicht geilte eben dieser Gedanke sie noch mehr auf. Mir blieb jedenfalls nichts verborgen. Ich war versucht, mir selbst einen Finger unter den Rock zu schieben und mich zu reiben, unterdrückte dieses Verlangen aber vorläufig.

SK packte den fleischigen Hintern, der ihr dargeboten wurde, hielt ihn mit gespreizten Fingern ruhig. Sie schob dem Mädchen die Nase ans Geschlecht und atmete tief ein, wobei ein Ausdruck purer Lust in ihr Gesicht trat. Dadurch wirkte sie menschlicher, schien stärker beteiligt als zuvor. Die noch vorhin zur Schau getragene Langeweile schien gänzlich verflogen, und sie schien entspannt und glücklich. Sie war wohl in ihrem Element, mutmaßte ich, während ich zusah, wie sie sich vorneigte und die dunklen, fruchtigen Schamlippen des Mädchens leckte. Ihre Zunge war lang, und sie machte sie steif, wie einen kleinen Penis, während sie stippte und schleckte, bis die Haut des Mädchens vor Speichel glänzte. Ein Schwall Sahne quoll ihr tief aus der Muschi, während sie immer erregter wurde.

Die Schneekönigin ließ sich alle Zeit der Welt. Ihre Bewegungen waren gemächlich und zärtlich, sie hielt die Bernsteinaugen halb geschlossen, und ihre Finger spielten sacht über den Eisdildo, den sie immer noch in der Rechten hielt. Er hatte zu schmelzen begonnen, eine kleine dunkle Lache Eiswasser hatte sich auf dem Teppich neben ihrem Stiefel gebildet, aber dann beschloss sie, ihn ins Spiel zu bringen. In einer Spur von kühlem Schmelzwasser fuhr sie dem Mädchen damit hinten am Oberschenkel hoch, dann um die Pobacken und die geschwollenen Schamlippen, worauf ihre Gespielin ihr jäh den Hintern entgegenstieß. Da hörte ich die Stimme der Blonden.

«O bitte», sagte sie. «Bitte, Darling. Lass mich nicht betteln.»

Die Schneekönigin lächelte und schüttelte leicht den Kopf.

«Das hängt doch gar nicht von mir ab, oder?», gurrte sie.

«Betteln wirst du doch auch so. Stimmt's?» Worauf sie den Dildo wieder von der Muschi des Mädchens wegzog.

«Oh, bitte.»

«Ich will es hören, Christine.»

«Bitte.» Es klang fast schmeichlerisch. Ich fragte mich, warum sie es nicht einfach sagte, aber dann, als ich sah, wie sie erschauerte, als ihr der Dildo hinten über den Oberschenkel fuhr, begriff ich, dass diese Verzögerung ihr gefiel. Auf subtile Weise verlieh diese Taktik ihr das Gefühl, die Sache selbst in der Hand zu haben. Wenn sie die richtigen Worte sagte, würde ihr der Dildo reingestoßen; aber indem sie sie erst aussprach, wenn sie, und zwar nur sie, es für richtig hielt, gewann sie an Macht.

SK ließ ihr den Schwanz aus Eis am anderen Schenkel hochgleiten, berührte kurz ihren Anus damit und fuhr dann, eine glitzernde Spur hinterlassend, Christines Rückgrat hinauf. Das Mädchen zitterte, und ich sah, wie sie eine Gänsehaut bekam.

«Sag es, Süße.»

«Nein. Nein. Mach's einfach», murmelte das Mädchen.

Die Musik verstummte kurz, ein dumpfes Klingeln tönte mir in den Ohren nach. Leises, lustvolles Geflüster drang von dem Pärchen neben mir herüber, und ich seufzte vor Neid. Hinzuschauen wagte ich nicht, aber dass sie Spaß hatten, wusste ich auch so. Ich konnte das Glitschen von Lippen auf einem steifen Schwanz hören, und im Büro bekam ich mehr als genug zu sehen, was mich in einen Zustand fiebriger Erwartung und Begierde versetzte. Feurige Finger fuhren mir durchs Haar und ließen meine Kopfhaut prickeln, während mein Puls sich verlangsamt zu haben schien und mir dumpf und schleppend durch die Adern hallte. Nässe rann mir innen über die Oberschenkel, und ich rutschte etwas auf dem weichen alten Leder des Sofas herum und wünschte mir sehnlich, dass ich meinen Stolz heruntergeschluckt und Sam gebeten hätte mitzukommen. Oder dass jetzt JF hier auftauchte. Aber ich hatte nur mich selbst als Gesellschaft und meine eigenen Finger, die sich unter den Saum meines PVC-Rocks gestohlen hatten und nun einen intimen Tanz auf meinem warmen, schwellenden Geschlecht aufführten.

Ich war froh, SK gefolgt zu sein. Von ihr konnte ich Dinge lernen, die ich wissen musste, wenn ich weiter Dominique sein wollte. Und außerdem war es das reinste Vergnügen, ihr zuzusehen. Ich war ganz verrückt nach ihr. Es war wie früher in der Schule, wenn ich in eins der älteren Mädchen verknallt war: Ich wollte einfach in jeder Hinsicht genau wie sie sein. Und in meiner Phantasie war ich das auch.

Ich starrte durch den Türspalt. Christine war nun am Siedepunkt, sie hatte den nassen Arsch so weit es ging von sich gereckt, die Schultern auf die Tischplatte gedrückt, die Wange gegen das Holz gepresst. Ihr Rücken beschrieb einen geschmeidigen Bogen, sie hatte die Augen geschlossen und einen verzückten Ausdruck im Gesicht. Als das nächste Musikstück losdröhnte, sah ich, wie ihre Lippen sich bewegten, und ich wusste, dass sie endlich genau die Worte sagte, die SK hören wollte.

Die Schneekönigin leckte über die Spitze des Dildos, wie um ihn anzuwärmen, und stieß ihn langsam zwischen Christines pralle Schamlippen, drehte und drückte ihn hinein, bis er fast ganz vom hungrigen Geschlecht des Mädchens verschluckt war. Wie sich das wohl anfühlte? War es eiskalt? Oder fühlte es sich an der fiebrigen Haut fast heiß an, so wie im Winter, wenn man die eisigen Finger unter laufendes Wasser hält? Ich starrte sie an, versuchte mir vorzustellen, wie sie sich fühlte, wobei ich nur das Bild wahrnahm, das sie abgab, und meine eigene Lust, die in mir anschwoll, bis mein Puls rasend schnell hämmerte und mein eigenes hungriges Geschlecht ans Leder des Sofas gepresst anschwoll und aufblühte.

SK drehte den Dildo, zog ihn raus und ließ ihn dann mühelos wieder reingleiten. Er schmolz nun schneller, durch die aufgeheizte Atmosphäre ebenso sehr wie durch die Körperwärme der erhitzten Christine. Eiswasser rann ihr in dicken Tropfen die Schenkel hinab, bildete schimmernde Rinnsale, die sich in den Grübchen ihrer Kniekehlen sammelten und dann auf die Tischplatte tröpfelten.

Ich konnte sehen, wie sie keuchte, wie ihre Schultern vor Wonne zitterten. Ich rieb meinen eigenen, wunderbar feuchten Schlitz etwas fester, worauf mich ein Wonneschauer durchrieselte. Mann, war das geil. Ich sah zu, wie die Schneekönigin Christine gründlich bearbeitete, wie sie ab und an mit den behandschuhten Fingern hinabtauchte, um an Christines Klit zu reiben und zu drücken, während sie sie hingebungsvoll mit dem Eisdildo vögelte. Dieser schmolz nun rapide dahin, ein Schwall Wasser und cremige Säfte rannen dem Mädchen an den Beinen hinab. Ihre Hüften zuckten und ruckten, und trotz der lauten Musik konnte ich hören, wie sie lustvoll stöhnte, laut seufzte und wimmerte.

Sie war vollkommen versunken, genau wie SK. Der gelangweilte Ausdruck von vorhin war schierem Genuss gewichen. Sie war wundervoll. Das alles war wundervoll. Ich war hingerissen. Entspannt und selbstvergessen rutschte ich auf der Couch ein Stück abwärts und legte das Genick an die angenehm weiche Rückenlehne. Ich spreizte die Knie und schob meine Hand hinab.

Die Geräusche, die Wärme und das lustvolle Treiben um mich herum hatten mich mehr aufgegeilt, als mir bewusst war. Ich war triefnass. Mein Geschlecht drängte sich dick angeschwollen meinen Fingern entgegen, und ein sprühendes Feuerwerk zischte mir unvermittelt die Wirbelsäule hoch. Das Pärchen neben mir war völlig außer Rand und Band. Sie praktizierten jetzt 69 und leckten und saugten sich gegenseitig ins Nirwana.

Im Büro kniete SK nun vor Christine, das Gesicht an sie geschmiegt, und leckte ihr fest und heftig die Klit, während sie den schmelzenden Dildo tief in das Mädchen stieß. Die Finger ihrer freien Hand glitten ihr über die nasse Haut, und dann rammte sie dem Mädchen den Zeigefinger tief ins Arschloch. Locker aus dem Handgelenk fickte sie die Muschi des Mädchens mit dem Dildo und ihren Arsch mit dem Finger.

Ganz entgegen meiner sonst eher zurückhaltenden Art kam ich unvermittelt zu einem heftigen kleinen Höhepunkt, bei dem meine Wimpern ins Flattern gerieten und mein Geschlecht pochend meinen Fingern entgegenschwoll. Es war herrlich, wundervoll, und ich sah sehnsüchtig zu, wie auch Christine nun kam, sich wild gegen SKs Hände stieß und vor Ekstase laut und kehlig aufschrie. Ich drückte zitternd den Kopf an die hohe, lederbezogene Sofalehne und sah zu, wie SK sich erhob und ihren langen Mantel aufzuknöpfen begann. Offenbar war die Show noch keineswegs vorbei.

Leider musste das Pärchen neben mir sich ausgerechnet in diesem Augenblick jäh bewegen. Dieses Manöver bekam SK aus dem Augenwinkel mit. Sie schaute hoch, und unsere Blicke trafen sich. Ich erstarrte, saß reglos da, während ihre Augen sich leicht weiteten, als träfe sie plötzlich der

Schock der Erkenntnis. Dann kam sie langsam auf mich zu geschlendert. Ich dachte schon, sie wollte etwas sagen – hoffte einen irrationalen, erregenden Moment lang, sie würde mich zum Mitmachen einladen. Aber nein. Sie warf mir lediglich einen vernichtenden Blick zu und schloss die Tür mit einem energischen Tritt.

Ich blieb zurück mit den Oralturteltäubchen und einer äußerst klebrigen linken Hand. Aber das störte mich nicht. Was ich gesehen hatte, genügte vollauf, mir ein paar gute Anregungen für die Zukunft zu geben.

Etwas über eine Woche später bummelten Laura und ich die Einkaufsstraße entlang und betrachteten Schaufenster, die kitschig mit Feuerwerksattrappen und orange lodernden Flammen dekoriert waren. *Remember, remember, the fifth of November*. Der Guy-Fawkes-Day war schon ein paar Tage her, aber unsere hiesigen Geschäftsleute waren noch nicht dazu gekommen, den Festschmuck aus ihren Auslagen zu entfernen.

«Iiih! So was Scheußliches!» Laura war auf der Suche nach einem Brautkleid, das sich auch für eine Hochzeit im frostigen Februar eignete. Aber bisher hatten wir nur schulterfreie, duftige Roben gesehen, in denen sie im Nu zum Eiszapfen erstarren würde. Das elfenbeinfarbene Kleid im Fenster eines Fachgeschäfts mit dem klangvollen Namen *Gloriana* war ein echtes Ungetüm. Eine Kreation aus Lagen von hellem Chiffon mit unglaublich tiefem Ausschnitt, bei dem der Vikar spontan zum Fernglas greifen würde.

«Gott, nein», murmelte ich. «Kennt denn keiner dieser Modeschöpfer die Devise ‹Weniger ist mehr›?»

«Diese Fummel sehen alle gleich aus», jammerte Laura. «Entweder Mieder und voluminöse Bauschröcke oder

Mieder und fließende Röcke im Empire-Stil. Geht es nicht etwas origineller? Ich will nicht aussehen wie alle anderen!»

«Wirst du auch nicht», beruhigte ich sie. «Du wirst aussehen wie du und niemand sonst. Wieso lässt du dir nicht was anfertigen?»

«Zu teuer.»

«Und wenn wir *selbst* was nähen?»

Sie beäugte mich skeptisch. «Du beliebst zu scherzen. Hoffe ich.»

Ich zuckte die Achseln und drehte mich um, damit die Herrlichkeiten im Schaufenster von *Gloriana* mich nicht länger blendeten. Hinter uns näherte sich ein Pärchen, und einen entsetzlichen Moment lang dachte ich, es wäre Sam. Mit einem anderen Mädchen. Mir wurde unglaublich flau und leer zumute, als ich sie näher kommen sah. Ich konnte den Blick nicht von ihnen losreißen. Wie sie zu ihm aufblickte, so voll Vertrauen und Liebe.

Doch als sie stehen blieben, sie mit den Händen in den Manteltaschen, er mit dem Arm um ihre Schulter, sah ich, dass es gar nicht Sam war. Bloß jemand, der ihm entfernt ähnlich sah. Trotzdem klopfte mein Herz so wild, dass es wehtat, und vor Reue krampfte sich alles in mir zusammen.

Warum hatte ich ihn ziehen lassen? Nein, nicht ziehen lassen. Ich hatte ihn förmlich verjagt. Bloß, weil ich Angst vor einer Bindung hatte. Und weil er mir nicht perfekt genug war. Ich stopfte missgelaunt die Hände in die Manteltaschen und schluckte den Tränenkloß runter, der sich in meinem Hals gebildet hatte.

«Na komm», sagte Laura, hakte sich bei mir unter und warf mir einen seltsamen Blick zu. «Mir ist eiskalt. Gehen wir einen Kaffee trinken.»

Wir blieben viel zu lange im Café hocken, aber als ich nach Hause kam, schickte ich Sam sofort eine zaghafte E-Mail. Er antwortete nicht. Sein hartnäckiges Schweigen ließ seine Unterwürfigkeit zu einer fernen und vielleicht nicht einmal sehr zutreffenden Erinnerung verblassen.

Feuer und Eis

Das nächste vom Jäger organisierte Wochenende fand eine Woche später statt. In einem Hotel in den Norfolk Broads. Für den Fall, dass ich immer noch nicht mitmachen durfte, nahm ich ein paar Spielsachen mit, darunter eine Kühlbox mit ein paar Eisdildos, die ich abends, wenn Gabriel nicht da war, hergestellt hatte.

Ich hatte kaum mit dem Auspacken begonnen, als an die Tür geklopft wurde.

Draußen stand, lässig an den Türrahmen gelehnt, die Schneekönigin.

Zunächst sagte sie nichts, stieß nur mit einer Hand die Tür weit auf, trat ein, schloss sie fest hinter sich und zog fragend eine Augenbraue hoch.

«Aha», sagte sie. «So sieht man sich wieder, Miss Dominique.»

Ich schluckte schwer und gab mich betont kaltblütig.

«In der Tat, Schneekönigin.»

«Ich hab nachgedacht», murmelte sie und fuhr, wie auf der Suche nach Staub, mit einem hell behandschuhten Finger über die Holzplatte der Schminkkommode. «Und ich bin zu einem interessanten Schluss gelangt.»

«Ach ja?»

«Ich glaube, du brauchst ein wenig Nachhilfe in Sachen Dominanz.» Sie lächelte, ein winziges, katzenhaftes Verziehen der Lippen, von dem ihre wunderbar geschminkten, schräg stehenden Bernsteinaugen unberührt blieben. «Machen wir uns nichts vor, viel hast du da nicht drauf. Oder?»

Diese Unverfrorenheit machte mich sprachlos. Wir waren uns bisher zweimal begegnet. Kurz. Sehr kurz. Und beide Male hatte sie mich betont links liegen gelassen. Und da stand sie nun, in ihr feines Leder gehüllt, und ließ mich wissen, ich bräuchte Nachhilfe. Ich verschränkte die Arme und versuchte sie böse anzufunkeln, worauf sie aber bloß lachte.

«Dominique, meine Süße.» Sie umfasste mein Handgelenk mit ihren weiß verhüllten Fingern. «Nicht beleidigt sein. Ich will dir nur helfen. Ich hab dich schon mal in Aktion gesehen, weißt du. Der Jäger hat mir Aufnahmen von dir gezeigt, aus Bournemouth.» Sie lächelte. «Wunderschön. Aber nicht gerade inspirierend, meine Liebe.» Ihr Griff um mein Handgelenk verstärkte sich.

Bei ihrer Berührung – es war nicht mal Hautkontakt, da sie ja Handschuhe trug – flirrte es mir heiß durch die Hand, als hätte sie glühende Lava in den Fingern. Ich versuchte mich loszureißen, als hätte sie mich gestochen, aber sie packte mich noch fester und kam näher.

Beim Duft ihres schweren Parfüms merkte ich, wie mir vor Verlangen ganz flau wurde. Sie war so nah, dass ich das zarte Beben ihrer erlesen geformten Nasenflügel sehen und das leise Atemgeräusch in ihrer Kehle hören konnte. Sie blickte mir in die Augen, viel kühner und direkter, als ich es je konnte, und lächelte.

«Ich werde dir nicht wehtun», flüsterte sie. «Bei Dominanz geht es nicht um Schmerz –» ein feines Lächeln huschte über ihre Lippen «– oder wenigstens nicht immer. Sondern darum, wer die Kontrolle ausübt und wer nicht. Und ich glaube, du musst erst gezeigt bekommen, wie eine Frau die Kontrolle ausüben kann. Wenn du dann zu deinem kleinen Sam zurückgehst, wirst du die Frau sein, von der er immer geträumt hat.»

Sam? Vor Traurigkeit spürte ich einen kleinen Stich im Herzen, aber ihr zu verraten, dass er nicht mehr «mein» kleiner Sam war, diese Genugtuung würde ich ihr auf gar keinen Fall bereiten.

«Woher willst du wissen, dass ich nicht schon die Frau bin, von der er immer geträumt hat?», konterte ich.

«Ich sehe einfach, dass du ihn nicht wirst halten können. Weißt du, ich hab seinen Blick gesehen, auf der Party in Bournemouth.» Sie lachte und schüttelte das lange schwarze Haar zurück. «Wie er dich angeschaut hat, so voll Verlangen. So voller Liebe –»

«Liebe!», platzte es mir heraus.

«O ja. Er bildet sich anscheinend ein, dass er dich liebt.» Sie verstummte kurz. «Aber das wird nicht von Dauer sein, wenn du ihm nicht unmissverständlich klarmachen kannst, wer das Sagen hat.»

Ich merkte, dass ihre Finger sich meinen Unterarm hinauf bewegt hatten, in einer Flammenspur bis zu meinem Ellenbogen gefahren waren. Sie schob mit dem Daumen meinen weiten Ärmel zurück und fing an, die zarte Haut dort zu massieren, so sanft, dass ich es kaum aushielt.

«Was du tust, ist einfach nicht genug.» Ihre Stimme war nur noch ein Flüstern.

Die Anmaßung, mit der sie sich über mich und anderer Leute Beziehungen ausließ, machte mich wütend. Sie hatte kein Recht dazu. Ihre Unterstellungen entbehrten jeder

Grundlage. Ich presste trotzig die Lippen zusammen und wand den Arm aus ihrem Griff. «Hör auf.»

«Oh. Dann hast du ja doch ein wenig Feuer in den Adern. Hat der Jäger schon erwähnt. Er mag dich, weißt du.» In ihrer Stimme schwang etwas mit, das sich wie Neid anhörte. «Er mag dich sehr. Hab ich noch nie erlebt, dass er jemandem gegenüber solche Beschützerinstinkte zeigt.»

Sie sah mich forschend an, dann ließ sie unvermittelt die Hand vorschnellen, packte meine linke Brust und drückte fest zu. Ihre Unverfrorenheit verschlug mir den Atem, und ich schlug ihren Arm mit dem Handrücken runter.

«Was fällt dir ein», schnaubte ich. «Du kennst mich überhaupt nicht. Du weißt nichts über mich. Und der Jäger auch nicht.»

«Aber da täuschst du dich. Wir können dich lesen wie ein Buch», gab sie belustigt glucksend zurück.

Ich wollte an ihr vorbei und aus dem Zimmer fliehen. Sie trieb mich zur Weißglut. Was fiel ihr ein, einfach hier reinzuplatzen und mir Vorträge zu halten?

Aber irgendwie verirrten meine Hände sich – statt die Tür aufzumachen – an die Knöpfe ihres langen Ledermantels. Ich fummelte ihn halb auf, riss ihr die Ärmel herunter, wodurch ihre Arme seitlich am Körper fixiert wurden, und nahm erfreut den leicht erstaunten Ausdruck ihrer Augen zur Kenntnis. Ich stieß sie gegen die Tür, drückte mich an sie und legte ihr beide Hände auf die großen Brüste.

«Wenn du mich so gut lesen kannst, wieso wusstest du dann nicht, was ich vorhatte?», fragte ich und küsste sie. Stürmisch.

Sie schüttelte unwillig den Kopf und versuchte mich wegzustoßen, aber der Mantel spannte sich so eng um ihre Arme, dass sie fast bewegungsunfähig war. Ich schob ihr ein

Knie zwischen die Beine und stieß sie roh auseinander. Sie wehrte sich, ihre Augen funkelten vor Zorn darüber, so unvermutet ins Hintertreffen geraten zu sein. Ihre Brüste hoben und senkten sich unter meinen Händen. Sie fühlte sich herrlich an, muskulös und durchtrainiert, dabei aber mit wunderbar weichen, reifen Brüsten, die mir unter den Fingern anschwollen.

Ich senkte den Mund auf die wogende Wölbung ihres Dekolletés und saugte leicht an ihrer Haut, deren süßer Geschmack mich angenehm überraschte. Von oben fuhr ich mit den Fingern in ihren BH und brachte eine Brustwarze zum Vorschein: hart und rosig, wie ein Mokkakonfekt. So etwas Verlockendes hatte ich noch bei keiner Frau gesehen.

Ich neigte den Kopf und legte die Lippen darum, mir vor Augen rufend, wie sie mit Christine verfahren war. Ich saugte fest an ihrer Zitze und spürte, wie sie sich an meiner Zunge aufstellte. Sie fühlte sich in meinem Mund an wie eine harte Patrone, und ich musste an mich halten, nicht hineinzubeißen. Ich saugte und umkreiste sie mit der Zunge, spähte hoch und sah, dass ihre Augen auf meinem Gesicht ruhten und ihre Wangen gerötet waren. Zwischen ihren dunklen Augenbrauen stand eine kleine Furche, als verzöge sie konzentriert die Stirn. Das tat sie wohl auch; als ich sie in Aktion gesehen hatte, wirkte sie ähnlich konzentriert.

Weiter an ihrer Brust lutschend, ließ ich die Hände an ihrem Körper hinabwandern und schlug ihr den glockigen Mantel auseinander, sodass ihre nackten, karamellbraunen Beine zum Vorschein kamen. Sie erschauerte leicht bei meiner Liebkosung, und ich lächelte an ihrer Brust, durchströmt von einem warmen Wohlgefühl, während ich ihr mit den Fingerspitzen über die weichen Schenkel glitt. Sie bekam unter meinen Händen eine Gänsehaut, und da wusste ich, dass sie mir gehörte. Sie war erregt, ebenso erregt wie ich, was meine Gefühle noch steigerte: Mein Herz pochte, mein Puls dröhnte, meine Hände und Füße prickelten, ich verspürte ein Ziehen im Bauch, das nach Erlösung verlangte, entweder durch meine Hand oder durch ihre.

Ich ließ ihre geschwollene Brustwarze aus dem Mund flutschen und musterte sie. Sie war dunkel und köstlich, stand gut zwei Zentimeter hoch. Ich küsste sie und fuhr mit der Zunge ihre runde Brust hinauf in die kleine Kuhle unten an ihrem Hals. Ich packte ihre schmalen Hüften und stieß rüde mein Schambein gegen ihres.

Sie hörte auf, sich zu wehren, und ließ den Kopf an die Tür sinken, aber ich drückte meinen Körper weiter fest an sie, nur für den Fall, dass das eine Finte war.

Ich stemmte ihr weiter den Oberschenkel zwischen die Beine, spürte ihr weiches Fleisch an meinem angespannten Bein, während ich die so verlockend aus ihrem BH vorquellenden dunklen Kugeln betastete und streichelte. Sie schien unter dem Mantel nichts anzuhaben außer dem BH und einem Paar spitzenbesetzter seidiger French Knickers, die unter dem Mantelverschluss vorlugten. Der winzige Zwickel verhüllte kaum die Wärme und Nässe ihres süßen kleinen Geschlechts, das sich unwillkürlich gegen mein Bein drückte.

Zitternd kostete ich es aus, nach dieser jähen Wendung der Ereignisse nun die dominante Rolle zu spielen. Wie ich es genoss, sie so hilflos und gefesselt an die Tür gepresst zu sehen, während ich ihre Titten umfasste. Sie sah phantastisch verrucht aus: rote Lippen, blitzende Augen, eine entblößte Brust, dazu die herrliche Haarmähne, die ihr wie ein Umhang über die halb nackten Schultern strömte.

Bislang hatte ich sie immer nur dominant erlebt, als souveräne Herrscherin, die mit ihren langen Eisdildos und kundigen Fingern jedes Mädchen in höchste Ekstase versetzte, die offenbar in der Lage war, ihre Gespielinnen schon durch die leichteste Berührung zum Höhepunkt zu bringen. Doch nun hatte das Blatt sich gewendet. Sie war in die Enge getrieben. Gefangen und gefesselt. Ausgerechnet von mir.

Insgeheim über meinen Triumph frohlockend, drückte ich mein Bein etwas fester an ihr feuchtes Geschlecht. Sie japste, biss sich auf die geschwollene Unterlippe und funkelte mich an. Ich zog eine Augenbraue hoch – genau wie sie vorhin, als sie einfach so hier aufgetaucht war – und tat dann etwas, womit sie nie gerechnet hätte: Ich lächelte freundlich.

«Was machst du da?», zischte sie.

«Genau das, was du mir eben empfohlen hast.»

«Ach ja? Und das wäre?» Es klang fast streitlustig.

«Ich übernehme die Regie.»

«Das ist meine Show.»

«Tja, die habe ich dir gerade gestohlen.» Ich strich ihr das Haar zurück und legte ihr die Hand an die Wange. «Und jetzt sei still, außer, du willst was Nettes sagen. Ständig höre ich dich nur lästern und giften und andere Leute runtermachen. Sag was Nettes, oder halt einfach den Mund.»

Ich küsste sie nochmal und spürte, wie ihre Lippen unter meinen weich und schmiegsam wurden. Sie schien wild entschlossen, mich nicht zurückzuküssen, wollte auf gar keinen Fall zugeben, dass sie meinen Mund gern auf ihrem hatte. Aber ich wusste es besser, denn der weiche Schwall

Creme auf meinem Oberschenkel bewies hinlänglich, dass sie nicht aufhören wollte.

Ich schob ihr eine Hand unter den Po und hob sie leicht an, bis sie auf der Schminkkommode saß. Sie wand sich und sah mir in die Augen, herausfordernd, gespannt darauf, was ich tun würde. Mit zartem Druck spreizte ich ihre Knie und griff ihr dann zwischen die Beine, um ihr die Hand ans Geschlecht zu legen. Sie fühlte sich feucht und klebrig an, erglühte förmlich unter meiner Hand.

«Nett», murmelte ich. «Ziemlich warm. Brauchst du vielleicht eine Abkühlung?»

Sie erwiderte nichts. Also ließ ich sie dort sitzen, schlenderte zum kleinen Kühlschrank hinüber und holte ein paar der gefrorenen Dildos heraus, die ich im Eisfach gelagert hatte. Die Schneekönigin starrte mich an, dann lachte sie leise.

«Du solltest mir Tantiemen zahlen», sagte sie. «Lass mal sehen.» Sie fuhr kennerhaft mit den Fingern über die Oberfläche. «Hm, ganz gut. Aber du brauchst noch etwas Übung.» Sie sah mir unvermittelt in die Augen und lächelte nachsichtig. «Aber für eine Anfängerin gar nicht übel. Hast du sie schon ausprobiert?»

«Noch nicht.» Ich legte Daumen und Zeigefinger um den langen Eisschwanz und rieb ihn leicht. «Das hatte ich eigentlich jetzt vor.»

Eine längere Stille trat ein. Ihre Augen waren auf den dicken Schwanz in meiner Hand geheftet, und ich könnte schwören, dass sie sich die Lippen leckte wie eine Katze. Sie nickte langsam. «Okay. Aber mach erst meine Hände los. Ich muss mich irgendwo festhalten, mich mit den Armen abstützen.»

«Okay.» Ich traute ihr so weit, dass ich wusste, die Lust

auf ihrem Gesicht war nicht gespielt, und sie hatte gewiss nicht vor, die Flucht zu ergreifen. Ich legte den Eisdildo auf den Tisch und knöpfte ihren Mantel ganz auf. Sie rieb sich behutsam die Handgelenke und runzelte leicht die Stirn, wobei sich wieder die entzückende kleine Furche zwischen ihren Augenbrauen zeigte.

«Danke.»

Und das war es. Sie hakte sich den BH auf und warf ihn hinüber aufs Bett, dann entledigte sie sich der knapp geschnittenen French Knickers. Ich drückte ihre Schultern an den Spiegel, während sie die Beine anwinkelte und die hohen Absätze an der Kante der Kommode einhakte. Ein Seufzer entrang sich mir: Sie sah so weit geöffnet aus, so verfügbar. Es war, als bestünde ihr Körper nur aus einer vorgereckten, vollendet geformten Muschi und sonst nichts. Ihre Beine waren angewinkelt, und die Arme hatte sie hinter sich aufgestützt. Sie schüttelte ihr üppiges Haar zurück und reckte mir das Kinn entgegen.

«Dann fick mich», sagte sie. «Zeig mir, wie schön es sein kann, von einem Mädchen mit einem Eisdildo gefickt zu werden.»

Ich ließ ihr eine Hand am angewinkelten Bein hinabgleiten und packte sie, stellte mich in Positur und legte dann die Spitze des Dildos zart an ihren feuchten Schlitz. Er war so kalt, dass sie japste und schauderte, und ich starrte fasziniert auf ihre Brustwarzen, die sich sofort steil aufstellten. Ich überlegte, ob ich wohl auch je so gut aussah, so wunderschön und wollüstig, aber dann war mir diese Frage einerlei, so sehr fesselten mich ihre Lust, ihre Schauer, ihre Seufzer. Sie war einfach umwerfend, und sonst fickte immer sie die Mädchen. Nie umgekehrt – nie ließ sie sich von anderen Mädchen ficken. Und nun war sie hier in meinem

Zimmer und hockte mit gespreizten Beinen auf meiner Schminkkommode, und ihr Loch öffnete sich wie eine dunkle Blume, um sich von dem Eisdildo penetrieren zu lassen, den ich angefertigt hatte.

Ich beschleunigte meine Bewegungen etwas, lauschte dem herrlich schmatzenden Geräusch, das zu vernehmen war, wenn ich den Dildo herauszog und dann wieder hineinstieß. In meinen heißen Händen begann er langsam zu schmelzen, kaltes Wasser tröpfelte hinab und hinterließ dunkle Flecken auf dem Teppich, rann mir in kühlen Rinnsalen übers Handgelenk, während ich ihn reinschob. Raus. Rein. Und wieder raus. Ich küsste sie nun, unsere Lippen lagen weich aufeinander, zart nach Lippenstift duftend. Sie zu küssen war so anders als Sam, Gabriel oder Max zu küssen. Aber in diesem fremden Land fühlte ich mich wie zu Hause.

Sie gab jetzt wundervolle kleine Seufzer von sich, und ich ging zwischen ihren Beinen in die Knie und ließ weiter den Dildo hinein- und hinausgleiten, während ich ihre pralle Klit küsste und sie mit der Zunge umkreiste. Sie stöhnte auf, und ich ließ mich kurz auf den Fersen nieder, um sie zu bewundern. Dann sah ich die Rosenknospe ihres Anus und konnte nicht widerstehen. Ich leckte mir über den Ringfinger und schob ihn hinein. Sie zuckte kurz zusammen und begann dann, sich zu winden und laut zu keuchen, während sie mit dem Arsch gegen meine Hand pumpte und den Eisdildo ganz zu verschlingen schien.

«Oh, bitte», japste sie. «Leck mich weiter. Gib mir deinen Mund. Bitte!»

Nun, es wäre unhöflich gewesen, das auszuschlagen, und sie war ja auch ein Leckerbissen. Ich drückte wieder den Mund an ihre Klit und stellte mir vor, wie wunderbar sich die Wärme anfühlen musste, zusammen mit dem Eis in ihrem Honigtopf und dem sanften Druck meines Fingers in ihrem Anus, und dann kam sie. Laut wimmernd, während ihr Geschlecht sich rhythmisch um den Dildo zusammenzog. Ihre Klit ragte mir gegen die Zunge, und sie packte mich am Hinterkopf und zog mich noch näher, bis ich an ihren Muff gedrückt war und sie heftig bearbeitete. Mit der Zunge. Mit dem Dildo. Und mit der Hand.

«Oh, Scheiße, ja!», schrie sie. Bei ihrem lustvollen Gejauchze wäre ich um ein Haar selbst gekommen.

Es dauerte ein wenig, bis sie sich erholt hatte, und sie hatte Schweißperlen auf der Stirn, als sie sich an den Spiegel sinken ließ. Der letzte Rest Eis schmolz zwischen ihren üppigen Beinen, und ich massierte ihr das kühle Wasser ins heiße Fleisch. Ihre Muskeln zuckten leicht unter meiner Hand, und sie lächelte mich unter schläfrigen Wimpern an.

«Dominique, ich hab mich in dir getäuscht», murmelte sie voll Wärme. «Du bist okay. Wenn du bei Sam auch so zur Sache gehst, wird er dir für den Rest deines Lebens aus der Hand fressen.»

Ich lächelte still und ließ sie in ihrem Glauben. Dass Sam nicht länger Teil meines Lebens war, ging sie nichts an.

Es wurde Winter, und bei Richardson ertranken wir förmlich in Arbeit. Als ich am letzten Montag im November ins Büro kam, bekam ich umgehend einen neuen Auftrag aufgebrummt. Zusätzlich zu dem Luftfahrtprojekt, das offenbar kein Ende nehmen wollte, war ich jetzt auch noch für eine Finanz-Consulting-Agentur zuständig. Aber anscheinend hatte ich entweder an Talent eingebüßt oder war nicht hundertprozentig bei der Sache, jedenfalls ließ Don

Richardson an allem, was ich machte, kein gutes Haar. Meine Arbeit der letzten Zeit war offenbar «völlig ideenlos, armselig ausgeführt und oberflächlich», wie mein Chef in seiner typisch unverblümten Art es nannte.

«Was zum Teufel soll das sein?», wollte er kurz vor Mittag in unheilvoll ruhigem Tonfall wissen. Mir gegenüber tat James das einzig Vernünftige und duckte sich hinter seinem Computerbildschirm, um sich unsichtbar zu machen und nicht in die Schusslinie zu geraten. Don stand vor mir und drehte und wendete ein Muster in den Händen, das mich den ganzen Vormittag gekostet hatte.

«Die Musterverpackung für den Produkt-Launch», sagte ich geduldig.

«O nein», widersprach er mit höhnisch verzogenem Mund. «Das ist ein Machwerk, das sogar ein Grünschnabel frisch von der Uni verworfen hätte, weil es zu schäbig ist, zu stümperhaft, zu –», er suchte nach einem angemessen bildhaften Ausdruck, beließ es aber dann bei einem seiner gewohnt eloquenten Kommentare, während er die schlecht verklebte Schachtel auseinander pflückte, «– Scheiße.»

Ich spürte, wie mir das Blut ins Gesicht schoss, und starrte ihn an. «Oh», piepste ich, als ich meine Stimme wieder gefunden hatte. «Tut mir Leid.»

«Nun stehen Sie nicht rum und verplempern Zeit mit Entschuldigungen.» Er hob ein wenig die Stimme. «Fangen Sie an und machen Sie eine neue. Und zwar richtig. Sonst muss ich es verdammt nochmal selbst machen.»

Wieso fehlte mir nur der Mumm, bei Don Richardson mal à la Dominique auf den Putz zu hauen? Ich wandte mich um, biss mir fest auf die Zunge und zog mir resigniert einen neuen Bogen Pappe herüber.

Am Samstagabend war Gabriel mit seiner Freundin, Clara, aus. Sie studierte an derselben Uni wie er Soziologie und Psychologie. Sie hatten sich an dem Wochenende, als ich in Bournemouth war, kennen gelernt und waren seither ziemlich unzertrennlich.

Seit Clara aufgetaucht war, hatten Gabriel und ich unsere Herrin/Hausboy-Spielchen eingeschränkt und beließen es bei harmlosem Flirten. Er hatte sogar schon angedeutet, dass er sich nächstes Semester mit Clara eine gemeinsame Bleibe suchen wollte. Er würde mir fehlen, so viel stand fest, und insgeheim hoffte ich, sie würden sich bald über haben, weil ich ihn für mich behalten wollte. Jemanden zu finden, der statt seiner die Spülhandschuhe überstreifte, wäre gar nicht so einfach.

Gabriel drückte mir zum Abschied ein Küsschen auf die Wange, und ich grinste und winkte ihm nach, mehr wie eine Mutter als seine Vermieterin. Dann machte ich es mir auf dem Sofa gemütlich, sah fern und vertilgte nebenher eine halbe Rolle Pringles. Vor zehn, wenn die Amis online gingen, war im Internet nichts los, es war also schon ziemlich spät, als ich mich ohne rechte Begeisterung einloggte und in einigen Chatrooms vorbeisah. Aber dann merkte ich, dass ich zum Chatten gar keine Lust hatte.

Auf einmal kam es mir so sinnlos vor, durch die Chatrooms zu surfen. So langweilig. Was als aufregender Ausflug in den Cyberspace begonnen hatte, war nun, im Grunde, öde Routine. Alle wollten dasselbe: ein bisschen versaut quatschen, bis ihnen einer abging. Was in Ordnung war. Für sie war das aufregend. Aber für mich war das nun, nach ein paar Monaten, so öde wie ein matschiger Acker auf dem Lande. Die realen Menschen, die ich übers Internet kennen gelernt, und die Partys, an denen ich teilgenommen hatte – all das bedeutete mir inzwischen viel mehr. Sinnloses Geplänkel mit jemandem, der sonst wer hätte sein können, schien jeden Reiz verloren zu haben.

Ich chattete halbherzig mit einem, der behauptete, fürs FBI zu arbeiten – ja, klar, als würde ein echter Agent damit im Web hausieren gehen – und dann mit einem geilen Bürschchen in New Jersey, der durch die Gegend hüpfte wie ein hektisches Äffchen. Er wollte unbedingt Telefonsex, aber dazu hatte ich weder die Energie noch die Lust. Ich loggte mich aus und checkte meine Mails.

Nichts.

Es musste etwas geschehen.

Ich klickte auf «neue Nachricht».

```
Sam,
du fehlst mir. Es tut mir Leid.
Carrie xxxxxxxx
```

An dem Abend kam keine Antwort. Am Tag darauf schaute ich mittags bei der Arbeit nochmal nach Mails und grinste über einen blöden Witz, den Max mir geschickt hatte, aber von Sam war nichts dabei. Als ich dann nach Hause kam, tat mein Herz einen Sprung, als eine Nachricht in meiner Mailbox auftauchte:

```
Carrie,
Das genügt mir eigentlich nicht.
Sam
```

Ich schrieb eine Antwort und fragte, ob wir wieder Freunde sein könnten. Er war wohl auch online, denn ich erhielt fast direkt darauf eine Antwort:

Carrie,
keine ahnung, ob ich auf freundschaft wert lege. Du hast mir echt wehgetan.
Sam

Ich runzelte die Stirn und seufzte. Der Gedanke, dass ich Sam wehgetan hatte, war fast zu viel für mich. Warum war ich nur so gemein gewesen? Ich hatte es doch nicht so gemeint. Ich hatte ihn wirklich gern. *Wirklich* gern. Rasch tippte ich eine neue Mail.

Liebster, bester Sam,
darf ich dich heil küssen?
In liebe liebe liebe
Carrie

Aber er hatte sich ausgeloggt. Entweder das, oder er hatte keine Lust zu antworten. Mit bleischwerem Herzen ging ich an dem Abend zu Bett und wachte am Morgen darauf mit Übelkeit und Kopfweh auf. Es waren die Vorboten einer Monstergrippe, die mich fast eine Woche lahm legte.

Ich hatte hohes Fieber, und mein Hals fühlte sich an, als hätte ich einen Fußball verschluckt. Wenn ich allein gewesen wäre, hätte ich wohl jede Hoffnung aufgegeben, mich je wieder wie eine Mensch zu fühlen. Aber Gabriel kümmerte sich rührend um mich. Abends bekam ich heißen Grog, jeden Morgen wurde mir ein heißes Bad eingelassen, und während ich im dampfenden, nach Menthol duftenden Wasser lag, bezog er meine Kissen neu und schüttelte die Bettdecke auf, bevor er zur Uni aufbrach. Ein bisschen wie eine treu sorgende Ehefrau, dachte ich grinsend, während ich es mir mit den Weihnachtssonderteilen der Wochenendbeilagen im Bett gemütlich machte. Ich gelobte mir, mich so nett wie möglich bei ihm zu bedanken, sobald es mir wieder besser ging.

Nach drei Tagen Bettruhe war ich so weit genesen, dass ich wieder arbeiten gehen konnte, und ich checkte morgens bei einem Becher Kaffee im Esszimmer meine Mails. Immer noch nichts. Sam ließ mich ganz schön büßen. Er ist doch nicht so unterwürfig, wie ich angenommen hatte, dachte ich. Vielleicht hatte ich mich in ihm getäuscht.

Mein Zug zurück hatte Verspätung, daher war ich, als ich endlich von der Arbeit nach Hause kam, genervt und müde und sehnte mich nur noch nach meinem Bett. Wegen Krankheit mal drei Tage zu fehlen hätte eigentlich okay sein müssen, aber während meiner Abwesenheit hatte man dem Schnösel James den Produkt-Launch für GymTech übertragen, und er hatte es komplett vermasselt. Was – meinem langsam überschnappenden Chef zufolge – meine Schuld war.

Fast den ganzen Vormittag hing ich am Telefon, um den verständlicherweise aufgebrachten Kunden zu beruhigen, und nachmittags nahm ich Verbesserungen am Text vor. Wie ich das Problem handhabte, war bei Don Richardson auf ätzende Kritik gestoßen. Während der langen Heimfahrt starrte ich aus dem verschmierten Zugfenster, ohne die verregneten Felder und Hecken richtig wahrzunehmen, und phantasierte darüber, mir eine neue Stelle zu suchen. Richardson Design Consultants ging mir zunehmend auf die Nerven.

Leise schloss ich die Haustür auf und schleppte mich mit schweren Beinen die Treppe hoch, vollkommen erschöpft. Ich war nicht gerade in Hochstimmung. Als ich oben am

Treppenabsatz ankam, von wo ich mein Schlafzimmer einsehen konnte, blieb ich wie angewurzelt stehen. Gabriel war in meinem Zimmer. Und er war nicht allein.

Mein unartiger Engel

So eine Frechheit. Ich war fassungslos. Der Engel Gabriel in meinem Schlafzimmer, nun gut. Während meiner Woche im Bett hatte ich mich schließlich daran gewöhnt, dass er mit Staubwedel und Politur seine Runden drehte. Aber der Engel Gabriel *und seine Freundin Clara*? In meinem Bett? Mit meinen Spielsachen?

Ich lehnte mich gegen den Türrahmen und atmete tief durch, um mich zu beruhigen. Der kleine Verräter.

Ich wagte noch einen Blick und sah, wie er ihr mit dem Vibrator innen am schlanken Bein entlangfuhr. Was ihr offensichtlich gefiel; sie wand sich in den Laken, und sogar über das monotone elektrische Summen hinweg konnte ich sie keuchen hören.

Gott, dachte ich. Was zum Teufel mache ich jetzt?

Die alte Carrie wäre die Treppe hinabgeschlichen, hätte vernehmlich die Haustür zugeknallt und gerufen «Hi! Bin wieder da!». Dann wäre sie in die Küche gegangen, um ihnen genügend Zeit zu geben, vollständig bekleidet und mit Unschuldsmiene die Treppe runterzukommen. Aber die neue Carrie mit dem eingebauten Dominique-Chip holte tief Luft, zuckte die Achseln und beschloss, sich ins Gefecht zu stürzen. Ich öffnete den obersten Knopf meiner Bluse und stolzierte ins Schlafzimmer.

«Hallo, Leute.»

Ihre Gesichter wirkten fast komisch; ich musste mir heimlich ein Lachen verkneifen. Clara wurde vor Schreck fast ohnmächtig und schoss kerzengerade in die Höhe, die Bettdecke vor die winzigen Brüste gedrückt. Ich zog streng eine Augenbraue hoch, und sie wurde blass. Gabriel dagegen lief wie üblich hochrot an und fiel neben dem Bett auf die Knie.

«Tut mir Leid. Es tut mir so Leid.» Er rang verzweifelt die Hände. «Es tut mir Leid.»

«Leg mal 'ne andere Platte auf, Gabe.» Ich schritt aufs Bett zu, riss Clara die Bettdecke aus den schwachen Händen und warf sie zu Boden. «Also», sagte ich, «nicht nur, dass du nicht arbeitest, du amüsierst dich auch noch mit deiner kleinen Freundin hier. In meinem Bett. Was fällt dir ein?»

«Es tut mir so Leid.»

«Ich finde, dafür hast du eine Strafe verdient, Gabe.»

Seine Augen glänzten, und ein leiser Argwohn beschlich mich. Hatte Gabe das etwa extra inszeniert, damit ich sie ertappte? Claras entsetzter Gesichtausdruck bewies allerdings, dass sie offenbar nicht eingeweiht war, falls dies der Fall war. Ich lächelte sie an.

«Ist schon okay. Du kannst gehen. *Dich* werde ich nicht bestrafen.»

Wie der Blitz war sie bei ihren Klamotten, und ich sah interessiert zu, wie sie sich in ein enges schwarzes T-Shirt kämpfte. Dabei verhakte sich wohl ihr Nasenring, denn sie zuckte zusammen und zupfte dann daran herum. Was sie wohl in Gabe sah? Er war so schmächtig und engelsgleich, sie mit ihrem rot gefärbten Haar und dem rebellischen Piercing wirkte dagegen eher burschikos.

Sie merkte, wie ich sie anstarrte, und erwiderte keck meinen Blick, als wollte sie mich provozieren. Weil sie so eindeutig im Nachteil war – schließlich stand sie nur im T-Shirt da, das verräterisch schwarze Schamhaar allen Blicken schutzlos preisgegeben –, entschied ich, meine Überlegenheit nicht auszuspielen.

«Clara.»

«Ja?» Sie schien überrascht, dass ich ihren Namen kannte.

«Nächstes Mal fragt ihr mich vorher, okay?»

«Okay.»

Und raus war sie. Nur ein leichter Parfümgeruch und ein zarter Hauch Moschus von ihrer Muschi blieben zurück. Ich schnupperte kurz, dann drehte ich mich um, stemmte die Hände in die Hüften und funkelte Gabe an. Ich musste wohl etwas äußerst Einschüchterndes an mir haben: James hatte zu zittern begonnen, als ich mich vorhin vor ihm aufbaute. Noch absurder wurde das Ganze, weil ich einen maskulin wirkenden Hosenanzug mit passendem Oberhemd trug, während Gabriel mit seinen langen Haaren wie ein Mädchen aussah.

«Also», fuhr ich ihn von oben herab an, «was ist nur aus dem braven kleinen Jungen geworden, mit dem ich mal zusammengewohnt habe, hm? Ist er ausgezogen? Kommt mir fast so vor. Denn ich sehe hier nur einen schlimmen Bengel vor mir, der gründlich bestraft gehört.»

«Tut mir Leid», flüsterte er nochmal.

Doch das bezweifelte ich. Seine Augen strahlten, und ein feines Lächeln spielte ihm um die Mundwinkel. Ich trat zu ihm und umfasste sein Kinn. Als ich sein Gesicht anhob, überlief mich spontan ein Schauer des Entzückens. Gabe war schon fast übernatürlich schön. Im Grunde war ein Mädchen an ihm verloren gegangen. Ich biss mir auf die

Lippe, betrachtete sein Mienenspiel, und dann kam mir eine Idee, die mich zum Lächeln brachte.

«Steh auf», befahl ich. «Hoch mit dir, na los, beweg dich. Ich werde dich ein bisschen zurechtmachen.»

Ich ließ ihn an meinem Schminktisch Platz nehmen und machte mich mit Lipgloss und Kajalstiften ans Werk, bis er ein wenig einem unartigen und etwas schrägen Püppchen ähnelte. Dann tippte ich mir nachdenklich mit den Fingern ans Hosenbein.

«Hm, und was weiter?» Ich zog die Schublade links von ihm auf und fuhr leicht mit den Fingern über den seidigen Inhalt. Bald türmte sich Unterwäsche auf Gabes zitterndem Knie. Satin, Spitze und auch hauchdünne Baumwolle. Die Farben bildeten einen hübschen Kontrast zu seiner blassen Haut: rubinrot, smaragdblau, gold und das dunkle Mysterium mattschwarzer Seide. Gabriel zitterte ein wenig, als ich einen Slip im Directoire-Stil hochhielt. Ich sah ihm lächelnd in die Augen und hatte meine diabolische Freude.

«Zieh das an», sagte ich sanft. «Ich such dir noch was zum Drüberziehen raus.»

Meine Wahl fiel auf ein langes elegantes Kleid, das Patrick mir gekauft hatte, kurze Zeit, bevor ich endlich den Mut fand, ihn zu verlassen. Das Kleid war mir verhasst, doch auf sein Geheiß musste ich es bei einem seiner abendlichen Geschäftsessen tragen. Verzagt und todunglücklich, mit Gänsehaut an den Armen, saß ich in der dunkelroten, mit Perlen bestickten Abendrobe an einer Tafel, an der das kleine Schwarze unübersehbar als Gipfel zurückhaltender Eleganz galt. Die anderen Ehefrauen sahen alle wundervoll aus: perfekt frisiert, dezent geschminkt. Ich dagegen wirkte wie ein verhuschter Teenager, der sich für die Party als Shirley Bassey aufgedonnert hatte.

Ich nahm das Kleid vom Bügel, hielt es hoch und sah zu Gabriel hinüber.

«Perfekt», verkündete ich.

Allerdings, das war es. Effektiver hätte ich mich an Patrick nicht rächen können: einen Jungen das Kleid anziehen zu lassen, das er mich zu tragen gezwungen hatte. Hätte er es doch nur sehen können. Ich malte mir sein Gesicht aus, das Entsetzen, das seine ebenmäßigen Dressman-Züge verzerren würde, wie angewidert er die Lippen verziehen würde. Schon beim bloßen Gedanken an ihn überlief es mich vor Abscheu. Ich drückte meinem Hausboy das Kleid in die Hand.

Gabriel sah in dem Kleid einfach umwerfend aus. Er stolzierte auf dem Schlafzimmerläufer auf und ab, der perlenbesetzte Saum der Robe streifte leicht das Bett. Bei dem scheuen Lächeln, mit dem er sich im Spiegel bewunderte, wurde mir ganz warm ums Herz, und ich streckte mich in meinem Hosenanzug auf dem Bett aus, schlug die Knöchel übereinander und legte mir einen Arm hinter den Kopf. Ich kam mir vor wie ein erfolgreicher Geschäftsmann, der sich eine hinreißende Nutte gekauft hatte.

«Komm zu Daddy, Herzchen», sagte ich, meine Rolle voll Gusto spielend. «Komm her und sag mir, wer dein Daddy ist.»

Gabriel kam angetänzelt, die dunkelroten Lippen zu einem glänzenden Schmollmündchen verzogen, die Augen voll Stolz und Verlangen. Ich fuhr mit der Hand vorne über das Kleid und ergötzte mich daran, wie glatt der Stoff sich an seinen festen, schlanken Oberschenkel schmiegte. Die bauschige Unterhose darunter, das wusste ich, bot ihm keinerlei Halt.

Doch als ich an seinem Gemächt ankam, merkte ich,

dass gar kein Halt nötig war, denn sein schlankes Glied schwebte aufrecht unter all dem Satin. Es bog sich hoch, strebte seinem Nabel zu, und durch den Stoff konnte ich den Wulst daran fühlen, was mich vor Lust erschauern ließ. Er war mehr als bereit, prächtig herausgeputzt, nur für mich.

Ich lockerte die Krawatte, die ich eben, als er sich anzog, umgebunden hatte, schluckte schwer und rieb mir über die imaginären Bartstoppeln am Kinn, als wäre ich wirklich ein Mann.

«Also», brummte ich, «wie viel wird mich die Sache kosten?»

Gabriel klimperte kurz verwirrt mit den Wimpern, dann begriff er. «Für Sie», flüsterte er, «kostet es nichts, Mister. Für Sie ist es gratis.»

Ich zog eine Augenbraue hoch und ließ den Blick über das Kleid wandern.

«Mh, nett.» Ich leckte mir über die Lippen. «Sehr nett.»

Wieder fuhr ich mit der Hand dort über das Kleid, wo sein Schwanz unterm Stoff einen entzückend harten Wulst bildete.

«Küss mich, Herzchen», verlangte ich.

Er neigte sich herab und strich sich die imaginären langen Haare zurück. Seine Lippen flatterten über meine, und entspannt seufzend lehnte ich mich in die Kissen zurück. Sein Mund bewegte sich zart, aufreizend, voller Verheißung. Weiche Lippen, so mädchenhaft, dass ich fast selbst daran glaubte. Sanft fuhr er mit der Zunge über meine und beschrieb dann eine zart kribbelnde Spur über meine Wange bis ans Ohr. Er küsste mich langsam, ohne Eile, die Lippen warm an meiner Haut, während ich die Augen schloss und mir vorstellte, ich wäre ein starker, reicher Geschäftsmann in einem anonymen Hotelzimmer, mit einer Braut, die so heiß war, dass man sich förmlich dran verbrannte.

An meinem Hals verharrte er, die Lippen zart wie Schmetterlinge auf den dort pochenden Puls gelegt. Ich umfing seinen Kopf und fuhr ihm mit den Fingerspitzen über das weiche Haar, wobei ich es auskostete, wie mir das perlenbesetzte Kleid leicht über den Arm streifte. Es war ein Augenblick reinster Erotik, reinster Sinnlichkeit, den ich weidlich genoss.

Seine Finger glitten, während er mich weiter küsste, meinen Bauch hinab an meinen Hosenschlitz. Ich legte sacht ermunternd meine Hand auf die seine, als er mit dem Zeigefinger am Reißverschluss zu nesteln begann. Dabei entstand ein leichter Druck, ich presste mich ihm instinktiv entgegen, voll Verlangen nach mehr, zog ihn auf mich nieder und suchte seine Lippen.

Ich küsste ihn ungestüm. Hungrig. Begierig. Ich war schon richtig aufgegeilt, und als ich ihm die Hüften entgegenstieß, merkte ich, wie triefnass mein weißer Baumwollslip war. Eng spannte sich nun das Abendkleid zwischen uns, sein Schwanz war eingequetscht, drückte mir in all seiner Männlichkeit fest an den Bauch. Ich nestelte hinten am Kleid an den winzigen Knöpfchen herum.

«Oh, Baby», murmelte ich an seinem Mund. «Du machst mich verdammt heiß.» Bei diesen Worten merkte ich auf einmal, dass ich nicht irgendein x-belieber Geschäftsmann war, der eine willige Frau verführte, sondern ein ganz bestimmter Geschäftsmann. Dass ich so tat, als sei ich Max, verschaffte mir ein sonderbares Lustgefühl.

Ich wand mich ein wenig und befreite ein Bein, um einen Oberschenkel um Gabriel klammern zu können, was ihn noch mehr einschränkte. Dann streifte ich ihm das Kleid von den Schultern und streichelte seine zarte Haut.

«Mmh», seufzte er bebend. «Wie schön sich das anfühlt.»

Seine Lippen suchten wieder meine, und wir küssten uns lange, wobei er mein Gesicht umfasste und ich ihm die Finger sanft über die knubbelige junge Wirbelsäule gleiten ließ. Der Kuss hätte ewig dauern können, so sehr verloren wir uns im sinnlichen Tanz der Zungen und Lippen, aber als ich unten an Gabes Rücken anlangte und die knackigen maskulinen Pobacken fühlte, die er unter dem Satinkleid hatte, geriet mein Puls plötzlich ins Rasen.

Ich umschlang ihn fest und drehte ihn herum, sodass er unter mir zu liegen kam, das goldene Haar über das Kissen gebreitet.

«Weißt du noch die drei Regeln, die ich aufgestellt habe, als es mit uns losging?», fragte ich und hielt ihn mit den Armen nieder. Er nickte. «Sag sie mir nochmal.» Ich zog herausfordernd eine Augenbraue hoch.

Gabriel schürzte die Lippen und schmierte dabei etwas Lipgloss in seine kaum vorhandenen Bartstoppeln. Er zog die Stirn kraus und sah mir dann in die Augen.

«Okay», sagte er. «Nummer eins: Sie sind nicht meine Freundin, es gibt keinerlei Verpflichtungen.» Ich nickte lächelnd, und er fuhr fort. «Nummer zwei: keine Penetration. Niemals.» Er zog ein Gesicht. «Und Nummer drei haben Sie sich offen gehalten.»

«Okay, ich habe mir eine Nummer drei ausgedacht.» Ich lächelte. «Regel Nummer drei besagt, dass ich gegen die Regeln verstoßen darf.» Ich sah ihn stirnrunzelnd an, um dem Gesagten Nachdruck zu verleihen. «Du, Gabriel, darfst das nicht. Aber ich schon. Verstanden?»

Er nickte ergeben, und ich streifte ihm das Kleid weiter

über die Schultern, bis seine Brust entblößt war. Ich senkte den Kopf und fuhr ihm mit der Zunge fest über eine Brustwarze, die sich zu meiner Genugtuung sogleich steil aufstellte. Ich leckte um sie herum, kostete den Geschmack seiner Haut und der feinen blonden Härchen darauf aus.

«Heute Abend ist mir nach Regelverstößen zumute», fuhr ich fort, kurz nach Luft schnappend. «Und deshalb werde ich heute Abend Regel Nummer zwei übertreten.» Ich sah, wie er verwundert die Augen aufriss. «Nur dies eine Mal.»

«Oh, Mrs. Horton», hauchte er.

«Mister», berichtigte ich grinsend. «Heute Abend bin ich ein Typ, schon vergessen? Aber du darfst mich Max nennen.»

«Max», murmelte er, und zog dabei den Mund in die Breite. Ich neigte wieder den Kopf an seine Brust und schnurrte fast, während ich an dem festen kleinen Knötchen schleckte. Gabriel stöhnte, seine Hüften spannten sich und stießen sich leicht entgegen. Ich fuhr ihm mit der Hand seitlich am Körper hinab, streichelnd und kitzelnd, dann packte ich eine Hand voll weicher Seide. Das Kleid war mir im Weg, ich wollte seine Haut spüren. Ich sah ihm in die Augen, knüllte den Stoff zusammen und riss fest daran.

Das laute Geräusch zu hören, mit dem Patricks teures Kleid entzwei riss, war unglaublich befriedigend, wie auch der zwischen leichtem Erschrecken und Erregung schwankende Ausdruck in Gabes Gesicht. Blindwütig riss ich weiter an dem Stoff herum, bis sein Oberschenkel zu sehen war, dann schob ich das Kleid hoch, um ihm das Bein streicheln zu können. Zärtlich beschrieb ich mit den Daumen kleine Kreise, konzentrierte mich erst auf den Muskel längs des langen, schlanken Oberschenkels zwischen Hüfte und

Knie, um dann tiefer zu gleiten und ihm die Kniekehle zu liebkosen, wobei ich sachte sein Bein hochschob, bis er es anwinkelte und mir um den Po legte, ganz wie ein Mädchen bei der guten alten Missionarsstellung.

Dann umschlang mich auch Gabriels anderes Bein, und ich fühlte, wie er die Fersen an meinen behosten Pobacken ruhen ließ. Ich schob ihm die Arme unter die Schultern und stützte mich auf den Ellenbogen auf, dann begann ich ihn unter Küsschen und Raunen zu stoßen, wobei es mir besonders gefiel, seinen steinharten Schwanz an meinem Reißverschluss zu spüren. Ich rieb und drückte und sah zu, wie er den Kopf zurücksinken ließ und die Augen schloss.

Ich legte ihm die Lippen an den Hals und saugte. Erst sanft, dann immer hungriger, je mehr ich spürte, wie sein Schwanz unter mir weiter anschwoll. Er fühlte sich gigantisch an, viel dicker, als seine schlanke Schlaksigkeit auf den ersten Blick vermuten ließ. Ich merkte, wie ich die Naht im Schritt meiner Hose durchnässte, und verspürte plötzlich das verzweifelte Verlangen, zur Sache zu kommen und ihn in mir zu haben. Da wir seit Monaten miteinander rumgemacht hatten, war kaum Vorspiel nötig.

Ich fummelte am Reißverschluss meiner Hose herum, wand mich und streifte sie schließlich ab. Dann setzte ich mich auf und zog mir den Slip die Schenkel hinab, worauf mir angenehm kühle Luft über die heiße Haut strich. Gabe lag unter mir in den Fetzen der zerrissenen Abendrobe, mehrere Lagen dunkelroter, perlenbesetzer Seide um die Taille geknüllt. Sein von dem Seidenslip kaum gebändigter Schwanz reckte sich hoch und lugte oben aus dem Bund, wie ein Tier, das ein Eigenleben führte. Ich umschloss ihn kurz mit der Hand, ergötzte mich an der Hitze, die von seinem Glied abstrahlte, dann riss ich mir den Slip ganz vom Leib und zerrte auch seinen herunter.

Er war rasiert. Sein schimmerndes, entblößtes Glied ragte von den Oberschenkeln empor, und nicht ein Härchen war zu sehen. Ich staunte kurz, dann fuhr ich ihm mit dem Zeigefinger über die weiche, wunderbar glatte Haut. Er sah aus wie ein kleiner Junge, allerdings mit dem Schwanz eines Mannes, der sich gegen die Wärme meiner Hand drückte. Seine prallen Eier schmiegten sich an die Haut seiner Oberschenkel und sahen haargenau aus wie reife Aprikosen. Während ich ihn ansah, spürte ich, wie meine Möse sich hungrig zusammenzog.

Ich legte Gabe die Hände mitten auf die schmächtige Brust, schwang ein Bein hoch und kauerte mich rittlings auf ihn, wobei milchiger Saft von meinem Geschlecht auf seinen Bauch troff. Er umfasste meine Pobacken und glitt dann mit den Händen zu meiner Taille hoch, wo er mein Hemd hochschob. Den Blick auf seine ernsten Augen geheftet, bewegte ich mich mit wiegenden Hüften nach vorn. Dann sank ich plötzlich hinab und ließ mein feuchtes Geschlecht auf seinen Kolben gleiten, bis sein enthaarter Unterleib direkt an meinem Arsch lag. Er war riesig. Mir stockte der Atem, als er sich ein wenig bewegte, und ich richtete mich gerade auf. Dann begann ich, indem ich ihm die Finger fest um die Brustwarzen legte, mich zu bewegen.

Ich bestimmte unsere Bewegungen, spannte die Schenkel an und ließ mich hoch- und runtergleiten. Während ich mich über ihm aufbäumte, löste ich meinen gestreiften Schlips und zog ihn mir aus dem Hemdkragen. Dann packte ich seine Handgelenke, zog sie ihm über den Kopf und wickelte den Schlips darum, bis er gefesselt war. Als

Reaktion spannte Gabe die Pomuskeln an und stieß sich tiefer in mich hinein.

Daraufhin begann ich, schneller auf seinem Schwanz hoch- und runterzugleiten. Durch gesenkte Wimpern betrachtete ich sein Gesicht. Ich sah zu, wie er seufzte und die Kontrolle zu verlieren begann, wie seine Augen dunkler wurden, bis die Iris sich von den erweiterten Pupillen kaum noch unterscheiden ließ. Schweiß perlte ihm auf der Stirn, und die sehnigen, jungenhaften Muskeln spielten unter der Haut seiner Brust und Arme.

Während ich ihn betrachtete, fühlte ich, wie mir eine sinnliche Trägheit durch die Glieder strömte, eine Hitze, die sich meine Wirbelsäule hochstahl und mich erschauern ließ. Ein elektrisches Flirren pulste mir über die Haut. Mein Puls hämmerte immer schneller, und ich merkte, wie mir das Blut in den Schläfen pochte.

Wir bewegten uns immer schneller, in schönstem Gleichklang, und langsam prickelte mir die vertraute Empfindung bittersüßer Ekstase durch den Körper, die zunahm, je näher ich dem Orgasmus kam. Meine Brustwarzen stießen gegen das glatte Gewebe meines BHs und lugten durch den dünnen Stoff meines Hemdes. Den Blick auf mich geheftet, fuhr Gabe mit den Händen hoch und über meine prallen Kugeln, die er dann fest zu kneten begann.

Ich stöhnte kurz, voll schmerzlicher Begierde, bäumte mich über ihm auf und ließ mich dann jäh auf seinen harten Kolben nieder. Meine Haut fing an zu kribbeln, ich warf den Kopf zurück und schrie auf. Wogen der Lust überspülten mich, ich schloss die Augen, um das rhythmische Pulsieren auszukosten, und stieß mich heftig auf Gabriel hinab, der auf einmal still in mir verharrte.

Er war am Siedepunkt, und mir fiel ein, dass ich ganz

vergessen hatte, an ein Kondom zu denken. Also stemmte ich mich empor, kauerte mich über ihn und hielt seinen steifen Schwanz sanft in der Hand, während er kam. Dicke Spritzer Sperma klatschten ihm auf den blassen Bauch, sein heißer Schwanz schlug rhythmisch gegen meinen Handteller und war dann ruhig. Ein dünner Schweißfilm glänzte auf seiner Stirn, und seine Wimpern warfen Schatten auf seine Wangen.

Ich legte ihm die Wange an die Brust und hörte zu, wie sein Herzschlag, während er wieder zu Atem kam, sich allmählich verlangsamte, dann kuschelte ich mich in seine Armbeuge und schlummerte sanft und selig ein.

***

Als ich aufwachte, hatte Gabriel alle Spuren unserer kleinen Komödie beseitigt. Auf dem Nachtschränkchen stand ein Glas eiskaltes Wasser, daneben lag eine Notiz, dass er bei Clara sei. Ich schlürfte das Wasser, schmunzelte über seine krakelige Jungenschrift und kuschelte mich noch ein Stündchen unter die Bettdecke. Dann ging ich eine Runde laufen, duschte und setzte mich an den Computer, um zu sehen, ob ich Sam irgendwo ausfindig machen konnte.

Mail hatte ich keine. Ich loggte mich in die Chatrooms ein und cruiste ein wenig herum. Dann stieß ich auf Eva.

Sapphire: Grüß dich, mädel. Lange nicht gesehen.
Dominique: Ich weiß, sorry. Was läuft?
Sapphire: Leon ist nicht da, also vergnüge ich mich ein bisschen. Und bei dir?
Dominique: guck nur mal. Hab gehofft,

SamUK hier zu treffen. Du hast ihn nicht zufällig gesehen?

Sapphire: nein, *g*, wieso versuchst dus nicht mal mit jemand anderem? Probier mal n anderen schwanz aus.

Dominique: *g*, woher willst du wissen, dass ich das nicht schon längst gemacht habe?

Sapphire: tja ... momentan würde mich nix überraschen, süße. Hast dich die letzten monate sehr verändert.

Dominique: verändert??

Sapphire: ja. du bist anders. du tust nicht mehr, was man dir sagt. Ist sogar Leon schon aufgefallen.

Dominique: das hat doch aber was für sich, oder? will ja nicht mein ganzes leben als fußabtreter verbringen.

Sapphire: nein. deine neue art ist eine erfrischende abwechslung, süße. Oh, warte mal kurz.

Sie blieb eine ganze Weile fort. Ich fing einen Chat mit einem Mädchen an, das sich Dizzy nannte und gern Bilder tauschen wollte. Dann kam Eva zurück.

Sapphire: schätzchen, muss Schluss machen. Leon ist früher nach Hause gekommen.

Dominique: okay, dann bis bald.

Sapphire: Ich wollte mich hier mit einem freund treffen, dem Satansbraten, falls er kommt, kannst du ihn dann für mich anquatschen? Wird dir gefallen, er ist abenteuerlustig.

Dominique: klar, für freunde tu ich alles, *g*. Bye.

Ungefähr zehn Minuten später tauchte Satansbraten auf, zum Glück, denn langsam hatte ich Dizzys geistloses Geplapper satt. Beim Chat mit dem Satansbraten vergaß ich ganz, wie sehr meine Begeisterung fürs Internet in letzter Zeit abgeflaut war. Er hatte einen prima sarkastischen Humor, über einige seiner Sprüche musste ich laut lachen. Wir tauschten E-Mail-Adressen und verabschiedeten uns, dann cruiste ich noch ein letztes Mal herum, auf der vergeblichen Suche nach Sam, und loggte mich aus.

Schließlich traf ich eine Entscheidung: Ich würde ihn anrufen und ihm gut zureden müssen.

Ich machte eine Flasche Wein auf und trank mir mit zwei Glas etwas Mut an, stöpselte das Telefon wieder ein und wählte mit zittrigem Finger Sams Nummer. Es läutete ein paar Mal, dann ging jemand ran, aber ich merkte sofort, dass es nicht Sam war. Und, Gott sei Dank, auch nicht Mrs. Grey.

«Hallo?»

«Alex?»

«Ja?»

Unfreundlicher hätte er beim besten Willen nicht klingen können. Ich atmete tief durch und versuchte es mit all meinem Charme.

«Hi, Alex. Hier ist Carrie – äh, Dominique?» Ich zog eine Grimasse im Flurspiegel. «Wir kennen uns noch vom Sommer, als ich mal mit bei Sam war.»

«Ja, ich erinnere mich an dich.»

Er erinnerte sich, aber seine Stimme klang wenig begeistert. Was Sam ihm wohl seit unserem Streit über mich erzählt haben mochte?

«Alex, ist Sam da?»

«Nee.»

«Oh. Tja, weißt du, wann er wieder kommt?»

«Nee.»

«Oh. Okay. Ähm – könntest du ihm ausrichten, dass ich angerufen habe? Sag ihm, Carrie hat angerufen.»

«Wenn ich ihn sehe.»

«Bitte vergiss es nicht, ja?»

«War's das?», seufzte er genervt. «Ich bin gerade auf dem Sprung, wenn du also nichts dagegen hast …»

«Nein. Entschuldigung. Das ist alles. Richte ihm einfach aus, dass ich angerufen habe. Dass ich wirklich dringend mit ihm reden muss.» Ich biss mir auf die Lippe. «Und, Alex? Sag ihm, dass es mir Leid tut, ja? Sag ihm, mir ist klar, dass ich mich aufgeführt habe wie ein Miststück, und ich möchte mich mit ihm versöhnen.»

Es kam keine Antwort, nur ein lautes Atmen, aus dem sich schließen ließ, dass er noch dran war. Dann brummte er: «Tschau, Carrie.»

Die Verbindung wurde unterbrochen, und ich hörte nur noch ein lautes Summen.

Der Satansbraten schickte mir fast umgehend eine Mail, und die nächsten paar Tage chatteten wir abends miteinander. Als er ein Treffen vorschlug, sagte ich bedenkenlos zu. Meine positiven Erfahrungen – erst mit Sam, dann mit JF und der Gruppe – hatten mich selbstbewusst gemacht. Ich schlug eine Bar in einem großen, anonymen Hotel in Wells vor. Nur für den Fall, dass Satansbraten sich als so attraktiv entpuppte, wie er sich anhörte, dachte ich grinsend, denn dort gab es billige Zimmer mit Bad.

Ich war etwas früher da als verabredet und machte es mir in einem roten Plüschsessel in einer Ecke gemütlich, eine Ausgabe von Mark Harris' *Die Sünden des Fleisches* vor mir auf dem Tisch. Lachend hatten wir uns auf das Buch als Erkennungszeichen geeinigt. Es wurde acht, und langsam hatte ich es satt, jedes neue Gesicht prüfend zu mustern, das an die Bar geschlendert kam, außerdem ermüdete es mich zunehmend, hoffnungsvolle Geschäftsleute, die mich zu einem Gläschen einladen wollten, mit einem strengen «Nein, danke» abzuschmettern.

Um halb neun war ich zu der Überzeugung gelangt, dass Satansbraten nicht mehr auftauchen würde, also trank ich meinen Preiselbeersaft aus und stand auf. Da packte mich eine starke Hand am Ellenbogen, und ich wurde zur Tür der Bar bugsiert. Als ich mich, völlig verdattert, umwandte, sah ich zu meinem Schrecken Leon vor mir, den Blick seiner fahlen Augen starr auf mich geheftet. Das Herz hämmerte mir gegen die Rippen und plumpste mir dann, mit Übelkeit erregender Endgültigkeit, in die Magengrube.

Balsam für jede Wunde

«L-Leon. Was machst du denn hier?»

«Dasselbe ... könnte ich dich fragen», gab er mit gepresster, widerlich schmieriger Stimme zurück. Die Pausen, die er mitten im Satz zu machen pflegte, waren noch länger als sonst, also war er entweder nervös oder wütend. Letzteres vermutlich.

Ich schluckte schwer und versuchte mich aus seinem leicht schwitzigen Griff loszuwinden, aber er war stärker, als ich in Erinnerung hatte, seine Finger hielten meinen Arm in eisenharter Umklammerung.

«Versuch's erst gar nicht», zischte er, während er mich Richtung Aufzug lotste. «Bringt nichts, eine Szene zu machen.»

«Was soll das? Wo gehen wir hin?» Ich sträubte mich weiter, und seine Nägel gruben sich mir in die Haut. Ich zuckte zusammen.

«Sei still. Wir unterhalten uns unter vier Augen. Ich will nicht, dass alle … erfahren, was mich herführt.»

«Ich will nicht mit dir reden.» Wir kamen am Aufzug an, und Leon drückte den Knopf. «Lass mich los, Leon, ich warne dich.» Die Aufzugtüren glitten auf, und er stieß mich in die leere Kabine, an die verspiegelte Rückwand.

«Du warnst mich? Wovor?», spottete er.

«Das ist praktisch eine Entführung», protestierte ich, als er den Knopf für den obersten Stock drückte. «Ich schreie.»

«Schrei nur», sagte er leichthin. «Ich bin praktisch Eigentümer dieser Hotelkette. Bilde dir also nicht ein, irgendjemand hier würde dir … Glauben schenken.»

Er hielt meinen Arm direkt überm Ellenbogen fest, und ich starrte von der Seite in sein bleiches, fleischiges Gesicht. Was hatte er bloß hier verloren? Hatte Eva ihm von diesem Treffen erzählt? Ich hatte sie eingeweiht, streng vertraulich. Und da sie mich bei meinen bisherigen Eskapaden auch nicht verpfiffen hatte, schien es unwahrscheinlich, dass Leon von ihr etwas erfahren hatte.

Dann aber kam mir ein Gedanke, bei dem kalte Übelkeit

in mir aufstieg. Vielleicht hatte sie mich ja auch jedes einzelne Mal verpfiffen. Vielleicht war mein Halbbruder bestens im Bilde über meine neue Angewohnheit, Fremde im Internet aufzureißen. Sonst war ich ja nicht unbedingt die Hellste, aber jetzt überschlugen sich meine Gedanken plötzlich, und ich riss ungläubig den Mund auf.

«Du bist der Satansbraten, stimmt's?»

Leon wandte mir die fahlen, kalten Augen zu, musterte mich ausgiebig und grinste nur, ohne zu antworten. Ein entsetzlicher Gedanke kam mir, als die Aufzugtüren sich bimmelnd öffneten.

«Bist du», ich wagte es kaum auszusprechen, «bist du der Jäger?»

Leons Augen blieben ausdruckslos, ohne jede Regung, als er mich anstarrte. Ich versuchte ihm auszuweichen, als er nach meinem Arm griff, aber seine Finger schlossen sich unerbittlich darum, und ich verdrehte nur genervt die Augen. Bitte sehr, sollte er doch den gestrengen Herrn spielen, wenn es ihm Spaß machte.

Er steuerte mit mir auf das Zimmer 656 zu, schob die Schlüsselkarte in den Schlitz und stieß mit dem Fuß die Tür auf. Das Zimmer dahinter war sparsam möbliert und von größtmöglicher Anonymität. Beiger Teppichboden, beige Wände, beige Tagesdecke. Ich blieb unweit der Tür stehen, während er abschloss und die Schlüsselkarte einsteckte.

«Was willst du, Leon?», ergriff ich schließlich das Wort, da er hartnäckig schwieg. «Ist ja wohl ein bisschen aufwendig, mich den ganzen Weg herkommen zu lassen, bloß um mit mir zu reden. Hätte das nicht Zeit bis nächsten Freitag gehabt? Du hättest auch bei mir vorbeikommen können.»

«Ich will nicht … reden», sagte er, wandte sich um und

knöpfte sich das Jackett auf. «Ich will sehen, aus welchem Grund du neuerdings so verdammt begehrt bist. Wieso all diese Typen plötzlich hinter dir her sind.»

Er ließ das Jackett über eine Stuhllehne fallen, und das seidene Innenfutter raschelte leise. Er drehte sich zu mir um, während er sich die Manschetten aufknöpfte. Seine Augen musterten mich abermals.

«Du bist so ein unscheinbares Mäuschen, Carrie. Ein jämmerliches kleines Ding. Immer schon. Ich weiß noch, wie du bei so ungefähr jeder Geburtstagsfeier, zu der ich dich mitnahm, verstört in der Ecke gekauert hast.»

Er sah mich an und verzog angewidert den Mund, und auf einmal fühlte ich mich wieder wie damals mit sieben, als ich sogar zu verschüchtert war, meiner quirligen, beliebten Gastgeberin zum Geburtstag zu gratulieren. Er hatte Recht: Bei jeder Feier war es dasselbe gewesen, nur die Kleider und Schauplätze hatten gewechselt.

Wie ich es verabscheut hatte zu wissen, dass ich nur dort war, weil die Mutter des Geburtstagskindes Mitleid mit mir hatte, oder weil jemand abgesagt hatte und ich in letzter Minute als Lückenbüßer eingeladen worden war. Es war eine einzige Qual, und als ich alt genug war, eigene Entscheidungen zu treffen, sagte ich jedes Mal ab. Und nach einer Zeit hörten die fröhlichen, hübschen, beliebten Mädchen auf, mich einzuladen.

Ich kehrte zurück in die Gegenwart. Leon redete noch immer. «Ich kann mir beim besten Willen nicht vorstellen, was Patrick in dir gesehen hat. Oder Max», schnaufte er. «Also will ich, dass du … es mir zeigst.»

Ich sah ihn entgeistert an, schüttelte ungläubig den Kopf und lachte gezwungen. «Das ist ein Scherz, oder?»

Seine fahlen Augen musterten mich ausdruckslos, dann

fing er an, sein Hemd aufzuknöpfen. «Nein, Carrie. Ich will dich nackt sehen. Auf dem Bett da. Und dann wird sich herausstellen, ob du mich so anturnst wie anscheinend alle anderen.»

«Scheiße.» Mehr brachte ich unter den Umständen nicht heraus. Ich verschränkte die Arme vor der Brust und sah ihn finster an.

«Leon, du bist mein Bruder. Wenn ich dich anturnen würde, wäre das … widernatürlich.» Nun machte ich auch schon diese blöden Pausen, vermutlich aus Nervosität. Ich atmete tief durch, bevor ich weiterredete. «Um nicht zu sagen, kriminell.»

Er streifte sich das Hemd ab. «Scheiß auf die Natur, Carrie. Und scheiß … aufs Gesetz.» Mir fiel auf, dass seine Brust so haarlos war wie bei einem fetten Säugling, und vermutlich ebenso gut gepolstert. Ich musste einen Schauder unterdrücken. «Und außerdem, das einzige Blut, das wir gemeinsam haben, ist das unseres Vaters. Deine Schlampe von einer Mutter kam, wie du weißt, lange nach meiner.»

Womit er Recht hatte. Seine Mutter war schon in den Fünfzigern an einer grauenhaften, namenlosen Krankheit gestorben, mit der die damalige Medizin noch überfordert war. Vater hatte meine Mutter erst knapp zehn Jahre später geehelicht, auf den Knien in der Dorfkirche. Dann waren sie gerade noch lang genug am Leben, um mich in die Welt zu setzen, bis sie dann in der Autobahnausfahrt den Rückwärtsgang einlegte und den Tod fanden.

Leon war also mein Halbbruder. Aber es war trotzdem Inzest, oder? Ich starrte ihn an und rieb mir mit eisigen Händen die kalten Arme. Mir war reichlich flau im Magen.

«Keine Bange», knurrte er. «Ich werde dich nicht … vögeln. Das überlasse ich deinen Stechern. Aufs Bett mit dir.»

Ich schüttelte den Kopf.

«Aufs Bett mit dir, Carrie.»

Was blieb mir anderes übrig. Ich ging langsam zum Bett hinüber und setzte mich auf die Kante, worauf er sich umdrehte und mich anstarrte. Einen Augenblick lang sahen wir uns schweigend an, beide in Gedanken versunken.

«Zieh dein Kleid …» Diesmal war die Pause so lang, dass ich den Satz am liebsten an seiner Stelle beendet hätte. «… aus.»

Ich biss mir auf die Lippe und zog mir den weichen rosa Wollstoff über den Oberschenkeln glatt. Er konnte mich nicht zwingen, oder? Ich zog die Stirn in Falten und fuhr, angestrengt nachdenkend, mit einem Finger über die Naht am Rocksaum. Mir war kalt und speiübel. Er konnte mich nicht zwingen, da war ich ganz sicher. Aber ich konnte das Beste daraus machen, sagte ich mir schließlich.

Die Alternativen waren klar: Ich konnte ihm das Kommando überlassen. Oder die Situation zu meinem eigenen Vorteil wenden. Was würde Dominique tun?

Mit schmalen Augen sah ich zu Leon hinüber. Er wurde langsam ungeduldig, also sagte ich, «Wenn ich das tue, Leon, will ich, dass du mir was versprichst.»

«Hier wird nicht gefeilscht, Carrie.»

«Schon klar. Ich feilsche auch nicht, sondern bitte dich um etwas. Einen Gefallen», erklärte ich betont sachlich. «Ich bitte dich um etwas, und jede Wette, du weißt nicht mehr, wann ich dich das letzte Mal um was gebeten habe, stimmt's?»

Er dachte kurz nach, die fetten Patschhände in den Hosentaschen vergraben, und schüttelte dann den Kopf.

«Nein», räumte er ein. «Für ein Mäuschen bist du schon verdammt genügsam.» Er sah mir in die Augen. «Was willst du?»

«Dass du mich von diesen scheußlichen Abendessen bei dir zu Hause befreist», sagte ich hastig. «Ich will nie mehr an einem teilnehmen müssen. Nie wieder. Außer ich möchte es selbst. Okay?»

Seine Miene hellte sich auf, und fast dachte ich, er würde gleich lächeln. «Sicher», erwiderte er. «Mir sind diese Abende auch zuwider. Ich hab das ohnehin nur für dich gemacht, um dir ein Gefühl von … Familie zu vermitteln.»

Verwundert sah ich ihn an. «Willst du – willst du denn nicht, dass ich dich einmal im Monat besuche?», fragte ich.

Er sah mich kurz an und schüttelte dann den Kopf. «Es ist eine Qual für mich, Carrie», erklärte er schlicht. «Wir haben nichts gemeinsam. Ich weiß nicht, worüber ich mich mit dir unterhalten soll. Die Entscheidungen, die du triffst, sind mir ein Rätsel, und dein … Lebensstil ist mir unbegreiflich.» Er zuckte die Achseln, und ich sah, wie sich dabei die Speckfalten an seinem Hals vertieften. «Jetzt zieh das Kleid aus.»

Unser kurzes Gespräch war vorüber. Aber ich hatte bekommen, was ich wollte, auch wenn dieser Sieg einen etwas sonderbaren Beigeschmack hatte. Ich zog mir das Kleid über den Kopf und saß in meinem glatten schwarzen Body und anthrazitfarbenen Strümpfen auf dem Bett, verlegen an dem Uhrenarmband an meinem linken Handgelenk nestelnd. Leons Augen wanderten über mich hinweg, und sein Mundwinkel zuckte, als er sich die fleischige Unterlippe leckte.

«Leg dich hin», befahl er. «Leg dich für mich hin wie für deine anderen Männer.»

Eine kurze Pause trat ein. Ich seufzte und ließ mich rücklings aufs Bett plumpsen, um ihm zu zeigen, dass mir das nichts ausmachte, dass ich völlig unbeteiligt war. Hinten im Nacken aber spürte ich eine kleine Verspannung, die mir sagte, dass mich das viel mehr mitnahm als beabsichtigt, und das war kein sonderlich schönes Gefühl. Leon blieb auf seiner Zimmerseite, und ich hörte, wie er einen Stuhl heranzog und sich darauf niederließ.

«Besonders anregend sieht das nicht aus», meinte er kurz darauf. «Machst du das, wenn du dich mit diesen Typen triffst? Daliegen wie eine Schlenkerpuppe?»

«Nein», murmelte ich.

«Ich kann nichts verstehen», sagte er.

«Nein!», wiederholte ich, lauter diesmal.

«Tu, was du für sie tust.»

«Das geht nicht. Dazu gehören immer zwei», widersetzte ich mich. «Bei gutem Sex geht es darum, dass zwei Menschen, die sich mögen, zusammenkommen und tun, was sie als schön empfinden.» Ich hob den Kopf, um ihn anzusehen, und er hielt sich hastig eine fleischige Hand über das nun nackte Gemächt. «Guter Sex heißt nicht, einer steht da, während ein anderer posiert. Obwohl», räumte ich ein, «das auch nett sein könnte, wenn es das ist, was alle wollen.»

«Hock dich auf alle viere.»

Ich fragte mich, ob er meinen kleinen Vortrag gehört hatte oder meine Worte aus bloßer Sturheit ignorierte. Ich drehte mich um und stützte mich auf Hände und Knie, dann wartete ich, während er sich befummelte und grunzte. Mit einem Blick über die Schulter, so fix, dass er nichts mitbekam, stellte ich fest, dass mein dicker, starker Tyrann von einem Bruder Schwierigkeiten hatte, überhaupt einen hochzukriegen. Sein Gesicht war rosa und hatte einen jammervollen Ausdruck, seine weißen Hände umfassten einen sehr schlaffen Pimmel, und seine Stirn war in verzweifelte Falten gelegt.

Auf einmal tat er mir richtig Leid. Und da geschah etwas Seltsames mit mir, ich verlor schlagartig jede Angst vor Leon. Mein ganzes Leben lang hatte er den Ton angegeben und mich herumkommandiert. Der große, starke Leon, von seinen Geschäftspartnern bewundert, der Dollarmillionär mit dem untrüglichen Riecher für Geld. Der Mann mit der wunderschönen, präsentablen Ehefrau, dem größten Haus, dem schnellsten Auto, den teuersten Urlaubsreisen. Mein Leben lang hatte ich ihm gehorcht, ihn gefürchtet, ohne ihm je entrinnen zu können. Doch nun, als ich ihn so betrachtete, merkte ich, dass er nur ein Fettkloß war, der keinen hochbekam.

Ich hockte mich auf meine bestrumpften Fersen und beobachtete, wie er sein Glied in einer Hand barg wie ein armes, totes Vögelchen. Zum ersten Mal im Leben empfand ich Mitleid mit Leon, und deshalb tat ich etwas, was ich nie vergessen werde.

Ich stand auf und ging langsam zu ihm auf seinem beige gepolsterten Stuhl hinüber. Sanft nahm ich seine Hände und legte sie auf die Armlehnen. Ich bückte mich und küsste Leon sanft auf den Mund, dann fuhr ich ihm mit den Fingern durchs Haar.

«Lass mich das für dich tun», flüsterte ich. «Nur dies eine Mal. Es bleibt unter uns.»

Ich kniete mich neben ihn und legte ihm die Finger ums schlaffe Glied. Sonderbar fühlte es sich an in meiner Hand, irgendwie wehrlos. Ich umfasste es und fing an, ihn langsam und sanft abzuwichsen. Zunächst tat sich nichts, aber als ich Leon nochmal küsste, fühlte ich, wie es sich in meiner Hand regte, ein sachtes Flattern, ganz langsam erst, das dann aber immer stärker wurde.

Leon heftete den Blick auf meine Brüste. Sie waren von der schwarzen Seide des Bodys zart umhüllt, ich holte tief Luft, sodass meine Brustwarzen hervortraten, und drückte den Brustkorb vor, damit mein Dekolleté voll und prall wirkte. Das gefiel ihm; ich merkte es daran, wie sein Piephahn mir gegen die Hand zuckte und ich plötzlich etwas mehr Länge zum Dranrumspielen hatte.

Ich rutschte zwischen seine Knie, schob ihm die Schenkel auseinander und wichste ihn etwas fester. Leon zitterte und ließ den Kopf leicht zurücksinken, das Gesicht lustvoll gelöst, die sonst fahlen Wangen gerötet. Anscheinend gefiel es ihm, den seidenen Body innen an den Oberschenkeln zu spüren, also wiegte ich mich leicht, mit geschmeidigen Bewegungen, zwischen seinen Beinen, wie eine Katze, die sich an ihm rieb. Mit der freien Hand umschloss ich seine Eier. Sie erinnerten an Uhrengewichte: schwer und glatt. Ich liebkoste sie sanft, öffnete und schloss die Finger darum, während ich weiter fest seinen inzwischen steifen Schwanz rieb.

Ich fuhr mit den Finger daran hoch bis über die Spitze, zog seine lose Vorhaut ganz über die knollige Eichel und schob sie dann wieder zurück. Er stöhnte und bewegte die Hüften, stieß sie mir ein wenig entgegen, und ich hielt kurz inne.

«Dir gefällt die Seide, nicht wahr?», flüsterte ich. Er nickte, außerstande zu sprechen. Ich griff unter mich und ließ den Verschluss an meinem Body aufschnappen. Als ich ihn mir über den Kopf zog, merkte ich, dass er den Blick erst auf meinen säuberlich gestutzten Busch heftete, dann auf meine schaukelnden Brüste, als ich mich aus dem engen Einteiler befreite. Sein Schwanz schwankte ihm gegen den Bauch, und ich schnappte ihn mir, hielt ihn fest und wickelte dann den Body um den fleischigen Schaft.

«Ich werd dich damit wichsen», murmelte ich. «Fühlt sich das gut an? Gefällt's dir?»

Er nickte stumm, und ich wichste ihn etwas schneller, ohne dabei sein Gesicht aus den Augen zu lassen. Die Seide knüllte sich um ihn, wisperte an seinem festen Kolben, und ich spürte ein jähes Lustgefühl, einen Schwall Saft in meiner Muschi, während ich dort kniete und den tyrannischen Leon mit meinem Seidenbody wichste.

Urplötzlich entlud er sich, dünne, milchige Spritzer Sperma kamen hochgequollen und sprenkelten das schwarze Gewebe. Es kam viel mehr, als ich erwartet hätte, und ich raffte mit der anderen Hand noch mehr Seide um ihn, um jeden Tropfen aufzufangen, bis der Body voll großer dunkler Flecken war und sich ganz klebrig anfühlte.

Leon stöhnte leise und flüsterte etwas. Ich dachte, es sei mein Name, aber als ich mich vorbeugte und ihm die Wange ans Gesicht legte, hörte ich ihn «Eva» keuchen. Ich lächelte und spürte, wie zum allerersten Mal so etwas wie Zuneigung zu meinem Halbbruder in mir aufkeimte. Es war ein zartes Pflänzchen, das ich eigentlich gar nicht nähren wollte, aber da unsere Rollen sich nun so unwiderruflich verkehrt hatten, da ich nun diejenige war, die den Ton angab, empfand ich mehr Nachsicht und ließ zu, dass diese Zuneigung sich verfestigte. Blut ist schließlich dicker als Wasser.

Ich rief Eva an, während Leon unter der Dusche war, und bat sie, hierher ins Hotel zu kommen. Erst machte sie Ausflüchte, behauptete, sie hätte zu tun und könnte nicht einfach meinetwegen alles stehen und liegen lassen, aber ich blieb hartnäckig.

«Komm jetzt her, Eva», verlangte ich. «Ich bin mit Leon hier, und ich glaube, er möchte auch, dass du tust, was ich dir sage.»

«Leon ist da?» Jetzt hatte ich ihre ungeteilte Aufmerksamkeit; ihre Stimme war schärfer, und ich merkte, dass sie sich den Hörer dichter ans Ohr hielt. Grinsend ließ ich sie noch etwas schmoren.

«Ja», bestätigte ich nach kurzem Schweigen. «Leon ist hier. Wir haben gerade eine interessante Stunde in einem Hotelzimmer verbracht. Du wirst dir, glaube ich, wünschen, du wärst dabei gewesen, wenn er dir erst davon erzählt.»

Sie zog zischend die Luft durch die Zähne.

«Er sollte mir eigentlich vorher Bescheid sagen», erwiderte sie knapp. Ich zog eine Augenbraue hoch und lächelte in den Hörer.

«Keine Ahnung, ob er die Erfahrung gern geteilt hätte, Eva. Aber ich glaube, er würde dich jetzt gern sehen. Und ich auch. Ich möchte hören, was genau du ihm alles erzählt hast.»

«Wartet dort», sagte sie abrupt. «Ich bin in einer Dreiviertelstunde da.»

«Also, Eva.» Ich saß ihr gegenüber an einem Ecktisch im dezent in Beige gehaltenen Restaurant des Hotels. Leon saß still zu ihrer Rechten. «Du hast ihm alles erzählt? Jedes Mal, wenn ich mich mit jemandem getroffen habe?» Vor ungläubigem Staunen waren meine Augenbrauen so weit hochgezogen, dass ich das Gefühl hatte, sie könnten jeden Moment in meinem Haaransatz verschwinden. Eva streifte die lange Asche von ihrer Zigarette ab und schürzte nur die Lippen, den Blick ruhig auf mich gerichtet.

«Du hast nicht gesagt, dass das geheim war», stellte sie klar.

«Nein», räumte ich ein. «Aber auch nur, weil ich nie gedacht hätte, dass ich darauf extra hinweisen muss. An dem Abend, als du mir das Internet gezeigt hast, hast du gesagt, ich sollte ihm nichts verraten. Naturgemäß hatte ich angenommen, ‹nichts verraten› hieße, dass es ein Geheimnis war. Zwischen dir und mir. Und jetzt komme ich dahinter, dass nur *ich* Leon nichts weitererzählen darf. Du dagegen erzählst ihm alles. Und dann richtest du es auch noch so ein, dass er mit mir chattet!»

«Leon ist mein Mann», entgegnete sie patzig. «Wir erzählen uns alles.»

«Ach, Unsinn», brauste ich auf. «Warum hast du das getan? Aus Eifersucht, weil du bei Max abgeblitzt bist und er sich mit mir getroffen hat?» Ihre Augenlider flatterten kurz, demnach hatte ich also ins Schwarze getroffen.

Sie ließ sich aber nicht darauf ein; sie wiederholte einfach das eben Gesagte. «Wir erzählen uns alles. Immer.»

«Mach mir doch nichts vor, Eva. In eurer Beziehung hast du doch die Hosen an.»

Eva lehnte sich vor und ließ dabei ihre kleinen, aber perfekt geformten Brüste aufblitzen. «In Wahrheit», zischte sie, «sind wir ebenbürtig. Du denkst anscheinend, Leon regelt das Geschäftliche, während ich zu Hause schalte und walte. Aber lass dir sagen, dass du nicht ganz auf dem Laufenden bist, Carrie. So funktionieren moderne Ehen nicht. Unsere wenigstens nicht.»

«Dann erklär mir doch, wie es funktioniert», sagte ich. «Und was es mit Marie-Therese auf sich hat.»

Beim Namen ihres Hausmädchens verengten sich Evas Augen. Sie zerquetschte ihre Zigarette im Aschenbecher, nahm dann eine neue aus der halb leeren Packung neben ihrem Teller und schob sie sich zwischen die dunkelrot bemalten Lippen.

«Leon?» Sie sah ihn unter einer geschwungenen Augenbraue abwartend an.

Mein Bruder, der die ganze Mahlzeit über schweigend und leicht benommen wirkend dagehockt hatte, sah hilflos zwischen uns hin und her. «Was?», sagte er endlich.

«Erzähl ihr von Marie-Therese.»

«Oh.» Ein zärtliches Lächeln huschte ihm übers Gesicht. «Marie-Therese arbeitet seit ungefähr zwei Jahren bei uns. Sie ist eine sehr liebevolle Person. Ich ... wir ... haben sie sehr gern. Und sie hat uns gern. Es ist ein Arrangement, das uns allen sehr entgegenkommt.»

Ich nickte. «Macht es euch glücklich?», fragte ich und trank ein Schlückchen Orangensaft.

«Sehr», bestätigten sie wie aus einem Munde.

Ich nickte. «Gut.»

Längere Zeit blieb es still, während jeder für sich seinen Gedanken nachhing. Eva, ging es mir durch den Kopf, hatte Leon alles weitergesagt, was ich ihr je erzählt hatte. Eigentlich hätte ich böse sein müssen, aber dem war seltsamerweise nicht so. So fiel es mir nur leichter, nun das loszuwerden, was ich mir zurechtgelegt hatte.

«Okay», sagte ich. «Ich geh dann gleich. Die Rechnung kannst du ja übernehmen, nicht, Leon?»

Er nickte.

«Hört zu», sagte ich mit Nachdruck. «Von jetzt an will ich mein eigenes Leben leben, so, wie es mir gefällt. Meine eigenen Entscheidungen treffen, mir selbst ein Urteil über alles bilden. Zu euren Freitag-Abendessen werde ich nicht mehr kommen, was euch beide bestimmt auch freut.» Ich stand auf und amüsierte mich insgeheim über ihre verdatterten Gesichter. «Ihr braucht nicht anzurufen. Wenn ich euch sehen möchte, melde ich mich.»

Ich wollte schon losgehen, aber dann meldete sich mein Gewissen. Ich drehte mich um, sah sie einen Moment lang an, lächelte und neigte mich hinab, um erst Leon, dann Eva ein Küsschen auf die Wange zu drücken.

«Also bis dann», sagte ich. Und schritt eilig davon, leichten Herzens und beschwingten Schrittes.

Bei meiner Heimkehr war das Haus still und leer. Gabriel hatte mir mit einem Magneten eine Notiz an den Kühlschrank geheftet; er sei bei Clara, ich hätte nun die ganze Nacht Zeit zum Schlafen, Essen, Trinken, wozu ich auch Lust hätte. Lächelnd pflückte ich den Zettel ab, hielt ihn mir kurz an die Nase und sog mit geblähten Nasenflügeln den zarten Duft seiner Haut ein, der noch am Papier haftete. Gabriel war einfach süß, so rührend besorgt, wenn man die trotzige Fassade erst mal überwunden hatte. Wie fabelhaft es auch sein mochte, ihn als Untermieter und Haussklaven zu haben, ich spürte, dass er bereit war weiterzuziehen. Genau wie ich.

Eigentlich sehr angenehm, sinnierte ich, während ich ein heißes Bad einließ und Duftöl hineingoss, nur noch zu tun, worauf ich Lust hatte. Mein eigener Herr zu sein, oder vielmehr meine eigene Herrin, und niemandem sonst, weder aus familiären Gründen noch der Ehre halber, verpflichtet zu sein. Nun, da ich Eva und Leon nicht mehr sehen musste, empfand ich beinahe Zuneigung für sie.

Ich ließ mich bis ans Kinn ins dampfende Wasser sinken,

strich mir über die wippenden Brüste und schloss die Augen. Ich war völlig entspannt, so entspannt wie seit Jahren nicht mehr. Oder sogar wie noch nie. Ich ließ die Gedanken schweifen, sann über mein Leben nach, meine Beziehungen, meine Arbeit und mein neu gefundenes Gefühl von Unabhängigkeit. Dominique hatte mir die Kraft verliehen, mal auf den Tisch zu hauen. Dank ihr hatte ich den Mumm zu sagen: «Nein, das will ich nicht.»

Nachdem sie mir nun also zu mehr Rückgrat verholfen, meinen Blick dafür geschärft hatte, wie ich mir mein Leben *nicht* vorstellte, wie würde sie mir die Augen dafür öffnen, *wie* ich mir mein Leben vorstellte?

Gemächlich fuhr ich mir mit einem runden Seifenstück über die Arme, verharrte in meiner Armbeuge und dann an der runden Wölbung meiner Schultern. Ich massierte mir mit der Seife die nassen Glieder, bis ich ganz mit feinem Schaum bedeckt war, dann schaute ich hinüber in den Spiegel an der Badezimmertür.

Ich sah erhitzt aus, auf meinen Augen lag ein fast fiebriger Glanz. Meine Haare, achtlos zu einem Knoten hoch gesteckt, waren feucht vom Dampf, der in der warmen Luft hing, und einzelne Strähnen klebten mir an Wangen und Hals. Ich sah sehr glücklich und recht selbstzufrieden aus, wie eine schnurrende Katze, die eben zwei Untertassen voll bester Sahne aus Devonshire geschleckt hat.

Ich lächelte mir zu und merkte dann, dass ich gar nicht mir selbst zulächelte. Das Mädchen im Spiegel war Dominique: mit hübschen Haaren, voll Leben und Energie, berstend vor Selbstvertrauen. Ich war sie. Ich war zu ihr geworden. Tatsächlich, wenn ich recht darüber nachdachte, war ich immer schon Dominique gewesen, ohne es zu merken; bloß hatte es der Vorstellung bedurft, jemand anderes zu sein, damit ich den Mut bekam, so aufzutreten, wie ich es mir mein Leben lang versagt hatte. Dominique war Carrie und Carrie war Dominique. Wir waren ein und dieselbe. Wir konnten unsere eigenen Spielregeln bestimmen. *Ich* konnte meine eigenen Spielregeln bestimmen.

Lächelnd lehnte ich mich im Bad zurück und fuhr mir mit den Händen über den Körper, streichelte die Unterseite meiner runden Brüste und verharrte kurz an den rosigen Brustwarzen, die ich mit sanften Fingern in die Länge ziehen konnte.

Meine eigenen Spielregeln zu bestimmen hieß, mich von allem zu befreien, was mich nervte. Wie Leon. Oder mein Job. Ich schloss die Augen, und während ich mich daran machte, mich selbst zu einem trägen Höhepunkt zu streicheln, nahm ich mir vor, gleich am nächsten Tag die Stellenanzeigen in der *Design Week* zu studieren. Und ich würde Kontakt zu Sam aufnehmen. Und zu Max. Und zum Jäger. Das waren drei Menschen, die ich auf *jeden* Fall in meinem Leben wollte. Da war ich mir sicher.

***

Das Dumme war nur, wie ich feststellen musste, als ich den Computer anschaltete und meine Mailbox öffnete, dass zumindest einer dieser drei höchst begehrenswerten Männer mich anscheinend nicht wollte. Noch immer keine Mail von Sam. Er erwies sich als weitaus weniger unterwürfig als vermutet. Als ziemlich willensstark sogar. Ich biss mir auf die Lippe und starrte die Meldung «Keine neuen Nachrichten auf dem Server» an, voll Bewunderung für Sam, und überlegte, was ich tun sollte. Sollte ich die Niederlage mit Würde hinnehmen? Oder eine faire Anhörung verlangen?

Ich beschloss, die Entscheidung aufzuschieben, und tippte stattdessen eine E-Mail an Max. Ich fragte an, ob wir demnächst mal eine Pizza essen gehen könnten. Dann schrieb ich dem Jäger und teilte ihm mit, ich wäre erst nach einem persönlichen Treffen mit ihm gewillt, an einem weiteren Wochenende teilzunehmen.

Max' Antwort fiel trocken aus: Ein Pfiff von mir, und er würde springen, aber ich müsste schon sehr laut pfeifen, weil sein Laptop momentan in einer Hotelzimmersteckdose eingestöpselt sei. In Dallas.

Der Jäger antwortete nicht sofort, doch als dann Post kam, ließ er keinen Zweifel daran, dass von seiner Seite aus keinerlei Interesse an einer Begegnung im richtigen Leben bestand.

```
Dominique,
was ist aus dem wunsch geworden, uns
stets ein kleines geheimnis zu bewahren?
Gerade das, was man nicht sehen kann, ist
doch gewiss am aufregendsten, und wenn
man es sehen könnte, würde die aufregung
im nu in langeweile umschlagen. Ich will
dich nicht sehen, warum um alles in der
welt also solltest du mich sehen wol-
len???
Grüße, J.
```

Ich runzelte die Stirn. Ich wollte ihn auf jeden Fall sehen, und das Gerede von Geheimnissen war Unsinn, ein reines Ausweichmanöver, so viel stand fest.

Lieber Jäger,
Hmm, geheimnisse, was? Nicht sehr überzeugend.
Und zur frage, warum um alles in der welt ich dich sehen möchte, nun, vielleicht ist es dir entfallen, aber DU hast MICH schon gesehen. In Bournemouth. Es wäre also nur fair.
Dominique xxx

Als ich mittags bei der Arbeit meine Mailbox checkte, war eine Antwort von ihm da. Über meine Argumentation lachte er nur und sagte, es sei nun mal sein Privileg zu sehen, wer an den von ihm arrangierten Wochenenden teilnahm. Das stellte mich nicht zufrieden.

Der Jäger wurde für mich immer mehr zur fixen Idee, wie sah er wohl aus, was für ein Mensch war er, wann würde ich ihn endlich mal leibhaftig sehen? Ich arbeitete die Mittagspause durch, biss ab und zu in ein Käsesandwich und zerbrach mir den Kopf über ein paar Grafiken. Nachmittags schickte ich ihm dann eine weitere E-Mail.

Lieber Jäger,
Du magst es gern als privileg empfinden, mich zu sehen, aber das finde ich hinterhältig. Ich finde, ich habe das recht, zu sehen, wer mich manipuliert, oder? Bitte? Bitte, bitte, zeh-nuckelnd-bitte?
Dominique xxx

Liebe Dominique,
Ha ha ha re: zeh-nuckeln. Das ist mal ein

angebot, das mich in versuchung führen könnte, dich beim wort zu nehmen. Aber im ernst, warum sollte ich mich darauf einlassen? Denk dran, ich bin zu deinem schutz da.
Und, hey! ich hab dich nie manipuliert, niemals. Du tust alles aus freiem willen, und das weißt du auch!
Hochachtungsvoll, J.

Lieber J,
Hmm ... Wieso darf ich dich nicht treffen? Jetzt bin ich erst recht neugierig. Hast du n buckel und einen winzigen schniedel? Oder bist du etwa gar kein mann? Auf die knie sinkend, deine zuckersüße Dominique xxx

Dominique,
Auf die knie sinkend? Das gefällt mir allerdings. Aber was soll das süßlich unterwürfige getue? So bist du doch in wahrheit gar nicht, *g*. Und von der frage, mann oder nicht, lass ich mich nicht provozieren. Kein bisschen.
Grüße, J.

Lieber J,
Was für ein jammer. Dann musst du eben ohne mich auskommen.
D xx

Danach ließ ich ihn erst mal im eigenen Saft schmoren. Dabei war wohl, ehrlich gesagt, ich diejenige, die am meisten schmorte. Er schickte mir noch ein paar E-Mails, auf die ich nicht antwortete. Ich versuchte meine Neugier zu zügeln, aber der Wunsch, diesen Mann zu treffen, der mich seit fast sechs Monaten amüsierte und faszinierte, wuchs sich bei mir langsam zu einer Obsession aus.

Den restlichen Tag über konnte ich mich kaum mehr auf die Arbeit konzentrieren, und im Zug nach Hause steckte ich die Nase in die *Design Week*, auf der Suche nach einem neuen Job. Doch jedes Ruckeln des Waggons, jedes Hüsteln meines Sitznachbarn riss mich aus meiner Konzentration, und meine Gedanken kreisten von neuem um das Thema, das mir seit der ersten Antwort-Mail des Jägers keine Ruhe ließ. Ich musste ihn einfach sehen, egal wie. Aber er schien sich auf das Spiel nicht einlassen zu wollen.

Die *Design Week* war keine große Hilfe. Alle Stellen, die mir nur entfernt zusagten, waren in London; und so spaßig Wochenendtrips in die Hauptstadt auch sein mochten, ob ich ganz dorthin ziehen wollte, wusste ich nicht recht. Wenn ich so weit wegzog, konnte ich ja mein Leben gleich ganz umkrempeln und ins Ausland gehen.

Vor Aufregung begann mein Puls zu rasen. Ich sah stirnrunzelnd zu Boden und überlegte angestrengt. Warum nicht? Warum nicht alles aufgeben und die Segel setzen? Hier hielt mich nichts mehr. Ich war so frei wie noch nie in meinem Leben, mal abgesehen von einer Beziehung zu einem Mann, den ich noch nie gesehen hatte, und alle paar Monate einem ungehemmt lustvollen Treffen mit Max. Und falls Sam weiter so hartnäckig schwieg, gäbe es für mich keinen Grund, weiter hier zu bleiben.

Mit wachsender Begeisterung freundete ich mich mit der

Idee an. Das könnte der Anfang von etwas Gutem sein. Ein neues Leben für die neue Carrie.

Ich stieg aus dem überfüllten Zug aus und drängte mich hocherhobenen Hauptes und mit immer noch fieberhaft klopfendem Herzen durch die Pendlerscharen. Zahlreiche Männer in dunklen Anzügen und Trenchcoats beäugten mich mit unverhohlenem Interesse, aber ich beachtete sie nicht. Ich hatte einen Plan und musste nach Hause, um ihn in die Tat umzusetzen.

Am Abend mailte ich einer alten Studienfreundin, mit der ich über die Jahre losen Kontakt gehalten hatte. Catherine Fanshawe hatte sich eine Green Card erheiratet und war heute Teilhaberin einer Design-Agentur in den Staaten. Ich fragte sie, wie so die Aussichten im wilden, wilden Westen seien, und drückte Senden.

Catherine war keine große Hilfe. Entweder hatte sie ihre eigenen Interessen im Auge, oder auf der anderen Seite des Atlantiks bestand wirklich kein Bedarf an britischen Designern. Ich argwöhnte Ersteres, also mailte ich Max und stellte ihm ein paar Fragen. Er schickte mir eine lange E-Mail. Um legal in den Staaten arbeiten zu können, würde ich ein schwer zu bekommendes H1-Visum benötigen, doch kenne er genügend Anwälte, um dieses Problem elegant zu umgehen. Abends rief er an, und beim Klang seiner tiefen, samtigen Stimme, die mir aus dem Telefonhörer direkt in den Kopf drang, überlief es mich vor Wonne.

«Hi, Carrie. Und, willst du rüberkommen und für mich arbeiten?»

«Nein.»

Er brach in dröhnendes Gelächter aus, und ich grinste und hielt mir den Hörer ein Stück vom Ohr weg.

«Wieso nicht?», fragte er endlich, als er sich wieder beruhigt hatte.

«Weil ich dir nichts schuldig sein will. Ich will auf eigenen Beinen stehen. Darum geht es doch wohl, wenn ich einen Neuanfang machen will, oder?»

«Carrie, ich werde dir keinen Gefallen tun, den ich nicht auch anderen tun würde. Wieso kommst du nicht einfach ein paar Monate her? Dann sehen wir ja, wie die Sache läuft. Du könntest es schlechter treffen, weißt du.»

«Ich will nicht, dass du mir einen Job gibst!», wehrte ich ab. «Ich will es allein schaffen! Ich will eine Stelle aufgrund meiner Qualifikation kriegen, nicht weil ich mit Mr. Big vögele, dem die ganze Scheißfirma gehört!»

«Aber du vögelst ja gar nicht mit Mr. Big», wandte er ein. «Ist Wochen her, seit du mit Mr. Big gevögelt hast.»

«Stimmt, aber wessen Schuld ist das denn?» Lächelnd wickelte ich mir das Telefonkabel um den Finger. Nun waren wir wieder auf vertrautem Terrain, das alte Hin und Her, das seine Gesellschaft für mich so aufregend machte, das Gekabbel, das fast zu weit ging, aber eben nur fast. Wenn ich ihm den Fehdehandschuh hinwarf, war Max immer bereit, ihn aufzunehmen, sich überzustreifen und mir damit den Po zu versohlen. Ich leckte mir langsam über die Lippen. «Du bist doch schließlich immer unterwegs.»

«Da hast du verdammt nochmal Recht.» Er lachte. «Irgendwie muss ich doch auf ehrliche Weise mein Geld verdienen. Aber, hör mal, ich bin morgen in London. Nur einen Abend. Komm doch hin. Iss mit mir zu Abend.»

«Ich kann doch nicht einfach alles stehen und liegen lassen und nach London fahren!», platzte ich raus, dabei fühlte mich äußerst geschmeichelt und auch ein wenig in Versuchung. Gewiss keine schlechte Möglichkeit, mich von der ewigen Grübelei über den Jäger abzubringen.

«Klar kannst du das», drängte er. «Ich werd dir sogar eine Fahrkarte reservieren. Du musst bloß rechtzeitig am Bahnhof sein, mehr nicht. In Paddington wartet dann ein Wagen auf dich.»

«Machst du das bei allen potenziellen Angestellten, die du rumkriegen willst, für dich zu arbeiten?», lachte ich.

«Ncin, ist das erste Mal», sagte er mit einem Lächeln in der Stimme. «Aber falls es ein Erfolg wird, könnte ich es mir angewöhnen.»

«Das wird kein Erfolg», brummte ich. «Weil ich nicht für dich arbeiten will, also akzeptier es einfach. Aber vielleicht – und ich sage *vielleicht*, also freu dich nur nicht zu früh – macht es mir Spaß zu sehen, wie du mich rumzukriegen versuchst. Du musst dir nur darüber im Klaren sein, dass du am Ende verlierst. Ich werde nicht für dich arbeiten, Max. Unmöglich; es wäre einfach nicht richtig.»

«Schon gut, Carrie. Wenn du den leichtesten Weg einschlügest, wärst du auch nicht die, für die ich dich halte.»

Er schwieg, und ich überlegte, für wen genau er mich wohl hielt. Bei ihm hörte es sich an, als wäre ich ein Musterbild an Integrität. Konnte ich dem gerecht werden? Ich zog eine Grimasse im Flurspiegel und hoffte im Stillen, dass ich es konnte. Dann holte ich tief Luft und ergriff das Wort.

«Zum Abendessen könnte ich es schaffen. Aber ich muss noch am selben Abend zurück, muss ja am nächsten Tag arbeiten. Ist so schon schwierig genug bei Richardson, da kann ich nicht auch noch einfach fehlen.»

«Bis Mitternacht hab ich dich wieder zum Bahnhof gebracht, Aschenputtel.»

«Trägst du was drunter?», fragte Max leise, als der Kellner sich von unserem Tisch entfernte und lautlos zwischen den anderen Gästen davonhuschte. Ein feines Lächeln spielte ihm im Mundwinkel, und er fixierte mich mit seinen grauen Augen.

Ich rutschte auf dem glatten Lederbezug meines Stuhls herum, nippte am Weinglas und nickte. Tatsächlich trug ich sogar meine beste Kombination, grellrosa, passend zu meiner engen Wildlederjacke. Das kleine Schwarze unter der Jacke war so eng, dass ich ernstlich erwogen hatte, ganz auf einen Slip zu verzichten. Aber dann fiel mir ein, dass zu der Kombination ja noch ein G-String gehörte, und damit war das Problem gelöst.

«Zieh's aus», flüsterte Max und lehnte sich ein Stückchen vor, ein teuflisches Funkeln in den Augen. «Zieh's aus und gib's mir.»

«Kann ich nicht», wehrte ich lachend ab. «Nicht hier!»

Wir aßen in einem angesagten Londoner Restaurant zu Abend, mit Aussicht auf die Themse. Lächelnd sah ich zu Max hinüber. Er sah sehr gepflegt aus: Ein frisches weißes Hemd spannte sich über seine muskulöse Brust. Beim Anblick der dunklen Härchen, die sich durch das Gewebe eben ausmachen ließen, überlief mich ein Schauer. Sie bedeckten seine Haut wie ein drahtiger Pelz. Seine Ausstrahlung war dermaßen animalisch, dass ich mich am liebsten gleich auf dem Rücksitz des Wagens, in dem er mich vom Bahnhof Paddington abgeholt hatte, auf ihn gestürzt hätte. Aber ich hatte mich beherrscht und bloß fest seine Hand gehalten, mit einem Gefühl erotischer Vorfreude, das mir heiß durchs Geschlecht prickelte.

Ich biss mir auf die Unterlippe und sah ihn mit großen Augen an, dann warf ich einen Blick zum Kellner. Er hatte gerade an einem Tisch auf der anderen Seite des Ganges zu tun. Weit genug entfernt, dass ich vermutlich unbemerkt meinen Slip unter dem Kleid vorziehen konnte, aber nah genug für die erregende Möglichkeit, dass er sich umdrehen und mich bei meinem Tun ertappen konnte.

Ich strich mir das Kleid über den Beinen glatt und breitete mir beiläufig die Serviette über die Schenkel. Da lehnte Max sich mit einer blitzschnellen Bewegung über den Tisch, schnappte sie sich, knüllte sie zusammen und barg sie auf seinem Schoß.

«Ohne Blickschutz.» Er grinste. «Du musst es in aller Öffentlichkeit tun.» Er spähte seitwärts zum Kellner. «Na los, Carrie, oder hast du etwa Schiss?»

«Ich hab keinen Schiss!», protestierte ich lachend. «Ich will bloß nicht hier rausgeworfen werden.»

«Hier ist schon Schlimmeres passiert, verdammt.» Er gluckste. «Wenn den Storys in euren Revolverblättern zu trauen ist. Den Reichen und Berühmten schadet das nicht. Sobald der nächste Skandal Schlagzeilen macht, legt sich die Aufregung, und alles ist verziehen.»

«Aber ich bin ja nicht berühmt, mir würde man nicht verzeihen», wandte ich ein. «Wahrscheinlich müsste ich wegen unsittlicher Entblößung eine Nacht hinter Gittern verbringen.»

Er zog eine Augenbraue hoch und flüsterte: «Angsthase.» Ich grinste und ließ verstohlen ein paar der Knöpfchen aufspringen, die mein Kleid vorn zusammenhielten, wobei ich einerseits auf den Kellner achtete, andererseits auf Max' Reaktion.

Ich rutschte ein Stückchen auf dem Stuhl vor. Dann ließ

ich die Finger unter den spitzenbesetzten elastischen Bund gleiten und schob mir den Stoff über die Hüften. Von dort über die Oberschenkel. Dann hakte ich den Daumen in den leicht feuchten Zwickel und schälte mich Stück für Stück aus dem Höschen. Der Gedanke, jemand könnte mich dabei sehen, war ungeheuer aufregend, und der Ausdruck in Max' leicht gerötetem Gesicht war einfach geil. Er wirkte ganz so, als wäre er am liebsten unter den Tisch getaucht, um mir die Knie zu spreizen und die Zunge an die Muschi zu drücken. Ich streifte einen Schuh ab, hob den Fuß und fuhr sanft seinen Oberschenkel hoch bis an den eindrucksvoll gewölbten Hosenschlitz. Er verzog keine Miene, aber seine Augen sprachen Bände.

«Gib mir deinen Slip», knurrte er endlich. «Schieb ihn mir unterm Tisch rüber.»

Ich sah ihn an, den Fuß immer noch an seinem Schoß, dann hielt ich mir ungerührt den Spitzenslip an die Nase und atmete tief ein. Vor Überraschung riss Max die Augen auf und warf einen raschen Blick zum Kellner, aber niemand sah in unsere Richtung. Ich knüllte den weichen Spitzenslip in der linken Hand zusammen und warf ihn dann beiläufig über den Tisch, wo er genau zwischen Max' glänzendem Essbesteck landete.

«Carrie!», protestierte er. Ich sah ihn nur lächelnd an, während der Slip in seiner Pranke verschwand und sicher unterm Tisch versteckt wurde. Dabei drückte ich ihm weiter leicht den bestrumpften Zeh ans Gemächt und stellte belustigt fest, dass er immer röter anlief.

«Carrie, hör auf.»

«Du hast angefangen», gab ich mit unschuldsvollem Lächeln zurück.

Nach dem Essen saß ich auf meinem geschwungenen Lederstuhl und schaute, das Kinn in der Hand, aus dem großen Fenster, während mir durch den Kopf ging, was ich für ein Glück hatte. Ich hatte meine ganze Zukunft vor mir. Ich konnte jede beliebige Entscheidung darüber treffen, was ich damit anstellen und mit wem ich sie verbringen wollte. Max saß mir gegenüber und betrachtete mich, eine Zigarre in der einen, ein Glas teuren Brandy in der anderen Hand.

«Du bist so ruhig, Carrie», sagte er endlich.

«Ach ja? Entschuldigung», sagte ich. «Ich hab gerade darüber nachgedacht, was ich tun will. Wo ich hin möchte.» Ich lächelte. «Ich fühle mich so frei.»

«Ich möchte, dass du mit mir mitkommst», erklärte er, lehnte sich vor und drückte die Zigarre in einem Kristallaschenbecher aus. «Das weißt du. Komm mit mir in die Staaten, Carrie. Bleib bei mir.»

«Ich weiß nicht», murmelte ich lächelnd. «Ich weiß nicht, ob ich momentan mit nur einem Menschen zusammen sein möchte. Ich will mich nicht festlegen. Vielleicht will ich sogar mal ein Weilchen ganz allein sein, keine Ahnung.»

Er nickte, den Blick auf mich geheftet. «Das kann ich verstehen», sagte er. «Geh nur nicht zu weit von mir weg. Ich brauche dich.»

Überrascht starrte ich ihn an.

«Wirklich?» Ich lachte ein wenig, um meine Aufregung zu überspielen, mir wurde ganz flau im Magen. «Wow. Das hat mir noch nie jemand gesagt.»

«Nein, ich weiß, was du früher durchgemacht hast. Leon hat mir ein wenig von Patrick erzählt, und was du über ihn gesagt hast.»

«Leon?» Ich war überrascht. «Ich dachte immer, er hielte das alles für Übertreibungen meinerseits.»

«Nein. Ich glaube, tief in seinem Herzen weiß er, dass Patrick für dich nicht der Richtige war. Leon macht sich Gedanken über dich, Carrie. Er versteht dich zwar nicht, aber er sorgt sich um dich.»

Ich errötete leicht und biss mir auf die Unterlippe. «Nun», sagte ich, «ich will nicht, dass er sich um mich sorgt. Er soll mich in Ruhe lassen. Es gibt in meinem Leben neue Männer, welche, mit denen ich zusammen sein möchte, die ich näher kennen lernen möchte. Und für Leon ist da kein Platz.»

«Und für mich?»

Ich lächelte ihn an. «Max, für dich wird immer Platz sein. Mit dir bin ich liebend gern zusammen.»

«Dann lass uns doch immer zusammen sein.»

Ich sah zu, wie seine Hände über den hellen Damast der Tischdecke fuhren, und dachte, wie gern ich mit ihm zusammen war, wie sehr er mich anmachte. Die Versuchung, einfach ja zu sagen, war überwältigend. Mit ihm zu gehen. Es wäre so leicht. Ich holte tief Luft und seufzte leicht.

«Ich möchte schon», sagte ich. «Aber zu einer solchen Bindung bin ich noch nicht ganz bereit. Noch nicht. Ich möchte noch ein wenig länger frei bleiben.»

«Du wärst ja immer noch frei», betonte Max und lehnte sich lässig auf dem Stuhl zurück. «Ich werde dir keinerlei Grenzen setzen.»

«Gut. Das fände ich nämlich schrecklich.»

«Und, was hat es mit diesen anderen Typen auf sich?», fragte er lächelnd. «Klingt ja, als hättest du einen ganzen Stall voll williger Hengste.»

«Ach Quatsch!», widersprach ich lachend. «Nur dich. Dann ein anderer Typ, den ich anscheinend aus den Augen verloren habe. Und noch einer, von dem ich nicht mal weiß, wie er in Wahrheit heißt.» Ich lachte wieder und sah zu, wie er mir noch Wein nachgoss. Die klare, helle Flüssigkeit schimmerte in dem eleganten langstieligen Glas wie Gold, und ich trank ein Schlückchen und stellte es dann behutsam zurück auf den Tisch.

«Drei Männer?» Er grinste und riss in gespieltem Entsetzen die Augen auf.

«Ja. Schlimm, oder? Aber ich habe auch einiges nachzuholen. Und bei einem erfahre ich womöglich nie, wer er wirklich ist, also zählt er vielleicht gar nicht.» Ich drehte versonnen den Stiel des Weinglases. «Weißt du, neulich Abend habe ich einen grauenhaften Moment lang gedacht, es wäre Leon. Aber der Jäger ist viel zu amüsant, um Leon zu sein.»

«Ich finde, du machst Leon zu sehr runter, Carrie. Aber hör mal», er lehnte sich vor und schlang die Finger in meine. «Freut mich, dass du mich amüsant findest. Dass *es* dir Spaß gemacht hat. Mir hat es auch gefallen.»

Sein Blick war so eindringlich, dass seine Augen noch dunkler wirkten als normal. Grau, das in Schwarz überging. Anthrazit. Fast schwarz.

Ohne zu blinzeln schaute ich ihn an, während mir die volle Bedeutung seiner Worte klar wurde.

Mein Herzschlag verlangsamte sich rapide.

Auf einmal bekam ich keine Luft mehr. Der Raum war zu heiß. Es war stickig. Ich brachte kein Wort heraus. Wie gelähmt saß ich da, voll Panik, während mir im Schnelldurchlauf alle meine Gespräche mit dem Jäger durch den Kopf gingen, alles, was ich ihm von mir erzählt hatte. Alles, was er mich über die Überwachungskamera hatte tun sehen. Alles, was er aus seinen Gesprächen mit der Schneekönigin über mich wusste.

Ich sprang auf, kippte Max meinen Wein ins verdutzte und plötzlich aschfahle Gesicht und hastete davon. Fast im Laufschritt erreichte ich den Ausgang. Hinter mir konnte ich hören, wie Max hektisch seinen Stuhl zurückschob. Er wollte mir nachlaufen. Eine Schar Kellner umringte ihn murmelnd und tupfte mit Servietten an ihm herum. Unwirsch schüttelte er sie ab und warf dann seine Kreditkarte auf den Tisch.

Schließlich holte er mich an der Tür ein. Ich fuhr zu ihm herum und hielt abwehrend beide Hände hoch.

«Zurück, Max. Komm mir nicht zu nahe!»

«Carrie –» Er war kreidebleich, seinen Augen war der Schreck über die Heftigkeit meiner Reaktion anzusehen. Er griff nach meiner Hand.

Ich zog sie brüsk zurück.

«Carrie, bitte –»

«Was zum Teufel hast du gedacht, wie ich auf deine Eröffnung reagieren würde?», schaubte ich, fast an meiner eigenen Gehässigkeit erstickend. «Die Arme ausbreiten und sagen, ‹Oh, wie wundervoll! Was für ein guter Witz›?»

«Carrie, es tut mir so Leid. Ich dachte, du wüsstest, dass ich es bin! Ich dachte, es gehörte mit zu dem verfluchten Spiel, das wir spielten!»

«Spiel? Was für ein Spiel?»

Ich stampfte mit dem Fuß auf, während der Zorn in mir aufwallte und mir wie glühende Lava in den Kopf schoss. Ich war so wütend. So frustriert. Und doch irgendwie so ohnmächtig. Mir war, als wäre die Welt um mich aus dem Lot geraten, und nun würde irgendwie von mir erwartet, mich auf einer Landschaft zu bewegen, die schief hing. Schwankte. Mich abzuwerfen versuchte. Wie konnte er es wagen? Wie nur?

Und wieso war ich nicht darauf gekommen?

Max trat einen zaghaften Schritt vor, eine Hand bittend ausgestreckt. Ich stieß sie barsch von mir und gab mir Mühe, nicht den Schmerz in seinen Augen wahrzunehmen.

«Ich dachte, du wüsstest, dass ich es bin», flüsterte er nochmal und vergrub die verschmähte Hand tief in der Tasche. Die Geste war mir so vertraut, dass mir war, als würde mir ein Messer im Herzen herumgedreht.

Ich biss die Zähne zusammen und schüttelte den Kopf, während ich den riesigen, sperrigen Kloß schluckte, der sich in meinem Hals gebildet hatte. Ich ignorierte seine flehend aufgerissenen Augen, drehte mich um und drängte mich durch die langsam rotierende Glastür des Restaurants hinaus ins Freie. Wohin ich wollte oder was ich vorhatte, wusste ich nicht, aber ich musste einfach fort.

Ich stürzte davon in die orange überglühte Dunkelheit der Stadt bei Nacht.

Keine Ahnung, wie lang ich dahinmarschierte oder wohin, oder was andere Leute über die junge Frau denken mochten, die da mit leerem Gesicht und benommenem Blick an ihnen vorbeihastete. Der Wind war kalt, also hielt ich die Hände in den Taschen meiner rosa Jacke vergraben und den Kopf gesenkt. Laufend gingen mir kleine Schnipsel der Gespräche durch den Kopf, die ich mit dem Jäger im Internet geführt hatte, und ich spürte, wie mein brennender Zorn sich langsam in Traurigkeit wandelte.

Ich hätte es wissen müssen. Es war doch eigentlich offensichtlich, schalt ich mich. Ich entsann mich, was Max an dem Abend gesagt hatte, als wir nach dem Essen bei Leon in seinem Auto saßen. Über Familie hatte er gesprochen, und darüber, neue Familien zu gründen. Als «Jäger» hatte er eine ganz neue Familie, die aus Menschen wie JF und der Schneekönigin bestand.

Die Familie, die er um sich her geschaffen hatte, war fast vollkommen in ihrer Einfachheit, ihrem gemeinsamen – erotischen – Nenner und ihrer Loyalität ihm gegenüber, das wusste ich. Fast beneidete ich ihn darum, aber dass er vorgegeben hatte, ein anderer zu sein, konnte ich ihm nicht verzeihen, noch nicht. Vielleicht nie. Obwohl er gedacht hatte, ich würde ein Spiel spielen. Ich! Auf der Westminster Bridge blieb ich stehen und starrte hoch zu Big Ben. Wie konnte er nur glauben, ich hätte Bescheid gewusst?

Ich ging weiter, über die Brücke und dann die South Bank entlang, schritt ohne rechtes Ziel dahin, bloß um Klarheit im Kopf zu gewinnen und die flaue Traurigkeit abzuschütteln, die mich zu überwältigen drohte. Schließlich kam ich bei Mrs. Greys Stadthaus an und drückte ungeduldig den Finger auf die Türklingel.

«Wer ist da?» Die Stimme klang seltsam körperlos, als sie aus der Gegensprechanlage neben der Haustür drang. Ich lehnte mich vor und nannte meinen Namen.

«Ich bin eine Freundin von Sam. Ich muss ihn sehen», fügte ich hinzu und biss mir nervös auf die Lippen.

Lange blieb es still, und ich dachte schon, sie würde mich einfach draußen vor der Tür stehen lassen, ohne meine Gegenwart weiter zur Kenntnis zu nehmen. Aber dann hörte ich das Rasseln der Sicherheitskette und ein lautes Klackern, als sie die schwere Haustür aufschloss.

«Es ist schon sehr spät», murmelte sie, während sie mich durch den Türspalt neugierig beäugte.

«Ich muss Sam sehen.»

Vielleicht bemerkte sie meine grimmig entschlossene Miene, denn plötzlich hielt sie die Tür ganz auf.

«Kommen Sie lieber rein.»

Mrs. Grey trug einen langen seidenen Morgenmantel, der fließend ihre elegante Gestalt umspielte. Das silberblonde Haar hatte sie mit einem Samtband im Nacken zusammengebunden, und sie war nicht geschminkt. Sie sah entspannt aus, zufrieden und sehr attraktiv. Ich stand in ihrer Diele und knetete meine Hände, als mir jäh bewusst wurde, dass es fast elf war und ich sie vermutlich aus dem Bett geholt hatte.

Sie schloss die Tür hinter mir.

«Carrie», sagte sie und musterte mich eingehend, die Stirn leicht gerunzelt. «Sie wirken ein wenig verstört. Kann ich Ihnen irgendwie helfen?»

«Nein.» Ich schüttelte den Kopf und biss mir wieder auf die Lippen, um bloß nicht in Tränen auszubrechen. «Ich muss bloß Sam sehen.»

Mrs. Grey trat vor und legte mir eine kühle Hand auf den Arm. Ich erschauerte und hielt die Tränen zurück, aber das sanfte Mitgefühl in ihren Augen und der feste Druck ihrer Hand auf meiner Haut gaben meiner Selbstbeherrschung den Rest. Eine einzelne Träne tropfte mir auf die Hand.

«Sch, nicht weinen», flüsterte sie und kam noch etwas näher. Ihre Arme umschlangen mich, und ich lehnte mich vor, fiel ihr fast um den Hals, als sie mich in eine herrlich warme, sanfte, nach Dior duftende Umarmung schloss. Es war so schön, von jemandem getröstet zu werden, dass ich den Tränen freien Lauf ließ, und bald war ihr Morgenmantel vorn dunkel gesprenkelt. Ich trat etwas zurück und sah, während ich mir die verschmierte Wimperntusche unter den Augen wegwischte, wie ihre Brust sich unter dem feuchten Stoff abzeichnete, die Brustwarze so fest und straff wie eine reife Frucht. Ich starrte wie gebannt hin, und sie ließ ein leises, dunkles Lachen vernehmen.

«Möchtest du dran saugen?», raunte sie, während sie mit behänden Fingern den Morgenmantel beiseite zog. Wortlos sah ich sie an, bass erstaunt. Sie umfasste mein Kinn und zog mein Gesicht an ihres, sodass ihre Lippen kurz sachte über meinen Mund spielten. «Na los», flüsterte sie. «Komm zu Mama. Dann wird alles gut.»

Sie umfing meinen Hinterkopf, und auf einmal fühlte ich mich bleiern und träge. Machtlos, ihr zu widerstehen. Ich war wie hypnotisiert von ihrem Parfüm und dem herrlich geheimnisvollen Eigenduft, der von ihren nackten Brüsten ausging, und ließ es geschehen, dass sie meinen Mund an ihre Brustwarze führte. Meine Beine gaben unter mir nach, und ich ergab mich willenlos ihrer Umarmung, als sie sich in einen Sessel sinken ließ. Sie zog mich auf die Knie hinab, und ich lehnte mich vor, die Beine unter mir angewinkelt, den Busen auf ihren weichen Schoß gebettet.

Mrs. Greys Brüste waren rund und voll, wenn auch nicht so fest, wie sie vielleicht in jüngeren Jahren gewesen waren. Die Haut fühlte sich an meinen Lippen glatt an, und als ich mit der Zungenspitze ihre Brustwarze berührte, schmeckte ich ihr dunkles Aroma. Mein Geschlecht zog sich unwillkürlich zusammen. Sie umfasste ihre Brust und strich mir leicht übers Kinn, als ich die Lippen um ihre rosige Zitze legte und zu saugen begann.

Wie ein Baby nuckelte ich, fühlte mich sicher und warm, während ich mir ihre Brustwarze über die Zunge gleiten ließ und spürte, wie sie hart wurde. Sie seufzte leise und streifte mir mit der freien Hand die Haarsträhnen zurück, die sich während meiner Odyssee durch die Straßen aus den Haarklammern gelöst hatten. Ihre Finger fühlten sich warm und sanft an, als sie mir zärtlich das Haar aus dem Gesicht strich und hinters Ohr klemmte. Ich seufzte ein wenig und leckte um ihren Warzenhof herum, machte ihr die Brust ganz nass von Speichel, um dann umso leichter wieder auf sie zurückzugleiten.

Ihre Hände verließen mein Gesicht, und ich spürte, wie sie langsam zu den Knöpfen vorn an meinem Kleid wanderten. Sie ließ erst den obersten aufschnappen, dann einen nach dem anderen, bis das Kleid ganz offen war. Als sie meine Brüste in dem rosa Spitzen-BH sah und merkte, dass ich keinen Slip trug, hörte ich, wie sie scharf die Luft einsog. Meine Muschi zog sich abermals zusammen, als sie mir mit einem Finger über den nackten Bauch fuhr und dann zwischen meine Beine. Mühelos ließ sie einen Finger in mein nasses Loch gleiten, und ich keuchte ihr gegen die Brust, als sie mich mit diesem einen Finger zu reiben begann. Ein Flutschen ließ sich vernehmen, als meine Säfte ihr jäh über die Finger rannen, und ich wusste, wir konnten beide hören, wie erregt ich war.

«Wie nass du bist», murmelte sie. «So viel Saft an meiner Hand. Oh, du schlimmes kleines Mädchen, Carrie.»

Leise schluchzend saugte ich fester an ihrer steifen Brustwarze. Sie reckte sich mir entgegen, stieß sich tiefer in meinen Mund. Ich stöhnte leise, als sie mit dem Daumen meine Klit fand und einen süßen, beharrlichen Druck darauf ausübte. Sie fing an, mein Geschlecht mit der Hand zu bearbeiten, mit festen, sicheren Bewegungen. Ihr Daumen spielte und rieb mir um die Klit, löste ein Prickeln in meiner Möse aus, das mir von dort in alle Nervenenden zu rasen schien. Alle Gefühlsaufwallung und Verwirrung und Aufregung der letzten Stunde löste sich plötzlich in mir, und ich glitt japsend von ihrer Brust weg, als ich gegen ihre Hand kam und ihr den Handteller mit süßem, klebrigem Muschisaft überflutete.

Sie strich mir zärtlich übers Haar und fuhr mir mit den kühlen Fingern über die erhitzten Wangen, während ich mich erholte. Dann hockte ich mich auf die Fersen und knöpfte mir mit zittrigen Fingern das Kleid zu. Mrs. Grey saß reglos und mit gelassenem Lächeln da, die Brüste noch geschwollen und entblößt. Sie machte keine Anstalten, sich zu bedecken, und ich sah zu ihr hoch.

«Nun vögel du mich, Carrie», murmelte sie leise.

Ich schüttelte den Kopf. «Nein», sagte ich. «Ich muss bloß Sam sehen.»

Ihre Miene verfinsterte sich. «Vögel mich», beharrte sie. «Du bist doch gekommen, oder nicht? Ich hab dich zum Höhepunkt gebracht, du undankbares kleines Miststück.»

«Tut mir Leid», sagte ich, rappelte mich auf und merkte, dass ich weiche Knie hatte. «Ich muss Sam sehen. Ich wollte ja gar nicht, dass Sie das tun. Ich habe Sie nicht darum gebeten.»

Sie erhob sich und band sich mit empörtem Gesicht den Morgenmantel zu.

«Er ist nicht da.» Sie sah mich nicht an, aber ich meinte einen leisen Ausdruck des Triumphs über ihr Gesicht huschen zu sehen.

«Nun, dann warte ich eben. Das heißt …», verlegen merkte ich, wie unhöflich ich war, «… wenn Sie nichts dagegen haben.»

«Da müsstest du ziemlich lange warten, meine Liebe.» Sie hob den Blick der kühlen Augen und sah mich mit betont ausdruckslosem Gesicht an. «Sam ist weg. Er wohnt nicht mehr hier.»

Ich starrte sie an. Da war er wieder, nur ganz kurz, dieser seltsam triumphierende Blick in ihren Augen, und mein einziger Gedanke war, dass sie mich anlog. Ich drängte mich an ihr vorbei und jagte, zwei Stufen auf einmal nehmend, die Treppe hoch, ohne sie zu beachten, als sie mich wütend zurückrief. Ich riss die Tür zu Sams Zimmer auf und ging zwei Schritte hinein.

Die Bücher waren fort. Der Computer auch. Von Sams Stetson keine Spur. Stattdessen sah ich überall Stapel bunter Benettonpullis und ein äußerst überrascht wirkendes Mädchen, das im Bett saß und mich anstarrte. Sie hatte eine aufgeschlagene Zeitschrift auf dem Schoß, neben ihr lag eine Haarbürste auf der Tagesdecke. Mit offenen Mündern starrten wir uns an. Schwer zu sagen, wer von uns erschrockener war.

Mrs. Grey trat dicht hinter mich und sagte, immer noch höflich, aber mit unüberhörbar frostigem Unterton: «Wie du siehst, liebe Carrie, ist Sams Zimmer nun Rachels Zimmer. Sam ist vor ungefähr einem Monat ausgezogen.»

«W-wo ist er hin?» Mein Hals war wie zugeschnürt, ich brachte nur ein klägliches Quäken zustande, wie ein schwer kranker Frosch. «Sagen Sie mir, wo er hin ist!»

«Wenn Sam dir mitteilen möchte, wo er ist, da bin ich mir sicher, Carrie, wird er sich melden.» Kühl musterte sie mich von Kopf bis Fuß. «Und nun gehst du besser.»

«Mrs. Grey –», fing Rachel an.

«Danke, Rachel», fiel Mrs. Grey ihr streng ins Wort. «Entschuldige die Störung.»

Ihre Hand schloss sich um meinen Ellenbogen, und sie lotste mich aus dem Zimmer hinaus und die Treppe hinunter. Ich ließ es geschehen, den Kopf mutlos gesenkt, die Glieder schwer wie Blei. Mir war, als hätte ein Keil aus Eis mein Herz durchbohrt, und die Zukunft, die mir noch vor einer Stunde so rosig erschienen war, glich nun mehr einem Ödland voll verpasster Gelegenheiten.

Mrs. Grey sprach kein einziges Wort mehr; sie schloss einfach die Tür hinter mir. Der Schlüssel drehte sich mit einem sehr endgültigen Klackern im Schloss.

Eine Weile blieb ich noch vorm Haus stehen und sah zu den Fenstern hoch, als hoffte ich, wie durch ein Wunder von ihnen einen Fingerzeig zu erhalten. Aber ich sah nur, wie das Licht im Fenster von Sams Zimmer erlosch. Rachels Zimmer. Ich wandte mich um und schob die Hände tief in die Taschen, zog ein finsteres Gesicht und begann langsam die Straße hinaufzugehen.

An der Straßenecke holte sie mich ein. Rachel, mit um die Schultern flatterndem Haar, einen großen Seemannspulli hastig über den gestreiften Pyjama gestreift.

«Entschuldigung!», rief sie.

Ich drehte mich um und sah sie fassungslos an.

«Entschuldigung», schnaufte sie, blieb stehen und hielt sich die Seite. «Bin völlig außer Kondition.» Sie drückte mir einen Zettel in die Hand. «Sam hat eine Adresse hinterlassen. Ich hab nämlich gehört, wie er mit Mrs. Grey über dich geredet hat. Falls du mal vorbeikommen oder anrufen würdest, meinte er, sollte sie die unbedingt an dich weiterleiten. Das war ihm sehr wichtig.» Sie lächelte, ihr Gesicht wirkte offen und freundlich, ihre grünen Augen strahlten im Dunkel. «Wenn du ihn mal siehst, grüß ihn von mir, ja?»

Sie drehte sich um und war so schnell verschwunden, wie sie aufgetaucht war, nur das leise Schlappen ihrer Pantoffeln war zu hören, als sie zurücktrottete. Ich hielt den Zettel in der Hand und versuchte, meinen rasenden Puls unter Kontrolle zu bekommen.

«Danke!», schrie ich ihr nach. Und sah hinab auf Sams neue Anschrift:

Bruton's Waterhole Ranch
Saltford Creek
Texas

Ich starrte den Zettel an, dann musste ich schallend lachen. Sam, mein Internet-Cowboy, war seinem Herzenswunsch gefolgt und nach Texas gegangen, um ein richtiger Cowboy zu werden. Spontan wurde mir leichter ums Herz, und ich stoppte ein Taxi, das sich eben näherte.

«Paddington Station», sagte ich zum Fahrer und grinste fröhlich.

«Geht's nach Hause, kleine Dame?» Der Fahrer grinste zurück.

«Genau», sagte ich. «Nach Hause. Da will ich hin.» Und damit ließ ich mich in den ramponierten Vinylsitz sinken, faltete den Zettel und verstaute ihn sorgsam in der Tasche.

***

Am nächsten Morgen war die übliche Hektik angesagt, aber das machte mir gar nichts. Ich zog ein schickes blaues Kostüm an und achtete darauf, ausnahmsweise mal Strümpfe ohne Laufmaschen zu erwischen. Mein Haar drehte ich zu einem Dutt oben auf dem Kopf zusammen und steckte es mit ein paar Klämmerchen fest. Als ich bei Richardson ankam, prüfte ich mein Aussehen im Spiegel, der am Empfang hinter dem geschmackvoll karg geschmückten Weihnachtsbaum hing.

«Hi, Carrie, schick siehst du aus. Hast du ein Kundenmeeting?» Schnösel James sprang auf mich zu, sobald ich durch die Ateliertür gekommen war.

«In gewisser Weise», sagte ich. Ich nickte ihm knapp zu und spazierte dann ohne anzuklopfen in Don Richardsons Büro.

«Carrie.» Er runzelte die Stirn. «Was soll das schicke Kostüm?»

«Ich wollte bloß gut aussehen», erklärte ich mit kessem Lächeln. «Don, ich hab doch vier Wochen Urlaub im Jahr, stimmt's?»

«Ja», bestätigte er, immer noch stirnrunzelnd, aber nun misstrauischer, und sah mir in die Augen.

«Und kann man sagen, dass Sie in letzter Zeit mit meiner Arbeit unzufrieden sind?»

«Nun, nicht unzufrieden.» Seine Stirn furchte sich noch tiefer. «Sagen wir einfach, es besteht durchaus Raum für Verbesserung. Sie sind nicht mit ganzem Herzen dabei.»

«Ach, verstehe.» Ich setzte ein entwaffnendes Lächeln auf. «Aber Sie haben doch gesagt, meine Designkonzepte seien schwach. Was auch zutrifft. Also nehme ich hiermit meine vier Wochen Urlaub statt Kündigungsfrist, damit Sie jemanden finden können, der bessere Designkonzepte hat als ich.»

Er riss die Augen auf. «Was?»

«Ich kündige», wiederholte ich.

«Das können Sie nicht.»

«O doch, und ob», gurrte ich zuckersüß und musste bei seinem entgeisterten Gesichtsausdruck eine spontane Aufwallung von Schadenfreude unterdrücken. Don hasste es, wenn man ihn ausmanövrierte.

«Aber Carrie –»

Mit erhobener Hand unterbrach ich ihn.

«Leben Sie wohl, Don», sagte ich. «Es war wunderbar, für Sie zu arbeiten. Sobald ich eine neue Adresse habe, teile ich Ihnen mit, wohin Sie mir meine Lohnsteuerkarte nachsenden können. Und, Don?» Sein Kopf ruckte leicht hoch. «Wunderschöne Weihnachten wünsche ich Ihnen!»

Alles Übrige war ein Klacks. Das Haus vermietete ich gegen einen anständigen Monatsbetrag an Gabriel, Clara und vier ihrer Uni-Freunde. Sie brachten mir mehr an Miete ein als eine Familie oder ein Paar Doppelverdiener, denn drei von ihnen bezogen die Zimmer im Obergeschoss, während zwei das Wohn- und Esszimmer unten als Schlafzimmer nutzten.

Ich setzte mich mit Gabe hin und schrieb eine Liste mit Instruktionen, etwa, wie die Heizung zu bedienen war, an welchem Tag Sondermüll abgeholt wurde und so weiter. Dann suchte ich den Karton mit Weihnachtsbaumkugeln heraus und stellte ihn mitten auf den Küchentisch, neben die Listen. Gabe schürzte die Lippen und bemerkte kryptisch, er wäre bereit, den Engel oben auf dem Baum zu spielen, wenn ich nur bis Neujahr noch bliebe, aber ich wuschelte ihm nur durchs Haar und schüttelte entschieden den Kopf. Ich war zum Aufbruch entschlossen, und nichts konnte mich aufhalten.

Ich packte meinen Kram zusammen und verstaute vieles auf dem Dachboden, während ich die wertvolleren Sachen bei Laura ließ, die mir unter Tränen Vorhaltungen machte. Wenn ich nicht pünktlich zu ihrer Hochzeit zurückkäme, schwor sie, würde sie persönlich kommen und mich aufspüren. Als ich den Flug buchte, stellte ich fest, dass ich für die Staaten kein Visum benötigte, vorausgesetzt, ich blieb nicht länger als drei Monate und war bereits im Besitz eines

Rückflugtickets. Ich hatte ausreichend Geld, um die Kosten vor Ort zu bestreiten, dazu die Adressen von drei guten Hotels, vier preisgünstigen Pensionen und Bruton's Waterhole Ranch.

Ich stoppte den gemieteten Pick-up-Truck, schaltete das Radio ab und stieg aus. Dann klopfte ich mir erst mal den Straßenstaub von der Jeans und dem roten Flanellhemd. Vor ungefähr einer Stunde war ein leichter Wind aufgekommen, der kleine Wölkchen trockener, orangefarbener Erde aufgewirbelt und mir während der Fahrt ins offene Wagenfenster geweht hatte.

Tief hing die kupferrote Sonne am weiten Horizont. Ich musste mir die Augen mit der Hand beschirmen, während ich blinzelnd das von hohen Zäunen umgebene Weideland musterte, das sich vor mir dehnte. Bruton's Waterhole Ranch war riesengroß. Mindestens sechstausend Morgen, dem Mann zufolge, der mir in den Außenbezirken der letzten Stadt, durch die ich gekommen war, den Weg erklärt hatte. Von meinem Standort aus konnte ich das große Ranchhaus sehen, und auf einem Hügel dahinter ein Nebengebäude. Es gab Scheunen, eine Windmühle und jede Menge Viehgehege, und jetzt näherte sich mir über das Weideland ein einsamer Viehtreiber hoch zu Pferde.

«Howdy, Miss.» Er zügelte sein Pferd und blinzelte mit strahlend blauen Augen inmitten ledrig gegerbter Haut zu mir hinab. «Kann ich Ihnen helfen? John Franklyn mein Name. Ich bin der Verwalter hier. Sie stehen hier auf Bruton-Land. Haben Sie sich verfahren, oder sind Sie nur auf der Durchreise?»

«Eigentlich suche ich jemanden, der, glaube ich, für Sie arbeitet.» Ich hakte die Hände in die Taschen meiner engen Jeans und lächelte ihn freundlich an. «Ein Freund von mir. Sam Bronson. Kennen Sie ihn?»

«Klar kenn ich Sam.» Er lachte, ein dunkles Grollen, das aus der Tiefe seines straff gespannten Karohemds aufstieg.

John Franklyn war ein kräftiger Mann mittleren Alters. Seine starken, braunen, muskulösen Arme zeugten von langen Tagen an der frischen Luft, von der Arbeit mit Pferden und Rindern. «Sam ist einer von den neuen Jungs. Hätte ihn erst fast nicht genommen, aber als ich ihn auf meinem zweitbesten Lassogaul sah, nun, er hat schon einen mächtig guten Sitz, Miss. Und er kennt sich aus mit dem Vieh. Weiß gleich, wenn mit einer Kuh was nicht stimmt. Können mächtig stolz sein auf Ihren Freund, Miss.»

«Oh!» Das freute mich, und offenbar war das nicht zu übersehen, denn in John Franklyns Gesicht strahlte wieder das gutmütige blaue Funkeln auf.

«Hören Sie», sagte er. «Warum kommen Sie nicht rüber ins Ranchhaus, und Mrs. Franklyn macht Ihnen einen Kaffee? Ich sag Sam, dass Sie hier sind.»

«Vielen Dank.»

Ich fuhr die Straße hinab zum Ranchhaus und parkte neben einem zerbeulten braunen Pick-up. Dort stieg ich aus und folgte Franklyns Pferd in der Ferne mit den Augen. Er nahm eine Abkürzung über einen Weg, der quer über die Weide verlief, und verschwand dann in einer Senke außer Sichtweite. Auf der Veranda tauchte Mrs. Franklyn auf, mit einem karierten Spülhandtuch, an dem sie sich die Hände abrieb.

Schon zehn Minuten darauf saß ich mit einem Becher herrlich dampfendem schwarzen Kaffee in der Hand auf einem stabilen Gatter. Sam kam den Hang hinab auf mich zugetrottet und hielt sein Pferd ganz in der Nähe an. Sein

Gesicht war völlig unverändert, aber ich sah sofort, dass sein Haar länger war. Weiche Locken ringelten sich unter dem Rand des altvertrauten Stetson hervor und schmiegten sich an seinen Hemdkragen. Längeres Haar stand ihm, ließ ihn entspannter wirken, gelassener, falls das überhaupt möglich war.

Vorsichtig stellte ich meinen Becher auf den Pfosten des Gatters und lächelte ihm zaghaft zu. Ich war immer noch nicht sicher, wie sehr er sich über das Wiedersehen freuen würde, trotz Rachels beruhigender Worte damals auf der nächtlichen Straße in London. Mein Puls überschlug sich vor Nervosität, und ein ganzer Schwarm Schmetterlinge flatterte mir durch den Bauch, als ich blinzelnd in die untergehende Sonne spähte. Sams Gesicht lag im Schatten, und ich konnte nur seine Hände erkennen, die fest die Zügel umfassten. Seine Knöchel wirkten etwas weiß gegen die gebräunte Haut seiner Hände, aber das war das einzige Anzeichen möglicher Anspannung.

«Hi», sagte ich.

Nicht gerade geistreich als Eröffnung, aber mir fiel nichts Besseres ein, obwohl ich fast eine Woche Zeit gehabt hatte, mir eine originelle Begrüßung auszudenken. So oft hatte ich mir den Moment unseres Wiedersehens ausgemalt, mir vorgestellt, was wir alles sagen würden. Aber nun, da dieser Moment gekommen war, war alles sehr einfach. Mehr als ein Wort bekam ich nicht heraus.

Sam ließ sich wortlos aus dem Sattel gleiten, kam herüber und blieb ein Stück vor mir stehen. Er nahm den Stetson ab und fuhr sich mit dem Handrücken über die erhitzte Stirn, auf der ein Schmierfleck zurückblieb. Ich lächelte und kämpfte standhaft gegen das dringende Bedürfnis an, hochzulangen und ihn wegzuwischen. Wie verzweifelt ich mich danach sehnte, seine Haut unter den Fingern zu spüren, seinen Schweiß auf den Lippen zu schmecken. Meine Gefühle, mein Verlangen waren wie ein Fieber, das in mir aufloderte, und ich fragte mich plötzlich, was ich hier tat. Mitten in der Einöde. Mit nicht mehr als einer hauchdünnen Chance, wieder mit jemandem zusammenzukommen, den ich so achtlos behandelt hatte.

«Selber Hi», erwiderte er. Nicht gerade ein Dialog aus einem Hollywood-Kassenschlager, aber mir wurde dabei ganz warm und sentimental zumute. Der Stetson verdeckte nun nicht länger seine Augen, und sie sagten so viel mehr als seine Worte.

«Sam, es tut mir so Leid», hauchte ich. «Ich hab mich aufgeführt wie die letzte Idiotin. Dafür gibt es keine Entschuldigung.»

Er runzelte die Stirn, legte die Hände an die Hüften und kam einen Schritt auf mich zu.

«Nein, da hast du Recht», sagte er. «Aber vielleicht können wir das ja mit einem Halfter und einer Reitgerte klären. Ich finde, eine kleine Strafe könnte dir zur Abwechslung mal ganz gut tun, Carrie.»

Bei der Vorstellung, wie mein süßer Sam mich mit einer Reitgerte zu zähmen versuchte, spürte ich kurz ein lustvolles Ziehen im Bauch. Ich grinste zu ihm hinab, und er kam ganz dicht heran, umfasste meine Taille und hob mich vom Gatter. Gewandt schlang ich ihm die Beine um die Hüften und genoss das Gefühl seiner Lederchaps an meiner bloßen Haut, und er umarmte mich fest, wobei seine Erektion mir hart gegen den Schritt der Jeans drückte.

«Ich freue mich so, dich zu sehen», flüsterte er und rieb seine Nase an meiner.

«Und ich erst», entgegnete ich.

Ich schloss die Augen, als Sams Arme mich noch fester umschlangen. Mir war, als würde ich zum ersten Mal von ihm umarmt. Es war ein Gefühl, als wäre ich endlich zu Hause.

Zu Hause

In der ersten Neujahrswoche erwähnte John Franklyn, eine Gruppe Geschäftsleute von dem Konzern, dem Bruton's Waterhole Ranch gehörte, käme zu Besuch. Dem schenkte ich keine weitere Beachtung, aber als ihr großer weißer Kombi in den Hof einbog, kribbelte mir eine Art Vorahnung durch die Kopfhaut.

Der Erste, der aus dem Fahrzeug ausstieg, war Max.

Er schob auf seine unverkennbare Art die Hände in die Taschen, und ich merkte, wie ich hochrot anlief, während ich meinen wild rasenden Puls zu beruhigen versuchte. Er begrüßte die Franklyns wie alte Freunde, klopfte einigen Viehtreibern auf den Rücken und kam dann auf mich zu.

Ich saß im Schatten auf der Veranda und kraulte sanft einen der Ranchhunde, mit dem ich mich angefreundet hatte. Wortlos setzte Max sich neben mich auf die Hollywoodschaukel und beobachtete, wie meine Finger Sheba durchs zottige Fell fuhren.

«Ich hab dir vertraut», murmelte ich, als läge unser letztes Gespräch gerade einen Tag zurück. Er nahm meine freie Hand und hielt sie fest zwischen seinen warmen, trockenen Handflächen.

«Ich weiß», sagte er. «Und dieses Vertrauen hab ich verflucht nochmal nie missbraucht. Ich wollte dir nie wehtun,

Carrie.» Er seufzte. «Wenn überhaupt, wollte ich dich beschützen. Ich dachte, wenn du im Internet mit mir zusammen bist, wärst du weniger gefährdet durch andere Leute, die dir womöglich wehtun wollten. Tut mir Leid.»

Ich wandte den Blick ab und sah zum fernen Horizont. Eine Staubwolke stieg auf, wo ein paar Viehtreiber gerade eine Schar Buckelrinder einbrachten. Hoch oben im weiten Blau des Mittagshimmels kreiste einsam ein Falke und hielt Ausschau nach Kleintieren, die das Hufgetrappel der Rinder vielleicht aufgestört hatte. Ich sah zu, wie der Raubvogel behände hinabstieß und sich wieder emporschwang, während ich angestrengt nachdachte und den starken Magnetismus zu ignorieren versuchte, der von Max' Hand ausging.

Ich hatte viel über ihn nachgegrübelt und mit Sam über alles gesprochen, in den langen, dunklen, warmen Nächten, die wir im Nebengebäude oben am Hang hinter dem Ranchhaus verbracht hatten. Ich war mir darüber im Klaren, dass ich meine neu gefundene Freiheit zum Teil dem Jäger verdankte. Er hatte mich zu der gemacht, die ich heute war. Er hatte mich dazu ermutigt, an den Wochenendtreffen seiner Freunde teilzunehmen. Er hatte mich zum Lachen gebracht und mir einen Widerstand geboten, an dem ich mich abreagieren konnte, wenn mir Sams Unterwürfigkeit zu viel wurde.

Sam sah, wie Max mir sanft die Finger streichelte, kam herübergeschlendert und stieg langsam die Treppe zur Veranda hoch. Er setzte sich an meine andere Seite, ohne ein Wort, ohne mich zu berühren, nur tröstlich nahe. Ich nahm seine Hand und hielt sie fest, und dann drückte ich ihre beiden Hände auf meinem Schoß zusammen und genoss die Wärme ihrer beider Haut an meiner. Lange blieb es still, dann ergriff ich das Wort.

«Ich finde», sagte ich zaghaft lächelnd, «wir drei sollten in der Lage sein, eine Lösung zu finden. Zusammen. Findet ihr nicht?»

Ich fühlte, wie Max sich zu mir neigte, und spürte den Druck von Sams Oberschenkel an meinem. Dann lehnte ich mich auf der Bank zurück und schloss selig die Augen.